MAXIM LEO

WIR WERDEN JUNG SEIN

MAXIM LEO

Roman

WIR WERDEN JUNG SEIN

Kiepenheuer & Witsch

JAKOB

Wenn ihn später mal jemand fragen sollte, wann sein Leben so richtig begonnen hatte, dann würde er sagen: Am 21. Juni 2024 um 15.14 Uhr. Was genau der Moment war, in dem die Nachricht von ihr in seinem Handy landete. Was genau der Moment war, in dem das ziemlich unwichtige Davor das absolut wichtige Danach berührte.

Eigentlich wollte er mit dem Lesen warten, bis er zu Hause war, aber da hatte er die ersten zwei Zeilen schon überflogen, und die Nachricht war ja auch nicht besonders lang, sodass er sie dann doch schon auf dem Schulhof las. Sie schrieb: *Hey, cooler Sound bei den glücklichen Elefanten. Wie machst du das? Musst du mir mal erklären, irgendwann …*

Er saß in der Straßenbahn, ihre Sätze spukten durch seinen Kopf wie die Geisterstimmen in »Call of Mercy«, dem Computerspiel, das er letzte Woche in der Betaversion ausprobiert hatte. Was bedeutete *irgendwann?* Dass sie nur so ein bisschen neugierig war und grundsätzlich nichts dagegen hätte, mal unverbindlich mit ihm abzuhängen? Oder deuteten die drei Punkte am Ende auf mehr hin? Schwang da nicht etwas irre Verheißungsvolles mit, so in dem Sinne, dass sie es kaum erwarten konnte, ihn endlich zu sehen?

Verdammt, er wusste es wirklich nicht. Alles Mögliche wurde ihnen in der Schule beigebracht: wie man Winkel in Dreiecken berechnete, wie die Fotosynthese funktionierte, was Goethe durch den Kopf ging, als er mal wieder durch Italien reiste, wie man ein Gedicht interpretierte. Aber wie man eine völlig unerwartete Nachricht des tollsten Mädchens des Jahrgangs zu interpretieren hatte, das erklärte einem niemand. Obwohl es doch nun wirklich das Wichtigste war.

Er beschloss, sich auf den unumstritten positiven Kern des Ganzen zu konzentrieren: Marie hatte ihm geschrieben! Noch vor ein paar Stunden hätte er nicht mal mit Bestimmtheit sagen können, ob sie überhaupt wusste, dass er existierte. Und jetzt hatte sie ihm geschrieben! Ihre Finger hatten die Buchstaben berührt, die jetzt auf seinem Handy leuchteten, allein dieser Gedanke war so überwältigend, dass er ihn kaum zu Ende brachte.

Die Tram fuhr die Danziger Straße hinunter, Jakob las die Nachricht immer wieder, und wenn er mal ein paar Minuten nicht auf sein Handy guckte, kriegte er gleich die Panik, weil es ja nicht ausgeschlossen war, dass ihre Nachricht zwischendurch verschwunden sein könnte.

Erst als er am Arnswalder Platz aus der Bahn stieg und die letzten Meter nach Hause lief, fiel ihm ein, dass er nun ja auch antworten musste. Nicht sofort, wenn er einigermaßen lässig rüberkommen wollte. Aber auch nicht zu spät, das würde arrogant wirken. Neunzehn Uhr, dachte Jakob, das wäre eine gute Zeit. Knapp vier Stunden nach Erhalt der Nachricht, das wirkte entspannt, aber nicht unhöflich. So als hätte er vor dem Abendessen noch mal eben die Lage gecheckt und dabei zufällig diese Nachricht gefunden, inmitten der vielen anderen Nachrichten, die ihm ständig von irgendwelchen Mädchen geschickt wurden.

In Wahrheit bekam er nur von vier Personen regelmäßig Nachrichten: von seiner Mutter, von Philipp und Julian, zwei Computernerds aus der 10c, und von Klaus, der bei Ubisoft Entertainment die Soundabteilung leitete. Wobei, das hörte sich jetzt echt so an, als wäre er ein Soziopath, ein Freak. Was er aber nicht war, wenigstens nicht von Anfang an. Es hatte alles mit seiner blöden Krankheit zu tun, eine angeborene Herzmuskelschwäche, ständig war er müde und erschöpft, musste sich schonen. Wenn er in der Schule die drei Treppen zum Chemieraum hochstieg, wurde ihm schwindelig und er hatte Schweißausbrüche. Kein Sport, kein Tanz, keine Klassenfahrt, keine Übernachtung bei Freunden. Nie. Dadurch irgendwann auch: keine Freunde. Dafür aufpassen, Angst haben, außer Atem sein. Immer die Notfallspritze in der gelben Plastikschachtel dabeihaben, die besorgten Augen der Mutter sehen, die mitleidigen Blicke der anderen.

Zu Hause sitzen war ungefährlich, am Computer daddeln, »FIFA« spielen, Monster abknallen, sich irgendwie lebendig fühlen. Mit zwölf hatte er »Fortnite« gespielt, wo es grob gesagt darum ging, dass die Menschheit nach einer globalen Katastrophe fast ausgelöscht worden war, überall Zombies rumsprangen und nur wenige Überlebende eine neue Zivilisation erschufen. Das fand Jakob nicht besonders spannend, aber die Grafik war toll, und noch toller waren die Sounds, wenn ein Sandsturm übers Land zog oder einem einäugigen Untoten mit der Spitzhacke der Schädel gespalten wurde. Enttäuschend fand er nur das Geräusch, das entstand, wenn einem Spieler Lebenspunkte abgezogen wurden. Es klang wie Geldstücke, die in einen Gully fielen, was, so sah es zumindest

Jakob, nicht mit der restlichen Soundkulisse zusammenpasste. Das schrieb er dann auch genau so in der Mail an Darren Sugg, den »Fortnite«-Entwickler, und schickte auch gleich einen Sound mit, den er selbst am Computer gemischt hatte. Drei Tage später meldete sich die Rechtsabteilung von Epic Games aus Cary, North Carolina, bei ihm und fragte, wohin sie die Verträge schicken sollten. Zwei Wochen später wurden 12 000 US-Dollar auf das Konto seiner Eltern gebucht, weil er noch kein eigenes hatte.

So war das losgegangen vor vier Jahren, und seitdem waren so einige Verträge zusammengekommen. Aktuell verdiente Jakob mehr als seine Eltern zusammen, was allerdings auch an den Sounds lag, die »The Happy Elephants« vor zwei Monaten bei ihm gekauft hatten. Keine Ahnung, wie die kalifornische Band auf sein Zeug gekommen war, aber seitdem interessierten sich eben nicht nur Gamer für ihn, sondern auch ganz normale Menschen. Sogar Mädchen wie Marie.

Ach, Marie. Sie war in der Neunten dazugekommen, kurz vor den Winterferien. Sie hatte eine erstaunlich tiefe Stimme, eine Narbe unter der linken Augenbraue und schmale grüne Augen. Sie trug XL-Männerpullover, die ihr bis zu den Kniekehlen reichten, und selbst gemachte Muschelketten. Sie war nicht auf den ersten Blick schön, wobei, das ist Schwachsinn, natürlich war sie auf den ersten Blick schön. Aber es war eben nicht diese trullige Mädchenschönheit, wie bei Leonie mit ihren Pling-pling-Wimpern und den Grübchen in den Wangen. Marie hatte so ein Strahlen, eine Energie, die sie umwehte. Sie war unglaublich selbstbewusst, machte ihr Ding, sagte, was sie dachte. War sogar manchmal traurig, ohne es zu verstecken.

Alle hatten Respekt vor ihr, auch die, die ihren Style und ihre Art seltsam fanden. Marie zog die Leute magisch an, vielleicht weil sie so ehrlich war. Sie saß zwei Bänke schräg vor Jakob, ziemlich genau in der Sichtachse zur Tafel, was ihm die Möglichkeit gab, sie stundenlang anzustarren, ohne dabei bemerkt zu werden. Das heißt, vielleicht merkte sie es schon, aber sie sagte nie etwas.

Überhaupt hatte er mit ihr in diesem ganzen Schuljahr vielleicht drei Mal gesprochen. Wenn man Dialoge wie »Meine Fresse, ist das kalt hier!« – »Ja, stimmt« schon als Gespräche gelten ließ. Marie begann viele Sätze mit »Meine Fresse«, das war so ziemlich die einzige Sache, die Jakob an ihr störte.

Zu Hause angekommen, setzte er sich sofort an seinen Schreibtisch. Es war kurz nach fünf, er hatte also nicht mal zwei Stunden, um Marie zu antworten. Klar, das klang nach viel Zeit für ein paar Sätze. Aber so gut und leicht er sich mit Sounds ausdrücken konnte, so schwer fiel es ihm mit Worten. Er galt als schweigsam, was nicht daran lag, dass er gerne schwieg, er hatte nur meistens nicht die geringste Ahnung, was er sagen sollte. Eine geschlagene Stunde lang saß er grübelnd da.

Es ging schon los mit der Anrede. Sie hatte *Hey* geschrieben. Sollte er jetzt auch einfach *Hey* schreiben, oder war das fantasielos? Am liebsten hätte er *Liebe Marie* geschrieben, aber das machte kein Mensch. Er beschloss, die Anrede erst mal wegzulassen. Er schrieb: *Danke für dein Kompliment. Wie ich die Sounds mache, weiß ich auch nicht, es passiert irgendwie. Deshalb kann ich es dir auch nicht erklären, höchstens vormachen.* Das klang halbwegs okay, fand er. Wenn er mutig wäre, dann würde er sie zu sich nach Hause einladen, denn wo sonst könnte er Marie seine Soundproduktion demonstrieren? Aber er war nicht mutig, lediglich zum Spaß tippte er weiter: *Mein Studio befindet sich in der Bötzowstraße 32, aber beeil dich, es gibt kaum noch Termine.* In diesem Moment öffnete seine Mutter die Zimmertür, er wollte schnell den letzten Satz löschen, kam aus Versehen auf den Sendebutton.

Am nächsten Tag ging Jakob nicht zur Schule, er simulierte eine Magenverstimmung, was auch als Entschuldigung für den Tag darauf herhalten musste. Marie hatte nicht geantwortet, kein Wunder nach dieser bescheuerten Nachricht. Was musste sie von ihm denken? Dass er ein selbstzufriedenes Arschloch war!

Am dritten Tag musste er wieder in die Schule. Er lief mit gesenktem Kopf über den Hof, vielleicht bemerkte sie ihn ja gar nicht, womöglich hatte sie seine Arschloch-Nachricht sogar schon vergessen. Man durfte sich nie zu wichtig nehmen, dachte Jakob, kurz bevor er hörte, wie jemand seinen Namen rief. Er drehte sich um und sah sie direkt auf sich zukommen. Es war wie in »Battlefield«, wenn eine Rakete auf einen zuraste und man nichts mehr tun konnte. Sie würde ihn jetzt gleich mit ihrer Verachtung zerquetschen, er könnte noch ein paar matte Worte der Entschuldigung murmeln, dann wäre auch dieses Kapitel abgeschlossen.

Doch dann klang sie weder verachtend noch sonst irgendwie böse, als sie schließlich vor ihm stand. »Also, ich habe deine Sekretärin mehrmals angerufen. Sie sagte, du hättest erst nächsten Monat wieder was frei. Deshalb frage ich dich lieber direkt.«

Er blickte auf. »Es war ein Joke, ich meine, es war nicht wirklich ernst gemeint …«

Sie lächelte. »Ach, echt? Gut, dass du das sagst, hätte ich von alleine nicht kapiert.«

»Ich meine ja nur … also … ich wollte das eigentlich gar nicht schreiben.«

»Warum? Ist doch voll lustig.«

»Findest du?«

»Hey, du kannst schreiben, was du willst, du bist der Star, ich bin das Groupie.«

»Wie kommst du darauf?«

»Meine Fresse, du schreibst Musik für meine Lieblingsband!«

»Ich schreibe keine Musik, sie haben nur ein paar Sounds von mir benutzt.«

»Na, dann ist es ja echt kein großes Ding! Wer wurde nicht schon mal von einer berühmten amerikanischen Band angerufen? Passiert mir persönlich ständig.«

Jakob spürte, wie er rot wurde. »Ist das wirklich deine Lieblingsband?«

»Yep. Ich meine, die machen krasse Songs, oder?«

»Du meinst so wie ›Waiting For The Nightmare‹?«

»Du bist auch Fan?«

»Nein, das ist der Soundtrack von ›Borderlands‹.«

»Borderlands?«

»Ein Ego-Shooter-Spiel, habe ich früher manchmal gezockt.«

Sie sah ihn überrascht an, jetzt hatte sie wohl endlich kapiert, was für ein lahmer Typ er war. Sie ging wahrscheinlich auf Konzerte, tanzte, rauchte und trank Alkohol. Während er zu Hause vor seinem Computer saß und »Pringles Cheese & Onion« mampfte. Sie legte den Kopf schief und sagte: »Tut mir leid, ich bin ein Mädchen, das nie gezockt hat. Darf ich trotzdem das Studio des Meisters besuchen?«

Die nächsten Tage vergingen quälend langsam. Sie hatten sich für Freitagabend verabredet, und eine von Jakobs größten Herausforderungen war, wie er es schaffen konnte, dass es bei ihm zumindest ein bisschen mehr nach Studio und ein bisschen weniger nach Kinderzimmer aussah. Zuerst nahm er die Poster mit den Kegelrobben von der Wand, was ihn schmerzte, weil er Kegelrobben wirklich mochte. Außerdem stellte sich nun die Frage, was er stattdessen aufhängen sollte. Er dachte an ein »Happy Elephants«-Poster, aber das hätte sie natürlich sofort durchschaut. Weshalb er sich schließlich für einen Kunstdruck entschied, den seine Mutter ihm mal nach einem Besuch in der Gemäldegalerie gekauft hatte. Es war das Bild einer Frau mit einem Perlenohrring, die bei längerem Hinsehen Marie ähnlich sah. Besser ein Freak, der auf flämische Maler stand, als ein Typ mit einer Robbenmacke.

Für die Studio-Optik hatte er zwei schwarze Polystyrolplatten um seinen Schreibtisch herumgestellt und von seinem Vater ein altes Sennheiser-Mikrofon ausgeliehen. Das ergab zwar wenig Sinn, weil er seine Sounds nicht live einspielte, sondern am Computer mischte, aber manchmal war Optik wichtiger als Sinn. Weitere offene Fragen waren, was er anziehen sollte, wie er seinen jüngeren Bruder dazu bringen konnte, in seinem Zimmer zu bleiben, was er seinen Eltern sagte, welche Getränke er anbieten sollte, ob Kerzen auf dem Fensterbrett übertrieben romantisch wirkten und ob der Pickel, der sich gerade prächtig an seinem Kinn entwickelte, bis Freitag abheilen würde.

Er hatte wenig Erfahrung mit Mädchenbesuch, um nicht zu sagen, gar keine. Auch sonst war er nicht besonders erfahren, er hatte nur ein Mal mit einem Mädchen geknutscht, aber so richtig zählte das eigentlich nicht, weil das Mädchen seine Cousine Lotte war, die ihn vor ihrem ersten Date zum Üben benutzt hatte.

Hinzu kam, dass er sich extrem unattraktiv fand. Er mochte seinen Körper nicht, der hatte ihn immer nur enttäuscht, er hatte keine Muskeln, seine Haut war übertrieben hell und teigig, und die paar Haare, die auf seiner Brust wuchsen, waren gerade wieder ausgefallen. Wie übrigens seltsamerweise auch seine Schamhaare, die eigentlich immer ganz ordentlich gewuchert hatten und die nun nur noch in vereinzelten Büscheln vorhanden waren. Vermutlich hatte es mit den neuen Medikamenten zu tun. Seit er denken konnte, musste er ständig irgendwelche Tabletten und Kapseln schlucken. Mal wurde ihm schlecht davon, mal bekam er Ausschlag oder schlimme Kopfschmerzen. Da waren ein paar verlorene Sackhaare schon fast eine Wohltat.

Abgesehen von alldem versuchte er, sein unverhofftes Glück so gut wie möglich zu genießen. Der Gedanke, dass Marie ihn nun wirklich bald besuchen würde, jagte ihm immer wieder ungläubige Schauer durch den Körper. Er hätte es allerdings einfacher gefunden, sie bis Freitag nicht zu sehen, weil er nicht wusste, wie er sich bis dahin in der Schule verhalten sollte. Sollte er so tun, als wäre alles wie immer? Durfte er sie ansprechen? Zum Glück machte ihm Marie die Sache leicht, sie winkte ihm vor allen anderen zu, setzte sich in der Cafeteria neben ihn, erzählte jedem, der es hören oder auch nicht hören wollte, dass sie am Freitag zu Jakob gehen werde. Was er einerseits toll fand, aber andererseits auch nicht. Denn wer so gar nicht aufgeregt war, der war doch auch so gar nicht interessiert, oder?

Es kam der Freitag, die Schulstunden zogen träge an Jakob vorbei, wie ein »Mario Kart«-Rennen mit schlechter Internetverbindung. Er sah nichts, er hörte nichts, er saß da wie betäubt und hoffte, dass er nicht vor Aufregung vom Stuhl kippte, bevor endlich das Wochenende begann. Manchmal blickte er verstohlen zu Marie, aber sie schien sehr beschäftigt zu sein, war erst in irgendein Buch vertieft und quatschte und kicherte dann die ganze Zeit mit Tom. Es war möglich, dachte Jakob, dass sie die Verabredung längst vergessen hatte. Es war sogar ziemlich wahrscheinlich. Er spürte Enttäuschung in sich aufsteigen, die noch größer wurde, als Marie ihn auch später keines Blickes würdigte und dieser Schultag ohne jedes Wort von ihr zu Ende ging.

Da hätte er am liebsten alles abgesagt. Besser, man cancelt selber ein Date, als gecancelt zu werden. »Sorry, Marie«, könnte er sagen, »ich habe total vergessen, dass ich heute Abend diesen wichtigen Videocall habe. West Coast, du weißt schon, brutale Zeitverschiebung. Über die Details darf ich noch nicht reden, aber ich denke, es wird ein ziemlich großes Ding …« Lediglich der Umstand, dass es ihm noch unangenehmer war, sie anzulügen, als von ihr vergessen zu werden, hinderte ihn daran, zum Telefon zu greifen. Und so wurde es Abend. Er saß in seinem Zimmer, strich mit den Fingern über die schwarzen Polystyrolplatten und hoffte auf das Türklingeln.

Aber es klingelte nicht, stattdessen klopfte seine Mutter und fragte, ob sein Besuch mit ihnen zu Abend essen wolle. Und wann denn der Besuch käme. Und wie er heiße. Und dann klopfte auch noch sein Bruder, weil der irgendein beschissenes Playmobil-Haus suchte.

Und dann klingelte es.

Die ersten Minuten waren komplett surreal, weil er diese beiden Bilder einfach nicht zusammenkriegte: sein Zimmer. Und sie. Dass Marie jetzt da stand, wo er sonst immer nur alleine war, das musste er erst mal verarbeiten. Sie betrachtete die Fotos über seinem Schreibtisch, die ihn an seinem vierzehnten Geburtstag am Außenbecken der Robbenanlage im Tierpark zeigten.

»Magst du Robben?«

»Na ja, geht so.«

Gestern Abend noch hatte er in einem Onlineratgeber gelesen, dass man bei einem ersten Date möglichst viele Fragen stellen sollte, weil man damit einerseits klarmachte, wie sehr man sich für das Mädchen interessierte, und gleichzeitig die Kontrolle im Gespräch behielt. Er hatte ein paar Fragen vorbereitet, die ihm allerdings auf einmal total dämlich erschienen. Die Fragen sollten ehrlich und sehr persönlich sein, wurde geraten, im besten Fall sollten sie sich auf natürliche Weise aus dem Gespräch ergeben. Na super, dachte Jakob, und was mache ich, wenn das Gespräch noch gar nicht in Gang gekommen ist? Marie ging wie eine Katze in seinem Zimmer umher, betrachtete alles mit großer Aufmerksamkeit.

»Und was machst du so, ich meine, außerhalb der

Schule … Hast du Hobbys?«, stammelte Jakob und hätte sich am liebsten selbst geohrfeigt für diese banalste aller banalen Fragen.

»Hobbys?«, fragte Marie und sah ihn belustigt an.

»Ich dachte nur … wegen der Robben, ob du vielleicht Tiere hast?«

»Nö. Ich habe eine kleine Schwester, die brüllt wie ein Tier und ist auch total behaart.«

»Wie alt ist sie denn?«

»Gerade geboren, meine Eltern hatten, glaube ich, Angst davor, irgendwann kein Kind mehr zwischen sich zu haben, da haben sie lieber noch schnell eins gemacht.«

»Und wie ist das für dich?«

»Das ist okay, wenn die sich dann weniger zoffen, wobei sie gerade so fertig sind, dass sie sich noch mehr zoffen als vorher.«

»Meine Eltern streiten sich meistens heimlich im Badezimmer, und sie denken, wir kriegen das nicht mit.«

»Worum geht es?«

»Ach, es ist immer dasselbe. Es reicht schon, wenn mein Vater sagt, meine Mutter sei genau wie ihre Mutter. Dann geht es direkt ab.«

Marie setzte sich auf den Schreibtischstuhl. »Kann ich verstehen. Wer will schon so werden wie die eigenen Eltern? Ich versuche mir manchmal vorzustellen, wie ich so leben werde später. Als Erwachsene.«

»Und?«

»Das Seltsame ist, ich kann es mir nicht vorstellen, weil mich das Konzept nicht überzeugt. Ich finde, Erwachsene haben wenig Spaß, dafür aber jede Menge Sorgen und Verantwortung. Warum soll ich mir das antun?«

»Na ja, als Kind musst du immer jemanden fragen, bevor du irgendwas machen darfst. Außerdem gibt es bestimmt Erwachsene, die Spaß haben.«

»Ja klar, aber den meisten Spaß haben die doch, wenn sie sich unerwachsen verhalten. Wenn meine Eltern was rauchen, dann fangen sie an zu kichern, dann sind die auf einmal richtig glücklich, weil sie mal kurz den ganzen Stress vergessen dürfen.«

»Okay, ich verstehe, was du meinst«, sagte Jakob, der sich immer mehr entspannte. »Vielleicht sollten wir hier und jetzt beschließen, dass wir später die unerwachsensten Erwachsenen werden, die es je gegeben hat.«

»Das machen wir!«, rief Marie begeistert. »Wir werden wie Wildgänse sein, die einfach in den Sommer fliegen, wenn der Winter kommt.«

»Fliegen Wildgänse nicht immer zusammen?«

»Ist das ein Heiratsantrag?«

Jakob wurde rot. »Nein, ich meine …«

»Wie, du willst mich nicht heiraten?«

»Ich … nun ja, ich würde es tun, wenn es nicht so wahnsinnig erwachsen wäre«, sagte Jakob, der staunend zur Kenntnis nahm, dass er gerade in Anwesenheit eines Mädchens einen Witz gemacht hatte.

Marie lachte. »Ich schlage vor, wenn einer von uns später mal zu erwachsen werden sollte, dann darf der andere sich eine peinliche Strafe für ihn ausdenken.«

»Was wäre dir denn peinlich?«

»Das werde ich dir doch nicht sagen.«

»Klar, verstehe ich. Mir ist so ziemlich alles peinlich, insofern wirst du es leicht haben.«

»Ziel ist es, den anderen zum Lachen zu bringen.«

»Oder zum Weinen. Weil Erwachsene das auch so selten machen.«

»Das stimmt. Wann hast du zum letzten Mal geweint, Jakob?«

Er stutzte, er war es nicht gewohnt, über solche Fragen nachzudenken, geschweige denn, darüber zu sprechen. Aber aus irgendeinem Grund waren seine Scham und Vorsicht verschwunden. Es war so, als würden Maries Unbefangenheit und Direktheit auf ihn überschwappen. Als hätte er sich in ihrer Gegenwart in jemand anderen verwandelt. »Vor zwei Wochen war ich im Park, da spielten ein paar Jungs Fußball und einer fragte mich, ob ich nicht Lust hätte, mitzuspielen. Und ich hätte große Lust gehabt.«

»Aber du konntest nicht? Wegen deiner Krankheit?«

»Du weißt davon?«

»Klar.«

»Jedenfalls hat mich das sehr ... traurig gemacht, die Vorstellung, dass ich nie ...« Jakobs Stimme zitterte, er verstummte. Marie stand von ihrem Stuhl auf, trat auf ihn zu und nahm ihn in die Arme. Er spürte ihre Wange neben seiner Wange, ihre Haare rochen nach Zigarettenrauch. Er stand da wie erstarrt und wusste nicht, ob er gerade traurig oder glücklich war.

»Guter Trick, das mit dem Weinen«, sagte Marie und löste sich langsam von ihm. »Kriegst du damit alle Mädchen rum?«

»Die meisten«, sagte Jakob, er musste lachen und fühlte sich leicht wie lange nicht. Dann wollte Marie, dass er ihr endlich zeigte, wie er seine Sounds machte, und sie setzten sich an den Computer, er erklärte, sie hörte zu. Er genoss ihre konzentrierte Aufmerksamkeit, er spielte ihr seine Lieblingssounds vor, sie schloss die Augen.

»Jakob, das ist krass, wie so kleine Gefühlsbomben, die in mir drin explodieren.«

»Na ja, ich bin nicht der große Redner. Das hier ist meine Sprache, ich kann damit so ziemlich alles sagen.«

»Wenn du einen Sound über mich machen solltest, wie würde der klingen?«, fragte sie.

Er überlegte, öffnete einen Ordner und klickte auf eine Datei, die »Marie« hieß. Ein weiches Plätschern und Glucksen war zu hören, wie das Wasser eines Bergbaches.

»Du hast einen Sound über mich gemacht?«

Wieder wurde Jakob rot. »Ich hätte nie gedacht, dass ich dir den vorspielen würde.«

Keine Stunde später, als Marie längst gegangen war und sein Zimmer wieder ihm allein gehörte, erschien es ihm schon total unwirklich, was gerade zwischen ihnen passiert war. Als er kurz vor Mitternacht im Bett lag, ging er in Gedanken immer wieder die Sekunden durch, in denen sie ihn umarmt hatte. Und auch wenn sie ihn vielleicht einfach nur hatte trösten wollen, so würde er ihren Geruch und ihre Wärme nie vergessen. Er spürte eine Erektion und fand, es gäbe jetzt eigentlich nichts Besseres, als sich einen runterzuholen, was ihm allerdings nicht gelang, weil sein Schwanz seltsam leblos blieb. Vielleicht, dachte Jakob, ist das normal, wenn man frisch verliebt ist, wenn das Gefühl so viel größer ist, als es je war.

Allerdings machte er sich schon Sorgen, als es ihm auch am nächsten Tag nicht gelang, sich ein wenig Entspannung zu verschaffen, sogar ein YouPorn-Video konnte daran nichts ändern. Sein Schwanz schien abwesend zu sein, lag da wie ein müdes Tier. Er überlegte, wann er zum letzten Mal onaniert hatte, das musste schon eine Weile her sein. Er war kein großer Fan der Onanie, seit der Arzt ihm mal gesagt hatte, dass ein Orgasmus bei ihm einen Kreislaufzusammenbruch auslösen könnte. Das hatte sich zwar später als übertrieben herausgestellt, aber ein grundsätzliches Unbehagen war geblieben, weshalb Jakob, anders als die meisten Jungs aus der Klasse, eher selten selber Hand anlegte.

Was war los mit ihm? Hatte auch das mit den neuen Medikamenten zu tun? Oder war er immer noch so aufgeregt wegen Marie? Die hatte ihm gleich am nächsten Morgen eine Nachricht geschickt: *Danke für den Abend und bis ganz bald … Unerwachsen für immer!* Er hatte geschrieben: *Danke. Es war toll. Ich habe noch nie so mit jemandem gesprochen, mich noch nie so mit jemandem gefühlt.* Aber dann hatte er die Nachricht doch nicht abgeschickt, weil sie ihm so schwach und bedürftig erschien. So als hätte es vor ihr nichts Wichtiges in seinem Leben gegeben, was zwar grundsätzlich richtig war, aber das musste er ihr ja nicht sofort mitteilen. Er schrieb stattdessen: *Ja, es war toll, müssen wir bald mal wieder machen. Unerwachsen für immer!*

Die Sommerferien begannen, sie gingen im Park spazieren, bauten Sandburgen am Weißensee, warfen sich Gummibärchen in den Mund. Im Gummibärchen-Schnappen war Marie sehr geschickt, ganz anders als er. »Ich werde das nie schaffen«, sagte Jakob, woraufhin sie ihren Mund auf seinen drückte und mit zuckriger Zunge zwei Gummibärchen in seinen Rachen schob. Das war ihr erster Kuss, er spürte ihre rauen Lippen, sein Herz raste. Er fragte sich, ob das gefährlich sein könnte, ob er gleich das Bewusstsein verlieren würde, wie neulich auf dem Kettenkarussell, beschloss dann aber, dass es nicht nur völlig okay wäre, sondern vermutlich sogar absolut angemessen, sich von einem solchen Mädchen ohnmächtig küssen zu lassen.

Von da an sahen sie sich fast jeden Tag, besuchten die Robben im Zoo, fütterten sich gegenseitig mit Spaghettieis, lagen nachts knutschend am Spreeufer, tranken Bier und hörten schwermütige Musik. Sie brachte ihm Tischtennisspielen bei, er nahm sie mit zu einem »Happy Elephants«-Konzert. Jede Nacht schickte Jakob ihr einen Sound, der sie in den Schlaf begleiten sollte. Er konnte ihr jetzt alles sagen, er hatte keine Angst mehr vor nichts. Nur davor vielleicht, dass das alles aus irgendeinem bescheuerten Grund irgendwann zu Ende sein könnte.

Wobei, so ganz stimmte das nicht, denn es gab eine Sache, die er ihr nicht sagen konnte. Die mit seinem Schwanz, der noch immer komplett benommen wirkte. Vielleicht hatte sie es auch schon mitbekommen, als sie in der Dunkelheit am Spreeufer lagen und ihre Hand in seinen Schritt gewandert war. Sie hatte ihn ein bisschen gestreichelt und, als dann nichts passierte, wieder aufgehört. Im Internet hatte er gelesen, es könne vorkommen, dass man keine Erektion bekomme, wenn man zu aufgeregt sei. Dass man Geduld haben müsse.

Vielleicht würde es anders werden, wenn sie zum ersten Mal miteinander schliefen, dachte Jakob. Er stellte sich vor, wie es wäre, ihren nackten Körper an seinem zu spüren, eine warme Welle jagte durch ihn hindurch, was auch seinen Schwanz nicht unbeeindruckt ließ und Jakob neue Hoffnung gab.

Ein paar Tage später sagte Marie, ihre Eltern seien übers Wochenende verreist und er könne bei ihr übernachten. Da war sie also, die ultimative Prüfung, dachte Jakob. Er kaufte Kondome, Sekt, ihre Lieblingskartoffelchips und klingelte an ihrer Tür. Sie guckten einen Film, tranken den Sekt, tanzten zu Musik von »Arlo Parks«, zogen sich aus und legten sich in Maries schmales Kinderbett. Sie sahen einander in die Augen, er spürte ihre Brüste an seiner Brust und er wusste, dass dieser Moment jetzt gerade wunderbar sein könnte. Dass er eigentlich wunderbar war, wenn er selbst nicht wie gelähmt daliegen würde, in sich reinhorchend, ob sich untenrum was tat.

Es tat sich dann gar nichts, und Marie sagte, es sei doch nicht schlimm, aber natürlich war es schlimm. Zumal es auch das erste Mal für sie gewesen wäre. Marie sagte, sie finde es süß, dass er so unsicher sei, und Sex sei doch keine Leistungskontrolle, und es gebe doch auch noch andere Sachen, die man erst mal machen könnte, und sie hätten doch ewig Zeit. Aber nichts davon tröstete ihn, er lag im Bett mit dem wunderbarsten Mädchen der Welt und seine Verzweiflung wuchs mit jedem Atemzug.

WENGER

In der Nacht war er aufgewacht, wie immer gegen 4.30 Uhr. Sofort waren die Gedanken da, die in der Dunkelheit so teuflisch wuchsen, die ihn wie Efeu umrankten, ihm die Brust zuschnürten. Und immer wieder diese verfluchten Bilder, das braune Fläschchen im obersten Fach des Panzerschranks, die behaarten Hände des Pfarrers, das leise Wimmern der Mutter, der Umschlag mit dem roten Wachssiegel, der Blick von oben auf das Bett, in dem er sich mit Krämpfen wälzte, Mathildes Tränen, das gleißende Nichts, das ihn verschlang. Es waren immer dieselben Bilder, die zu Staub zerfielen, sobald das erste Tageslicht durch das Fensterglas kroch. Weil böse Gedanken, ähnlich wie Vampire, nur in der Finsternis mächtig sind.

Das Gespräch mit Professor Mosländer war anders verlaufen, als Wenger es sich vorgestellt hatte. Weniger dramatisch, sehr gefasst. Mosländer hatte ihm erklärt, dass nun auch die rechte Herzseite geschwächt sei, dass die Atemnot zunehmen werde, auch die Schmerzen in den Beinen. Ein Schrittmacher könne da nicht mehr helfen, für eine Transplantation sei er zu alt. Besorgniserregend waren auch seine Nieren- und Leberwerte. Das neue Medikament, das ja wohl seine letzte Hoffnung war, schien nicht anzuschlagen. »Wie lange noch?«, hatte er gefragt. »Vielleicht zwei Monate, vielleicht zwei Jahre«, hatte Professor Mosländer gesagt.

Das war jetzt sechs Wochen her. Er hatte nur Mathilde davon erzählt, die komplett zusammengeklappt war, obwohl er die Lage wesentlich positiver beschrieben hatte als Mosländer. Na gut, sie kannte ihn und wusste, dass er in solchen Dingen immer untertrieb. Außerdem hatte sie dann selbst mit Mosländer gesprochen, der nichts gesagt, aber dafür wohl recht traurig geguckt hatte. Jedenfalls war ihm da klar geworden, dass er das alles erst mal für sich klären musste, bevor er anderen davon erzählte.

Aber wie soll man Dinge klären, die man selbst kaum begreifen kann? Er war es nicht gewohnt, dass es Probleme gab, die er nicht lösen konnte. Dass es einen Willen gab, der stärker als seiner war. Es hatte ihn immer wütend gemacht, wenn Leute vom Schicksal sprachen, weil ihm das so mutlos und unengagiert erschienen war. Eine bequeme Ausrede von irgendwelchen Sesselfurzern, die nicht bereit waren, Verantwortung zu übernehmen. Was sollte denn das sein, dieses Schicksal? Irgendein göttlicher Plan vielleicht? Er war überzeugt, dass nur die Dummen und die Faulen vom Schicksal überrascht wurden, alle anderen bestimmten ihr Leben selbst.

Das ging ein paar Wochen so, dieser Kampf mit sich selbst und mit der Einsicht, dass all seine Stärke und Entschiedenheit ihm nichts nutzten angesichts des Unvermeidlichen. Nicht unwichtig war vermutlich ein Telefongespräch mit Professor Mosländer, der ihm eine Pflegerin vermitteln wollte. »Sie brauchen Hilfe«, hatte Mosländer gesagt, »schon bald werden Sie sich nicht mehr alleine anziehen können, in spätestens einem halben Jahr wird es Ihnen schwerfallen, ohne Hilfe das Bett zu verlassen.«

Da war für ihn die Entscheidung gefallen.

Die Fragen, die dann kamen, erschienen ihm schon wieder vertrauter, weil sie praktisch und lösbar waren. Wo bekam man das Natrium-Pentobarbital her, dieses Zeug, das sie in der Schweiz in den Sterbehäusern verwendeten? War es angeraten, dazu noch Metoclopramid zu schlucken, um den Brechreiz auszuschalten? Könnte Professor Mosländer ihm das Gift auch intravenös verabreichen? Oder zumindest einen Zugang legen? Wenn das alles organisiert wäre, so dachte Wenger, dann würde es ihm besser gehen, weil er sein Schicksal wieder selbst in der Hand hätte. Nun ja, das war nur einer von mehreren Irrtümern gewesen.

Er drehte sich zur Seite, ließ die Beine über die Bettkante gleiten, spürte den weichen Teppich unter den Füßen. Nach ein paar Minuten stemmte er sich hoch, blickte aus dem Fenster zum Ahorn hinüber, der wie ein knorriger Wächter vor seiner Villa im Berliner Westend wuchs. Der Baum beruhigte ihn, wie er da so stand, unerschütterlich, selbstverständlich. Der weiße Kastenwagen von »Feinkost Mayer« parkte in der Auffahrt. Der alte Mayer sprach mit Mathilde, während die Haushälterin, die Köchin und der Gärtner riesige Tüten und Kartons ins Haus brachten, als würde die halbe Stadt zu Besuch kommen. Dabei kamen doch nur Selma und Philipp samt Ehepartnern. Und Hubert, der Notar der Familie, der über die Jahre so etwas wie ein Freund geworden war, auch wenn Wenger ihn selbstverständlich nie so nennen würde.

Mathilde hätte am liebsten noch mehr Leute eingeladen, weil der Achtzigste doch angeblich so ein wichtiges Datum war. Aber Wenger waren Geburtstage schon immer suspekt gewesen. Er mochte es nicht, auf diese Weise im Mittelpunkt zu stehen. Was war es denn für ein Verdienst, geboren worden zu sein? Jeder wurde irgendwann geboren, selbst die größten Trottel hatten das geschafft. Alle, die auf diese Welt kamen, waren Sieger, waren aus Samenzellen entstanden, die sich gegen Millionen anderer Samenzellen hatten durchsetzen müssen, um als Erste in der Eizelle anzukommen. Wenn aber alle Sieger waren, fand Wenger, war es doch ziemlich lächerlich, sich dafür auch noch feiern zu lassen.

Wobei er zugeben musste, dass er Geburtstage schon als Kind nicht gemocht hatte, was vor allem mit seiner Angst zusammenhing, die anderen könnten ihn vergessen haben. Sie waren fünf Söhne zu Hause gewesen, da konnte man schon mal übersehen werden. In jeder Geburtstagsnacht war er sicher gewesen, dass diesmal keiner an ihn dachte. Dass niemand am nächsten Morgen vor seinem Bett stehen würde, um ihm im Schein der Kerzen und im vielstimmigen Familienchor »Viel Glück und viel Segen« zu wünschen. Und selbst der Umstand, dass er nie vergessen wurde, dass sie immer vor seinem Bett standen, hatte ihm die Sache nicht leichter gemacht.

Hinzu kam, dass seine Mutter am Morgen seines einunddreißigsten Geburtstages gestorben war, was ihn später zu der, zugegeben übertriebenen, Annahme verleitete, sie hätte sein Leben mit ihrem Tod bezahlt. Er war mit ihr alleine gewesen, als sie starb, seine Mamusch, noch heute spürte er ihre knöcherne Hand in seiner, hörte das Wimmern ihres letzten Kampfes, das sich jetzt in seine Nächte schlich und ihn darin bestärkte, eine Abkürzung aus dem Leben zu nehmen.

Er würde es ihnen heute Abend sagen, nach dem Dessert. Sie könnten dann anschließend einen Pflaumenbrand trinken, zur Verdauung des Essens und der traurigen Nachricht. Er musste sich noch die richtigen Worte zurechtlegen, die Frage war vor allem, wie direkt, wie konkret er es sagen sollte. War es besser, in vagen Metaphern zu sprechen, oder sollte er ihnen klipp und klar sagen, was er vorhatte?

Am meisten Sorgen machte er sich um Mathilde. Deshalb hatte er in den letzten Tagen immer mal wieder Anläufe unternommen, um sie darauf vorzubereiten. Aber jedes Mal, wenn er etwas sagen wollte, und sei es auch nur eine Andeutung darüber, wie es um ihn stand, wurde er von der Wucht der eigenen Nachricht übermannt. Er spürte, dass im Moment der Verkündung aus bloßen Gedanken so etwas wie Wirklichkeit werden würde.

Was seine Kinder betraf, gab sich Wenger keinen Illusionen hin. Vielleicht würden sie erst mal schockiert sein, aber vermutlich nicht stärker als damals, als Benno, der Foxterrier der Familie, nach einem stolzen Hundeleben von ihnen gegangen war. Sie würden vermutlich vor allem erleichtert sein, weil der Alte endlich keinen Druck mehr machen konnte. Er hatte Selma und Philipp immer gefördert, wollte sie zu seinen Nachfolgern aufbauen, aber sie scheuten die Verantwortung, erfanden immer neue Gründe, sich der Aufgabe zu entziehen. Mathilde meinte, die Kinder könnten nicht gedeihen in seinem Schatten, aber das war natürlich Blödsinn. Was denn für ein Schatten? Er gab ihnen Luft, er gab ihnen Sonne, er gab ihnen alles, was sie brauchten. Aber Selma und Philipp beklagten sich immer nur, weil sie angeblich Gefangene der Familie waren, ihre Existenz schon vorherbestimmt war.

Wie oft hatte er sich dieses Gejammer anhören müssen. Auf Mathildes Wunsch hin, die meistens auf der Seite der Kinder stand, hatte er versucht, sich etwas Verständnis für die beiden abzuringen. Aber es fiel ihm nicht leicht, weil er es schlicht nicht kapierte. Glaubten diese verwöhnten Bälger wirklich, dass sie es schwerer hatten als er? Er, der als Kind noch Hunger und Krieg erlebt hatte, der sich ohne Ausbildung hocharbeiten musste, der mit zwanzig seine Bau- und Immobilienfirma gründete und seit dem frühen Tod des Vaters die komplette Familie durchfüttern musste? Glaubten Selma und Philipp wirklich, *sie* hätten leiden müssen? Mit ihren englischsprachigen Kindermädchen, den Skiurlauben in Davos, dem Segelboot auf dem Wannsee, dem Studium in Oxford? Dazu noch die liebevollste Mutter der Welt. Und ja, zugegeben, ein ziemlich beschäftigter Vater, der sich erdreistete, sich nicht nur für seine Kinder, sondern auch ein wenig für seine zweitausend Mitarbeiter verantwortlich zu fühlen.

Im Grunde, davon war Wenger überzeugt, war das Gejammer seiner Kinder nur ein Vorwand, um sich aus der Pflicht zu stehlen. Denn ganz offensichtlich hatten beide sein unternehmerisches Talent geerbt, Selma sogar noch mehr als Philipp. Hinzu kam ihr Gespür für Menschen, ohne das im Immobilienbereich gar nichts ging. Als Selma im zweiten Jahr in der Firma war, hatten sie einen Großkunden aus Schweden, der zweihundertfünfzig Wohnungen kaufen wollte. Kurz vor der Unterzeichnung der Kaufverträge versuchten die Schweden den Preis zu drücken, was Wenger vor große Probleme stellte, da er in Geldnot war und verkaufen musste. Selma schlug damals vor, die Gespräche mit den Schweden alleine weiterzuführen. »Man spürt deine Angst, Papa«, hatte sie gesagt. Er ließ sie machen und sie verkaufte nach kurzen Verhandlungen für den ursprünglich ausgehandelten Preis, »weil die Schweden eigentlich nur spielen wollten«, wie sie sagte.

Selma war ein Naturtalent und Philipp auf seine Art auch, es war völlig klar, dass sie irgendwann die Firma übernehmen sollten, stattdessen waren sie beide weggegangen, hatten ihn alleingelassen. Weil er angeblich niemanden neben sich duldete, weil er angeblich alles selbst bestimmen wollte. Was für ein Blödsinn! Der Deal mit den Schweden war doch der beste Beweis dafür, dass er zurückstecken konnte! Dass er seinen Kindern vertraute!

Tja, sie waren trotzdem gegangen, zuerst Philipp, der unbedingt auf irgendeiner Insel irgendwelche bescheuerten Schildkrötenbabys retten wollte, und dann auch noch Selma, die diesen komplett nichtsnutzigen Typen geheiratet hatte, der sie in jeglicher Hinsicht nach unten zog. Es war zum Verzweifeln, wie die beiden ihr Talent verschwendeten, sie waren jetzt bald vierzig und hatten noch rein gar nichts geschafft. Noch nicht mal Enkelkinder hatten sie ihm geschenkt, nicht mal das gönnten sie ihm, obwohl doch jeder wusste, wie gerne er Großvater wäre.

Er duschte lange, zog sich gemächlich an, je später er nach draußen trat, um sich von allen gratulieren zu lassen, umso besser. Beim Anziehen der Hose fiel ihm auf, dass es ihm an diesem Morgen kaum Mühe bereitete, sich auf einem Bein stehend hinunterzubeugen, um den Fuß ins Hosenbein einzufädeln. Normalerweise saß er beim Hosenanziehen, weil er Angst hatte, das Gleichgewicht zu verlieren. Er beschloss, auch stehend in das andere

Hosenbein zu schlüpfen, und es gelang ihm auf Anhieb. Potztausend, dachte Wenger, das waren vermutlich die berühmten letzten Kräfte, die man aufbrachte, kurz bevor es zu Ende ging.

Leidlich beschwingt stieg er die Freitreppe zum Esszimmer hinab, beschloss dann aber, lieber an dem kleinen Tisch in der Küche zu frühstücken und Anita, der Köchin, ein wenig bei der Arbeit zuzuschauen. Im Vestibül traf er auf Mathilde, die ihn umarmte und »Herzlichen Glückwunsch, mein Liebster« in sein Ohr flüsterte. Er aß mit großem Appetit, ging eine geschlagene Stunde im Park spazieren, ließ sich von Theo, dem Gärtner, die im Herbst gepflanzten Birnbäume zeigen und zog sich anschließend zur Zeitungslektüre in den Wintergarten zurück. Nach dem Mittagessen legte sich Wenger ein Stündchen hin, wachte erquickt und gut gelaunt auf und fragte sich, wann er zum letzten Mal so einen faulen, netten Tag gehabt hatte.

Erst da fiel ihm wieder die Rede ein, die er nach dem Dessert halten musste, und die Leichtigkeit war mit einem Schlag verschwunden. Was allerdings, dachte Wenger, viel weniger verwunderlich war als die geradezu aufreizende Fröhlichkeit, die ihn bis dahin durch den Tag getragen hatte.

Am Abend vor dem Kleiderschrank entschied er sich für den nachtblauen Smoking, den Mathilde ihm vor ein paar Jahren in Mailand gekauft hatte und den er danach nicht ein einziges Mal hatte anziehen wollen. Es wäre doch schade, fand er, diesen schönen Smoking so völlig ungetragen zu hinterlassen. Dabei fiel ihm auf, wie viel Kleidung in seinen Schränken hing, deren Existenz er vergessen hatte. All diese Kleidung würde ihre Daseinsberechtigung verlieren in dem Moment, in dem ihr Besitzer von dannen ging. Wobei das eigentlich Seltsame war, dass die Kleidung den Besitzer überlebte. Dass er selbst verschwinden würde, während seine Unterhosen noch ordentlich gefaltet in der Schublade lagen.

Er fühlte eine tiefe Traurigkeit in sich aufsteigen, die ihn verunsicherte. Er setzte sich hin, starrte lange in den geöffneten Kleiderschrank und musste sich eingestehen, dass es möglicherweise doch nicht so einfach war, Herr seines Schicksals zu sein. Die meisten Menschen wissen nicht, wann es sie ereilen wird, dachte er, sie brauchen nicht fortzugehen, sie warten, bis das Leben sie verlässt. Sie haben keine Zeit, an ihre gefalteten Unterhosen zu denken.

Als Vorspeise gab es Rindercarpaccio, er saß an der Kopfseite des schweren Esstisches, links von ihm Mathilde, rechts Selma, die wie immer blass und ein wenig unglücklich aussah, was vermutlich auch mit ihrer veganen Ernährung zu tun hatte, statt des Rindercarpaccios hatte sie ein Büschelchen Brunnenkresse auf dem Teller. Wenger war überzeugt davon, dass Menschen, die regelmäßig Sex hatten, nicht Veganer wurden. Er hatte keine Belege für diese Theorie, es war eher so ein Gefühl, das sicherlich auch mit Selmas Mann zu tun hatte, der schmatzend und übergewichtig in einem italienischen Zuhälteranzug neben ihr saß.

Dieser Versager zog seine Tochter in Geschäfte hinein, die regelmäßig scheiterten. Geschäfte, die in der Regel mit Wengers Geld finanziert wurden, weil Selma ihren Mann unterstützen wollte und Mathilde ihre Tochter.

Es hatte angefangen mit einem Importunternehmen für amerikanische Kühlschränke mit Eiswürfelspender, das daran zugrunde gegangen war, dass die Geräte nicht mit dem deutschen Stromnetz klarkamen und reihenweise in Flammen aufgingen. Es folgte ein Weinimport-Unternehmen mit Sitz im sonnigen Bordeaux, wobei sich bald herausstellte, dass der Hauptkonsument des absurd hochpreisigen Weins, der bevorzugt aus den Saint-Émilion-Lagen stammte, Selmas Mann war. Ähnlich blitzartig, aber um einiges kostspieliger verging die Existenz des Oldtimer-Handelsunternehmens, das auf englische Sportwagen spezialisiert gewesen war. Die vorläufig letzte Idee von Selmas bescheuertem Gatten war die Gründung eines Reisebüros gewesen, das exklusive Heiltöpfer- und Fastenurlaube auf La Gomera organisierte. Bislang war es Wenger gelungen, dieses neue Geldgrab zu verhindern, allerdings war ihm klar, was passieren würde, sobald er nicht mehr da war. Er verstand nicht, warum seine Tochter nicht ihre eigenen Ideen verwirklichte, warum sie im Schatten dieses Verlierers lebte.

Mathilde gab den anderen ein Zeichen, sie fassten einander an den Händen und sangen zusammen »Viel Glück und viel Segen«. Für einen Moment wirkten sie wie eine ganz normale Familie. Wenger erhob sein Champagnerglas, sie stießen an, bis auf Philipp, der aus Prinzip keinen Champagner trank, weil er das für eine unerträgliche Kapitalistenplörre hielt. Philipp hatte nach dem Studium der Betriebswirtschaft und der Psychologie in Oxford fünf Jahre in der Firma gearbeitet, hatte dann erst die Schildkrötenbabys gerettet, war später einer experimentellen Theatergruppe in Boston beigetreten, um nach seiner Rückkehr nach Europa für Amnesty International zu arbeiten. Was er da genau machte, hatte Wenger nie verstanden. Immer wenn er nachfragte, gab es Ärger, weshalb er es irgendwann bleiben ließ.

Eigentlich war Philipp ein lieber Junge und sein Engagement für Umwelt und Frieden fand Wenger durchaus anerkennenswert. Außerdem wollte er nie Geld von ihm, was schon mal grundsätzlich positiv war. Problematisch war eher Philipps Freundin, Bea, eine Ökoanwältin, die zu Ostern vor vier Jahren die Benzinschläuche von Wengers S-Klasse durchgeschnitten hatte. Wobei, das musste der Gerechtigkeit halber erwähnt werden, es nie Beweise für Beas Täterschaft gegeben hatte. Sie war allerdings unter den Ostergästen die Einzige gewesen, der er diese Tat zugetraut hatte, was für Wenger Beweis genug war.

Bea saß neben Philipp, trug ein indisches Wickelkleid und eine grauenhafte Rastafrisur, was ihre Schönheit kaum schmälerte. Das musste man ihr lassen, dachte Wenger, nicht viele Frauen konnten eine solche Verunstaltung so locker wegstecken wie sie. Bea trank bereits ihr drittes Glas Champagner, da war sie, Kapitalismus hin, Kapitalismus her, schon immer recht pragmatisch gewesen. Sie dozierte lautstark über das neue Lieferkettengesetz, das westliche Unternehmen stärker in die Verantwortung nehmen sollte für die skandalösen Produktionsbedingungen ihrer Drittweltzulieferer. Wenger musste zugeben, dass es recht vernünftig klang, was Bea da erzählte. Man merkte, dass sie sich auskannte mit der Materie. Er überlegte, ob er ihr das sagen sollte, fand es aber übertrieben, auf seine letzten Tage noch zum netten Schwiegervater zu werden.

Während das Hauptgericht, Rinderroulade mit Speck, serviert wurde (für Selma gab es einen Tofubratling, der aussah wie überbackenes Styropor), dachte Wenger an das Testament, das er mit Hubert (der im grauen Flanellanzug an der Stirnseite ihm gegenüber saß) letzte Woche entworfen hatte. Neben Mathilde, die als Haupterbin eingesetzt war, sollten auch Selma und Philipp nach seinem Ableben großzügig bedacht werden. Jedes seiner Kinder würde fünfundzwanzig Millionen Euro bekommen, allerdings nur unter bestimmten Voraussetzungen, von denen die wichtigste die sofortige Rückkehr in die Geschäftsführung der Firma war.

Dieses Testament war eine letzte, gewissermaßen postmortale Erziehungsmaßnahme. Für den Fall, dass eines der Kinder sich weigern sollte (Wenger dachte da vor allem an Philipp), würde das Erbteil zusätzlich an das andere, gefügige Kind übergehen. Die Wochen, die ihm noch blieben, würde er dazu nutzen, den Kindern die Firma zu übergeben, dann konnte er beruhigt abtreten. Denn die unangenehmste Sache am Sterben war doch, dachte Wenger, dass man nicht mehr erfuhr, wie es weiterging. Dass es überhaupt weiterging, war im Grunde eine Frechheit. Umso wichtiger war ihm die Gewissheit, dass die Firma bestehen blieb, dass seine Kinder sie für ihn weiterführten, dass sein Name auch noch in zwanzig oder fünfzig Jahren in großen Lettern die Giebelwände der Stadt zierte. Die »Wenger Immobilien und Co. KG« war sein Vermächtnis, sein Ticket in die Unsterblichkeit.

Es kam das Dessert, Pannacotta mit Waldfrüchten, Wenger spürte, wie er langsam nervös wurde. Am meisten fürchtete er seine eigenen Emotionen, er neigte seit einiger Zeit dazu, in gefühlig aufgeladenen Momenten spontan loszuheulen. Seine Tränenhemmschwelle war mit den Jahren immer weiter gesunken, sodass er mittlerweile auch bei rührseligen Filmen oder sogar bei der bloßen Erwähnung bestimmter Kindheitsgeschichten das warme Nass auf seinen Wangen spürte. Wie die meisten Männer war er vor allem von sich selbst ergriffen, und er hoffte, sich an diesem Abend beherrschen zu können, weil man doch so wichtigen Angelegenheiten wie Firmenübergabe und Tod nicht auf so unkontrollierte Weise begegnen durfte.

Als die Dessertteller abgeräumt waren, klopfte er mit dem silbernen Kaffeelöffel an sein Wasserglas. »Liebe Familie, ich habe euch etwas Wichtiges zu sagen«, begann er viel zu leise und mit trockener Kehle. Alle blickten ihn an und verstummten. Er sprach von Professor Mosländers Diagnose, von seiner schwindenden Lebenszeit, von seinen Vorkehrungen für das selbstbestimmte Ende. Er sah Selmas Tränen, die Panik in Philipps Gesicht, die anderen hatten respektvoll die Köpfe gesenkt, Mathilde legte ihm ihre zitternde Hand aufs Knie, er vermied es, den Blick zu ihr zu wenden. »Ich weiß, das ist schwer für euch, ich hoffe dennoch, ihr könnt es verstehen«, sagte er mit fester Stimme.

Stille breitete sich im Esszimmer aus, füllte wie kalter Nebel den Raum, als hätte das Leben schon jetzt eine Pause eingelegt. Aus der Küche war das Klirren von Geschirr zu hören, Philipp räusperte sich: »Das kannst du nicht machen, Papa. Du kannst nicht einfach … Das geht doch nicht.«

»Ich weiß«, sagte Wenger, »man kann sich das schwer vorstellen, aber für mich wäre es noch schwerer vorstellbar, es nicht zu tun.«

»Es ist doch nur eine Diagnose, was ist, wenn der Arzt sich irrt?«

»Ich mache es nur, wenn ich spüre, dass es wirklich zu Ende geht. Professor Mosländer hat mir erklärt, was passiert, wenn die Atmung schwächer wird, das muss grauenhaft sein. Ich will nicht ersticken, ich will auch nicht künstlich beatmet werden, ich will einfach einschlafen.«

»Das verstehe ich«, sagte Selma, »aber wie wird das dann sein, sagst du uns Bescheid, wenn … also ich meine, bevor du …«

»Ich weiß es nicht, keine Ahnung, ich schätze schon, es wird ja hoffentlich nicht zu schnell gehen.«

»Versprich mir, dass du nicht einfach so verschwindest«, sagte Selma, ihre Stimme brach, Tränen tropften auf die Tischdecke. Wenger atmete tief ein, nahm ihre Hand. Selma sank schluchzend zu ihm hin, legte ihren Kopf an seine Schulter, von der anderen Seite lehnte sich Mathilde an ihn. So saß er da, eingerahmt von trauernden Frauen, überwältigt vom Sturm der Gefühle, überrascht, wie glücklich sich Unglück anfühlen konnte.

Die Haushälterin brachte den Pflaumenschnaps, sie tranken stumm, der Alkohol floss warm und beruhigend in ihn hinein und Wenger fragte sich, ob das Natrium-Pentobarbital sich so ähnlich anfühlen würde. Oder ob man, ganz im Gegenteil, die Kälte spüren würde, sobald sich der Tod im Körper breitmachte. Es wäre vielleicht gut, schon ein wenig betrunken zu sein, bevor man das Zeug schluckte. Er hatte da noch diesen unglaublich alten Whisky, den er vor vielen Jahren von einem japanischen Geschäftspartner geschenkt bekommen hatte. Wenger hatte immer auf einen würdigen Anlass gewartet, um die versiegelte Flasche zu öffnen, und wie es aussah, könnte der Anlass schon bald nicht würdiger sein.

Als Wenger später auf sein Zimmer ging, spürte er eine warme Zufriedenheit, diese wohlige Nähe, diese behagliche Vertrautheit, die vermutlich nur die Familie entfachen konnte. Es war seltsam, dachte er, dass man erst einen Selbstmord planen musste, um sich mal wieder so richtig geborgen zu fühlen.

Die nächsten Wochen verbrachte er damit, sein Testament und die Patientenverfügung abschließend zu formulieren und von Hubert beurkunden zu lassen. Beide Dokumente enthielten äußerst umfangreiche und detaillierte Handlungsanweisungen, die davon geprägt waren, jegliche Fehlinterpretation, jedes denkbare Missverständnis und jeden noch so leisen Zweifel an seinem letzten Willen mit nicht zu überbietender Deutlichkeit auszuschließen. Es ging darin auch um andere Dinge, zum Beispiel den jährlichen Beschnitt des Ahorns vor der Villa (der nur zwischen Anfang Januar und Ende Februar zu erfolgen hatte, wenn möglich bei Neumond und nicht bei Temperaturen von über zwei Grad Celsius, durchgeführt vom Forstbetrieb Wohlrabe, unter Aufsicht des Gärtners, der im Übrigen darüber zu wachen hatte, dass die Leitäste nicht zu stark gestutzt wurden und die Krone ihre Luftigkeit behielt) oder die Instandhaltung des Segelbootes im Trockendock (zweimal Leinölanstrich, einmal Firnis, anschließend mit Bootslack ME74654 versiegeln und zwei Wochen austrocknen lassen!).

Falls Mathilde sich irgendwann (in sehr ferner Zukunft!) mit dem Gedanken tragen sollte, erneut zu heiraten, war eine Feier in der Villa oder in der Finca auf Ibiza oder im

Chalet in Zermatt verboten. Es war ihr außerdem nicht gestattet, während der Zeremonie Schmuck oder Kleidung zu tragen, die sie von ihm geschenkt bekommen hatte.

Etwa vierzig Seiten waren ausschließlich seiner Grabstelle und dem Begräbnis gewidmet, der dabei zu spielenden Musik, der Auswahl der Blumen, der Anordnung der von den Trauergästen mitgebrachten Kränze, der Zahl und der Reihenfolge der Trauerredner. Zudem war im Anhang IIa vermerkt, welche Personen auf gar keinen Fall eingeladen werden durften, es war eine beeindruckend lange Liste.

Hauptpunkt war natürlich die Firma, für deren Zukunft Wenger verschiedenste Szenarien entwarf und jeweils zu treffende Maßnahmen vorgab. Der delikateste Aspekt war die Übergabe an die Kinder, da es nicht leicht war, sie zugleich als Geschäftsführer einzusetzen und ihre Kompetenzen in substanziellen Fragen möglichst klein zu halten. Zumal in Wengers Augen fast alles, was die Firma anging, mehr oder weniger substanzielle Fragen waren. Aber auch da hatte er ein gutes Gefühl, da das Gespräch mit Selma und Philipp viel besser verlaufen war als erwartet. Offenbar hatte der Blick auf die väterlichen Millionen, verbunden mit der Aussicht auf sein baldiges Ableben, sämtliche Widerstände der beiden gegen eine Rückkehr in die Firma gebrochen. Bereits eine Woche nach dem Geburtstagsdinner hatten sie als gleichberechtigte Geschäftsführer angefangen, wobei die Prokura für Abschlüsse von mehr als zehn Millionen Euro bis zu seinem Ableben bei ihm blieb.

Er arbeitete sehr viel in diesen Wochen und horchte immer wieder in sich hinein, ob er schon irgendetwas spürte, das auf eine gesundheitliche Verschlechterung schließen ließ. Aber er spürte nichts, außer einem schier überbordenden Arbeitshunger, an manchen Tagen fing er morgens um fünf mit den ersten Diktaten an und kam erst kurz vor Mitternacht nach Hause zurück. Seine Beine, die ihn so lange genervt hatten, weil sie von den Wassereinlagerungen geschwollen waren und wehtaten, bereiteten ihm kaum noch Probleme, sogar sein Atem war wieder ziemlich normal, sein Blutdruck war zwar noch zu niedrig, hatte sich aber im erträglichen Bereich eingependelt. Professor Mosländer, zu dem er jeden Dienstagmorgen ging, war sehr zufrieden, vor allem mit seinen Blutwerten, die sich offensichtlich rapide verbessert hatten. So rapide, dass Mosländer einen Auswertungsfehler im Labor nicht ausgeschlossen und erneut Proben eingeschickt hatte.

Vielleicht hatte Mosländer sich ja wirklich geirrt, dachte Wenger. Der kannte sein Kämpferherz eben nicht, seine Willensstärke, der hatte keine Ahnung, was es bedeutete, wenn ein Wenger seinen Weg ging. Er schlief jetzt auch wieder besser, vorgestern war er sogar mal wieder von zu Hause bis fast in die Firma gelaufen, durch den Grunewald bis zur Havel, an den Bootsliegeplätzen vorbei bis zur Stößenseebrücke, wo der Chauffeur auf ihn gewartet hatte. Vielleicht lag es an der Klarheit, die jetzt herrschte, alle wichtigen Fragen waren beantwortet, die Zukunft konnte beginnen.

So oder so.

VERENA

Sie hatte die Tasche ewig nicht gesehen. Das dunkelblaue Kunstleder war glatt und weich, der weiße Reißverschluss hakte beim Aufziehen, ihre Hände glitten durch das karierte Innenfutter, der Geruch war derselbe wie damals. Es war sofort wieder alles da, das Ziepen der Badekappe, die aufgeweichten Fingerkuppen, das Chlor auf der Haut, die beheizten Steinbänke hinter den Startblöcken, der Kaffeeatem des Trainers, der schrille Ton der Trillerpfeife. Verena zog den Reißverschluss wieder zu, als wollte sie sich vor den Erinnerungen schützen. Aber warum eigentlich?

Die Tasche hatte sie zu ihrem vierzehnten Geburtstag geschenkt bekommen, zehn Tage vor ihrer ersten Weltmeisterschaft in Budapest. Sie hatte eine gute Größe, bot Platz für einen dünnen Frotteebademantel, ein großes Handtuch, ein kleines Handtuch, Badelatschen, zwei Schwimmanzüge, zwei Schwimmbrillen und eine Brotbüchse. Als sie aus Budapest nach Hause zurückgekommen war, hatten zwei Medaillen zwischen den Handtüchern gelegen.

War es bescheuert, die Tasche mitzunehmen? Vermutlich hing die Antwort auf diese Frage davon ab, ob man sie als Glücks- oder als Unglücksbringer betrachtete, was so auf die Schnelle schwer zu sagen war. Möglicherweise sollte sie einfach aufhören, sich so viele Fragen zu stellen, hatte ihr Trainer damals auch immer gesagt, und meistens hatte er damit recht gehabt.

Kurz entschlossen zog sie den Reißverschluss auf, packte die neuen Schwimmanzüge und die Handtücher hinein, stellte die Tasche zum restlichen Reisegepäck, zog die Wohnungstür zu, murmelte: »Willkommen zurück«, und stieg grinsend die Treppe zur Straße hinunter, wo das Taxi auf sie wartete.

Sie hatte lange überlegt, ob sie die Einladung annehmen sollte. Klar, das »Festival der Champions« war eine allseits anerkannte Veranstaltung, die weltweit im Fernsehen übertragen wurde und dank der üppigen Sponsorengelder auch finanziell lukrativ war. Andererseits hatte Verena diese »Rentnerrennen«, wie sie verächtlich von den noch aktiven Schwimmern genannt wurden, immer ein bisschen peinlich gefunden. Die Idee war es, die größten Olympiasieger aller Zeiten in einem Schaukampf gegeneinander antreten zu lassen und mit den Einnahmen den Behindertensport zu fördern. Das Festival fand in Athen statt, just in dem Becken, in dem Verena vor achtzehn Jahren ihr olympisches Gold gewonnen hatte. Wenn sie ehrlich war, hatte dieser Umstand eine nicht ganz unwesentliche Rolle bei ihrer Entscheidung gespielt.

Auch Nancy Fotaly und Chen Lu Zhou würden dabei sein, ihre alten Konkurrentinnen. Mein Gott, welche Spannung sie in den Schultern fühlte, wenn sie nur diese Namen hörte. Als sie das erste Mal neben Chen Lu gestanden hatte, das musste in Vancouver gewesen sein, wäre sie am liebsten sofort wieder in die Umkleidekabine gegangen. Die Chinesin hatte Arme, die kräftiger waren als Verenas Oberschenkel. So einen Körper hatte sie noch nie zuvor gesehen, und dagegen sollte sie antreten? Sie hatte dann auch prompt verloren, kam nicht mal aufs Podest, das wurde später besser, aber die Ehrfurcht, die blieb.

Was einer der Gründe dafür war, dass sie seit Monaten trainierte. Natürlich heimlich, weil das ja wohl das Allerpeinlichste wäre, wenn die anderen erfahren würden, dass Verena Schlink, der Goldengel, sich auf ein Rentnerrennen vorbereitete. Sie war morgens um sieben ins Freibad Pankow gegangen, als noch niemand da war außer ein paar bettflüchtigen Greisen. Mit Badekappe und getönter Schwimmbrille war sie kaum zu erkennen gewesen, im Wasser schon gar nicht.

Das Wasser hatte sich toll angefühlt, weich und vertraut, wie die Umarmung eines Geliebten. Sie war in ihrem Leben nie einfach so geschwommen, nicht im Hotelpool und schon gar nicht im See oder im Meer. Schwimmen war kein Vergnügen, wobei, irgendwie schon, aber auf eine Art, die mit Respekt zu tun hatte. Sie hätte vermutlich das Gefühl, das Wasser zu beleidigen, wenn sie nur so aus Spaß hineinspringen würde.

Wenn es gut lief, konnte sie mit dem Wasser schwimmen, in ihm gleiten, sich von ihm tragen lassen. Wenn es schlecht lief, spürte sie den Widerstand, kämpfte dagegen, versuchte das Wasser wegzuschieben, anstatt sich mit ihm zu verbünden. Mal war es der Geliebte, mal der Feind, was nur an ihr lag, an ihrem Vertrauen, an ihrer Leichtigkeit, weil das Wasser ja immer gleich war. Wenn sie es schaffte, ruhig und entspannt zu bleiben, wenn sie es schaffte, loszulassen, einzutauchen, sich ohne Angst dem Wasser hinzugeben, dann war sie schwerelos und unbesiegbar.

Schon am ersten Morgen im Freibad war sie die Bahn hinauf- und hinabgeglitten, war im Rhythmus gewesen, bei sich selbst. Einer der Greise, der auf der Nachbarbahn schwamm, hatte sie gefragt, woher sie denn so gut schwimmen könne, woraufhin sie lachend mit den Schultern gezuckt hatte.

Sie fuhr dann jeden Morgen nach Pankow, nicht nur wegen des Schaukampfs, auch wegen dieses herrlichen Schwebegefühls. So geborgen hatte sie sich nie gefühlt, als sie noch um Medaillen geschwommen war. Vermutlich, dachte Verena, konnte man diese Leichtigkeit nur erreichen, wenn es um nichts mehr ging. Sie hatte noch nicht mal ihre Zeit gestoppt, weil sie ahnte, wie sie das beschweren würde. Sie wusste, dass sie schnell war, aber so ganz genau wollte sie es gar nicht wissen.

In Athen war es wie immer zu heiß, die Stadt lag in einem milchigen Dunst, der auf der Haut kleben blieb. Es war laut, die Autos hupten und kamen doch nicht voran, fast zwei Stunden brauchte sie vom Flughafen zum Olympiagelände, in der geräumigen, gekühlten Limousine, die das »Festival der Champions« ihr geschickt hatte. Der Wettkampf über 100 Meter Freistil der Damen war auf zwanzig Uhr angesetzt, das ließ ihr eine Menge Zeit. Ihr Hotel lag gegenüber vom Schwimmstadion, sie würde eine Kleinigkeit essen, sich ein Stündchen hinlegen und dann entspannt zum Einschwimmen gehen. Kaum hatte sie die Lobby betreten, stürzte ein Reporter auf sie zu. »Frau Schlink, ein kurzes Statement, wie fühlen Sie sich?«

Sie wich instinktiv zurück, zog die Schultern hoch, verkrampfte. Diese Journalisten, die hatten ihr echt nicht gefehlt. Der hier trug ein riesiges Hawaiihemd, von dem er offenbar hoffte, dass es seine Wampe verbarg, was es nicht tat. Unter seinen Achseln zeichneten sich dunkle

Schweißflecken ab. Interessant, dachte Verena, dass es immer die Unsportlichsten waren, die über Sport berichteten. »Es geht mir gut, vielen Dank«, sagte sie und wollte weitergehen, aber der Journalist ließ nicht locker. »Vor mehr als zwei Jahren haben Sie aus gesundheitlichen Gründen Ihre Karriere beendet. Sind Sie jetzt wieder fit?«

»Ganz offensichtlich, sonst wäre ich ja nicht hier«, zischte sie.

»Und was halten Sie …«

»Ich habe keine Zeit, das Gespräch ist beendet!« Sie eilte weiter zu den Aufzügen, dieser Typ machte sie aggressiv. Denn es war logischerweise die Frage, die sie sich auch die ganze Zeit stellte. War sie wieder fit? War sie wieder gesund? Letztes Jahr noch hatte sie es keine zwanzig Minuten auf dem Ergometer ausgehalten, selbst auf niedriger Belastungsstufe hatte ihr Kreislauf verrücktgespielt, hatte sie keine Luft mehr bekommen. Verschleppte Herzmuskelentzündung, typisches Schwimmerleiden, wenn man nicht daran sterben wollte, musste man pausieren. Und wenn man dann schon über dreißig war, dann war es eben das Karriereende. Ein Arzt aus dem Olympia-Leistungszentrum hatte sie an die Charité vermittelt, wo gerade eine Medikamentenstudie begonnen hatte, die als vielversprechend galt. Normalerweise hätte sie bei so was nie mitgemacht, aber der Arzt vom Leistungszentrum hatte gesagt, es sei vielleicht ihre einzige Chance, wieder gesund zu werden. Und es sah so aus, als wäre es die richtige Entscheidung gewesen, ihr Belastungs-EKG, die Laktatwerte und auch die Entzündungsmarker waren seit einem halben Jahr unauffällig, sodass aus ärztlicher Sicht nichts dagegensprach, hier in Athen zu starten.

Kurz nach achtzehn Uhr wurde Verena von einer Hostess abgeholt, sie fuhren in der Limousine zum Schwimmstadion, obwohl das Hotel keine hundert Meter entfernt war. »Ein Champion kommt doch nicht zu Fuß«, sagte die Hostess lächelnd. Ein Mann im dunklen Anzug öffnete die Wagentür, gleißendes Flutlicht blendete sie, sie sah den roten Teppich, die Autogrammjäger, die Zuschauertribünen, die steil in den Himmel ragten. Warum hatte ihr niemand gesagt, wie schick hier alles war? Sie hätte sich etwas anderes angezogen, ein Kleid zum Beispiel. So stand sie da, in kurzen Hosen, T-Shirt und Badelatschen, die dunkelblaue Sporttasche über der Schulter. Eine Reporterin von Eurosport rief: »Please welcome the three-time Olympic champion, the seven-time world champion, the five-time world record holder! Verena Schlink!«

Wie im Traum ging sie den roten Teppich entlang, signierte Poster und Eintrittskarten. In der Ferne sah sie Chen Lu Zhou im grünen Cocktailkleid mit hochhackigen Schuhen, und plötzlich hatte sie, ähnlich wie bei ihrer ersten Begegnung, das Bedürfnis, sich schnell irgendwo zu verkriechen.

Die Hostess, die hinter ihr lief, begleitete sie ins Stadion, das sich kaum verändert hatte. Nüchterner Beton, weiße Sitzschalen, nichts zu spüren von olympischem oder gar historischem Geist. Es war eine offene Arena, in der Ferne waren die Berge zu sehen, die Athen umrandeten, und wenn es Wolken gegeben hätte an diesem abendblauen Himmel, dann hätten sie sich vielleicht im Wasser gespiegelt.

Hier war es passiert. Hier hatte sie im August 2004 zum ersten Mal an den Olympischen Spielen teilgenommen und war mit drei Gold- und zwei Silbermedaillen nach Hause gefahren. Hier war etwas geschehen, das vermutlich für immer als Höhepunkt ihres Lebens gelten würde.

Und natürlich war sie dankbar dafür und selbstverständlich war sie sich im Klaren darüber, wie wenige Menschen so etwas überhaupt erleben durften. Und gleichzeitig fragte sie sich jetzt manchmal, ob es nicht besser gewesen wäre, es gar nicht erlebt zu haben. Oder später. Weil es schon irgendwie fies ist, mit sechzehn den Höhepunkt der eigenen Existenz zu erreichen.

Sie ging um den Beckenrand herum, zur Außenbahn, auf der sie damals geschwommen war, weil niemand mit ihrem Sieg gerechnet hatte. Es war alles so schnell gegangen, sie hatte angeschlagen, war aufgetaucht, hatte erst die Brille nicht abbekommen, dann war auch noch die Linse verrutscht, es dauerte Ewigkeiten, bis sie endlich die Zahlen auf der Anzeigetafel erkennen konnte und kapierte, dass sie gewonnen hatte.

So richtig toll war es vielleicht zwei Minuten lang gewesen, als sie noch im Wasser war und Nancy Fotaly sie in die Arme nahm, da war etwas in ihr gewesen, eine warme Ruhe, eine tiefe Freude, die völlig ungetrübt war, die keine Erwartungen und keine Ängste kannte. Was dann später kam, war nur noch ein Knäuel an Erinnerungen, von denen sie nicht mal wusste, ob sie es selbst erlebt oder später in einer Fernsehaufzeichnung gesehen hatte. Die aufgeregten Journalisten, die ungläubigen Augen des Trainers, die ersten Töne der Nationalhymne, die blinkende Medaille.

Richtig kapiert hatte sie es erst, als das Glück schon schwer geworden war, als sie so oft von ihrem Sieg hatte erzählen müssen, dass sie ihn kaum noch spüren konnte.

Am schlimmsten war die Gewöhnung. Bei der zweiten Medaille dachte sie, die erste habe sich aber besser angefühlt. Bei der dritten war es schon fast Routine. Bei der fünften stieg sie aus Versehen vom Treppchen, bevor die Hymne ausgeklungen war, es war ja auch nur Silber.

Vielleicht wäre es ein paar Jahre später anders gewesen. Vielleicht hätte sie den Erfolg mehr genießen können, wenn sie auch schon den einen oder anderen Misserfolg gekannt hätte.

Ja, vielleicht, vielleicht auch nicht.

Das Problem war doch vor allem, dass ihre späteren Erfolge nie mehr an den ersten herangereicht hatten, dass sie im Grunde auch zu Misserfolgen geworden waren, gemessen an ihrem frühen Triumph. Ihr Leben war auf eine unglückliche Art verschoben, erst war sie zu jung gewesen, um zu verstehen, wie grandios sie vom Schicksal bedacht worden war, dann war sie älter und weiser geworden, nur war ihr leider zwischendurch die Grandiosität abhandengekommen.

Sie kniete neben dem Startblock nieder, tauchte die Hand ins Wasser, strich über die gelbe Platte mit dem schwarzen Kreuz, an der sie damals angeschlagen hatte, fühlte sich plötzlich dem Mädchen von einst sehr nahe, hätte es gerne in die Arme genommen.

Sie hörte die Stimme der Hostess, die ihr irgendwas erklärte, das Wasser funkelte blau und grün, es blieb noch eine Stunde bis zum Wettkampf, sie beschloss, sich diesmal nicht einzuschwimmen, sich lieber irgendwo in eine Ecke zu setzen, alleine zu sein. Ein bisschen zu klopfen.

Auch das hatte sie lange nicht gemacht. Die rechte Hand zur Faust ballen, sich an die linke Brust klopfen, im Takt des Herzschlags, den Rhythmus halten, den Satz sagen: »Ich liebe und akzeptiere mich, auch wenn ich hier versage.« Es war ihre Zauberformel, es öffnete die Tür zu ihrem Körper. Ein Gebet für Ungläubige, hatte ihre Mentaltrainerin es genannt. Wobei sie selbst sich heute gar nicht mehr als Ungläubige bezeichnen würde, sie wusste mittlerweile, dass es Kräfte gab, die größer waren als sie selbst. Kräfte, die man nutzen oder gegen die man ankämpfen konnte.

Sie ging im Kopf das bevorstehende Rennen durch, auch das hatte sie von ihrer Mentaltrainerin gelernt. Es gab Signalwörter, die ihr halfen, den Moment zu spüren, fokussiert zu bleiben. Je mehr man den Geist beschäftigte, desto weniger konnte der auf dumme Gedanken kommen. Es begann auf dem Startblock, wenn der Pfiff ertönte. KATAPULT, das war das Wort, das ihr half, sich mit aller Kraft vom Block abzustoßen und pfeilgerade ins Wasser zu tauchen. Dann: DELFIN, dieses wunderbare Wesen, in dem so viel Kraft und Leichtigkeit steckten. Sieben Delfinkicks unter Wasser, vierzig Schwimmzüge, atmen nach rechts nach jedem vierten Zug, nicht auf die Nachbarbahn schauen, nicht zu schnell werden, über der schwarzen Bodenlinie bleiben. Die Wende, FEDER und KUGELBLITZ. Vier Delfinkicks, zweiundvierzig Schwimmzüge, JÄGERIN, denn ihre Stärke war der Endspurt, wenn die anderen nicht mehr zulegen konnten und sie immer schneller wurde. Die letzten fünfzehn Meter ohne Atmung, im Vollsprint. Anschlag.

Sie hörte ihren Namen, die Stimme klang weit weg, Verena öffnete die Augen, tauchte auf in die Wirklichkeit, sah zwei aufgeregte Hostessen auf sie einreden. Das

Rennen begann in zehn Minuten. Sie machte ihre Dehnübungen, klopfte sich ein letztes Mal an die Brust und ging raus in die Arena, die mittlerweile bis auf den letzten Platz gefüllt war. Sie sah die anderen Schwimmerinnen, die den Augenkontakt vermieden, was klarmachte, dass es auch ihnen bitterernst war. Chen Lu Zhou trug einen von diesen Speedy-Anzügen, die angeblich ein paar Zehntelsekunden brachten, Nancy Fotaly nestelte nervös an ihrer Brille. Verena fühlte eine beeindruckende Ruhe in sich, sie sah die Zuschauer auf den Rängen, Rennrichter und Kameraleute wuselten um sie herum, aber sie war in einer Blase, in der die Geräusche gedämpft und die Bewegungen verlangsamt waren.

»Showtime«, murmelte sie, als sie auf den Startblock stieg, sie spürte, wie das Adrenalin in ihren Körper schoss, das Herz hämmerte, die Beine zitterten, der Pfiff ertönte. Sie sprang, vielleicht ein wenig zu entschlossen, tauchte nicht optimal ins Wasser, versuchte fokussiert zu bleiben, aber alles fühlte sich auf einmal ganz anders an, als sie es sich vorgestellt hatte. Sie war nicht leicht, sie war nicht im Fluss, sie arbeitete zu viel, blickte trotz aller Vorsätze auf die Nebenbahn, sah die Füße von Chen Lu eine viertel Körperlänge vor sich. Eine viertel Körperlänge! Nach nicht mal fünfundzwanzig Metern! Es war ein Desaster. Sie näherten sich der Wende, die schon immer die Stärke der Chinesin gewesen war, Chen Lu hatte eine einzigartige Technik, die ihr einen halben Meter bringen würde. KUGELBLITZ, sie sah keine Füße mehr auf der Nebenbahn, nur noch aufgewühltes Wasser.

An die restlichen einundzwanzig Sekunden des Rennens konnte sich Verena später nur noch bruchstückhaft erinnern, sie hielt die Augen beim Atmen geschlossen, wurde immer leichter, immer unbeschwerter, fühlte den Fluss, die Geschwindigkeit, die Energie, schlug mit der rechten Hand an, tauchte auf, ließ die Augen noch einen Moment lang geschlossen, blickte dann neben sich, sah Chen Lus enttäuschtes Gesicht und wusste, dass sie es geschafft hatte.

Wahrscheinlich wären die Dinge später weniger kompliziert geworden, wenn Verena an diesem Abend in Athen nicht auch noch einen neuen Weltrekord aufgestellt hätte. Mit vierunddreißig Jahren, bei einem Schaulauf, ohne Trainer, ohne professionelle Vorbereitung die 100 Meter Freistil in 51,70 Sekunden zu schwimmen, das schien vielen, um nicht zu sagen fast allen, unvorstellbar. Da das »Festival der Champions« nach offiziellen Wettkampfregeln organisiert war und den Status eines internationalen Turniers besaß, musste der Rekord vom Internationalen Schwimmverband anerkannt werden.

Allerdings wurden schon bald die ersten Stimmen laut, die hier einen eindeutigen Fall von Doping sahen. Wenngleich niemand so recht verstand, warum eine bereits berentete Schwimmerin, die seit mehr als zwei Jahren in der Nachwuchsarbeit tätig war, bei einer karitativen Schwimmshow Dopingmittel zu sich nehmen sollte. Renommierte Sportmediziner meldeten sich zu Wort, die bezweifelten, dass eine Vierunddreißigjährige, selbst wenn sie mit sämtlichen Körperboostern der Welt behandelt würde, einen solchen Rekord aufstellen könnte. Die zweitplatzierte Chinesin Chen Lu Zhou, die auf den ersten sechzig Metern noch geführt hatte, war schließlich fast anderthalb Sekunden nach Verena ins Ziel gekommen. Anderthalb Sekunden, das waren im 100 Meter Freistil Welten.

Abgesehen davon gab es für ein Dopingvergehen nicht den geringsten Beweis, da beim »Festival der Champions« keine Dopingkontrollen durchgeführt wurden. Die Welt-Anti-Doping-Agentur WADA wurde zwar umgehend aktiv und ließ bereits am Tag nach dem spektakulären Wettkampf in Athen Dopingtests bei Verena und allen anderen Teilnehmern durchführen. Aber sämtliche Tests waren negativ, und so blieb einzig der gesunde Menschenverstand, um weiterhin an der Rechtmäßigkeit »des unglaublichsten Sieges der Schwimmgeschichte«, wie die »New York Times« auf ihrer Titelseite schrieb, zu zweifeln.

Verena selbst zweifelte ja auch, sie konnte am allerwenigsten verstehen, was passiert war. Sicherlich hatte sie selbst nach der langen Pause noch immer einen austrainierten Körper, und bestimmt war sie viel lockerer und fokussierter geschwommen als früher, und klar hatte sie trainiert, aber all das konnte nicht ansatzweise diese unglaubliche Leistung erklären.

Die Freude über ihren Sieg in Athen war sowieso schon verflogen, spätestens seit die Artikel in der »Sport Bild« erschienen waren, die auch ihre bisherigen Siege infrage stellten. »Hat sie uns immer betrogen?«, fragte dann auch die französische Sportzeitschrift »L'Équipe«, und die »Süddeutsche Zeitung« brachte eine große Geschichte über das systematische Doping von ostdeutschen Spitzensportlern. So war Verena innerhalb kürzester Zeit vom »Goldengel« zur »DDR-Dopingmaschine« mutiert, wobei man offenbar vergessen hatte, dass sie gerade mal drei Jahre alt gewesen war, als in Berlin die Mauer fiel.

Nach ihrer Rückkehr aus Athen hatte sich Verena zu ihren Eltern geflüchtet, die in der Nähe von Parchim wohnten, aber selbst da standen nach ein paar Tagen die Reporter vor der Tür. Sie verkroch sich in ihrem ehemaligen Kinderzimmer, das unter dem Dach neben dem Wäscheboden lag. Da saß sie nun, machte zum zweiten Mal das Tausend-Teile-Pferdepuzzle, aß die Eierkuchen mit Apfelmus, die ihre Mutter ihr brachte, und klopfte sich manchmal mit der Faust an die Brust.

MARTIN

Es gab Tage, an denen Martin es bedauerte, alleinstehend zu sein. Letzten Sonntag war so ein Tag gewesen, als er gegen 14.30 Uhr beim Niesen einen Hexenschuss bekam. Ja, schon klar, das klang lustig, aber das war es nicht. Er hatte auf dem Klo gesessen, in der Zeitung geblättert, als dieser Riesennieser in ihn fuhr, seine Bandscheiben erschütterte und einen stechenden Schmerz im Bereich der Lendenwirbelsäule hinterließ. Eine halbe Stunde hatte er gebraucht, um von der Toilette aufzustehen, und es war niemand da gewesen, der ihm hätte helfen können. Wobei das nicht ganz stimmte, denn Charles, sein vierzehn Jahre alter Collie-Mischling, war ja da gewesen, er hatte ihm sogar seine Hausschuhe gebracht und später dem Apotheker die Tür geöffnet. Weshalb Martin, wenn er jetzt darüber nachdachte, die Bezeichnung alleinstehend gar nicht verdiente.

Umso besser, dachte er, alleinstehend, das klang nach Einsamkeit, nach Verzweiflung, was ihm beides schon aus zeitlichen Gründen fremd war. Denn normalerweise war er von früh bis spät im Labor, bei seinen Mäusen, Zebrafischen und Fruchtfliegen, herrlich unaufgeregten Zeitgenossen, die wie er Schubert und Strawinsky mochten und keine lästigen Fragen stellten. Der einzige Grund, sein Labor zu verlassen, war Charles, der einmal täglich, meist gegen siebzehn Uhr, ein leises Winseln von sich gab, woraufhin sie eine gute Stunde im nahen Volkspark spazieren gingen. Außerdem war da noch seine Assistentin, Frau Holzig, die den Kontakt zur Außenwelt hielt und ihm mittags einen Teller Essen aus der Institutskantine auf den Präpariertisch stellte.

Eigentlich war alles ganz gut organisiert, wenn nur sein Körper nicht wäre, der ihn in letzter Zeit immer öfter enttäuschte. Vor zwei Monaten war er mit dem rechten Fuß an der Bordsteinkante umgeknickt, vor einem Monat hatte sich ein Backenzahn entzündet, vor zwei Wochen hatte er diese Grippe gehabt. Und jetzt noch der Hexenschuss. So kannte er seinen Körper gar nicht, viele Jahre, ja im Grunde jahrzehntelang, hatte er sich eher unauffällig verhalten, und jetzt auf einmal, mit Anfang fünfzig, wurde er kompliziert. Vielleicht war das die Rache dafür, dass er ihn so wenig beachtete, dass er ihn nur zum Stehen und Sitzen und zum Über-die-Straße-Gehen brauchte. Im Grunde, dachte Martin, hätte ihm der Kopf gereicht. Denken, sehen, hören, riechen, mehr brauchte er doch gar nicht. Der ganze Rest, der da an seinem Kopf noch dranhing, war mehr oder weniger entbehrlich.

Okay, das klang dann doch übertrieben und stimmte so auch nicht. Er mochte die Spaziergänge mit Charles und die gelegentlichen Wochenendausflüge mit seiner Schwester. Aber vermutlich war auch das eher eine Frage der Gewohnheit. Wenn aus irgendwelchen Gründen die Spaziergänge und die Ausflüge unmöglich geworden wären, dann hätte er es wohl eine Zeit lang bedauerlich gefunden, aber dann auch irgendwann vergessen.

In der Gesamtabwägung war es wohl eher ein Glücksfall, dass sein einziger wirklicher Partner Charles war, den seine Schwester spöttisch »Martins große Liebe« nannte, was die Sache eigentlich ganz gut traf. Charles war ein herrlicher Knabe, mit klugen, mitfühlenden Augen, einem wunderbar weichen Fell und einer Freundlichkeit und Diskretion, die Martin von keinem Menschen kannte. Schon am Morgen, wenn Martin aus dem Bett stieg, kam Charles begeistert angerannt, leckte ihm das Gesicht ab und knurrte dabei vor Freude. Sein überschwänglicher Frohsinn war ansteckend, es war faktisch unmöglich, in Charles' Anwesenheit schlecht gelaunt zu sein.

Leider kam aber auch Charles in die Jahre, vierzehn, das war für einen Collie ein stattliches Alter, auch er hatte seine Zipperlein, schlief viel, war nicht mehr besonders schnell, verlor Zähne und Haare und machte manchmal aus Versehen auf den grauen Teppichboden im langen Flur des Instituts für Biowissenschaften an der Berliner Charité. Wobei Charles in den letzten Monaten noch mal richtig aufgeblüht war, sein Fell glänzte wieder, sein schon etwas trübe gewordener Blick war wieder klar und wach, gestern hatte er sogar mal wieder ein Kaninchen im Park gejagt, was schon lange nicht mehr vorgekommen war.

Martin vermied den Gedanken, dass Charles ihn schon bald verlassen könnte, er ertrug diese Vorstellung einfach nicht. Außerdem war er abergläubisch, seit er als Zwölfjähriger erlebt hatte, wie sein Wellensittich Jimmy sich an der Fensterscheibe das Genick gebrochen hatte, kurz nachdem er die Eltern gefragt hatte, ob Jimmy irgendwann sterben müsse. Lange Zeit war er überzeugt davon gewesen, er habe Jimmy mit seinen negativen Gedanken umgebracht, und auch wenn er das heute natürlich nicht mehr dachte, so zog er es dennoch vor, das Schicksal nicht herauszufordern.

Martin lag auf dem Wohnzimmerteppich und machte leise stöhnend die Wirbelsäulengymnastik, die ihm der Physiotherapeut empfohlen hatte. Es tat noch immer weh, vor allem das Aufrichten und Hinsetzen. Auch die vornübergebeugte Arbeit im Labor war seinem Leiden alles andere als zuträglich, gestern war ihm beim Präparieren einer Maus erneut ein Blitz durch den Rücken gefahren, weshalb er beschlossen hatte, den Rest der Woche zu Hause zu bleiben.

Konnte er jetzt aber doch nicht, weil er heute diese Schwimmerin, Verena Schlink, untersuchen musste. Sie war eine der Probandinnen seiner klinischen Studie zur Reprogrammierung von Herzmuskelzellen und hatte ihn gestern angerufen, weil irgendwas mit ihr nicht stimmte. Wenn er das richtig verstanden hatte, war sie so schnell geschwommen wie noch nie zuvor, obwohl sie gar nicht mehr professionell trainierte. Frau Holzig sagte, sie hätte davon schon in den Nachrichten gehört und es sei ein Riesenthema, weil alle dachten, Verena Schlink sei gedopt gewesen.

Martin fand, das hörte sich hochinteressant an, offenbar hatte die Behandlung wirklich angeschlagen, und er war neugierig auf ihre Blutwerte. Abgesehen davon war er als Studienleiter natürlich verpflichtet, seine Probanden zu überwachen und auf mögliche Probleme zu reagieren. Der letzte klinische Check-up von B1C2 (das war die Laborkennung von Verena Schlink) lag gerade mal zwei Monate zurück und hatte ihn bereits optimistisch gestimmt.

Seit fast zehn Jahren arbeitete er jetzt an dem Projekt, dessen Ziel es war, chronische Herzmuskelschwächen zu kurieren, die bislang als nicht behandelbar galten. Er hatte ein Medikament entwickelt, das kranke Herzmuskelzellen regenerieren sollte und theoretisch sogar in der Lage war, das Wachstum neuer Zellen anzuregen. Bei seinen Mäusen hatte das bereits funktioniert, es war ihm gelungen, in lebenden Tieren einen Teil des Narbengewebes, das nach einem Herzinfarkt entstanden war, in funktionierendes Herzmuskelgewebe umzuwandeln. Die Herzfunktion der Mäuse war nach diesem Eingriff wieder so gut wie vor dem Infarkt gewesen.

Dieser Erfolg vor drei Jahren hatte ihm nicht nur eine Titelgeschichte im renommierten Fachblatt »Nature« eingebracht, sondern auch dafür gesorgt, dass sein Budget im Institut deutlich vergrößert worden und sein Team auf nunmehr dreißig Mitarbeiter angewachsen war. Für ihn persönlich war es vermutlich das wichtigste Projekt seiner Karriere, die, wie man ehrlicherweise sagen musste, vor diesem Erfolg ein wenig eingeschlafen war. Gemessen zumindest daran, dass er mal Deutschlands jüngster Professor gewesen war, dass er mal eine Forschungsgruppe an der Harvard Medical School geleitet hatte und einer der wenigen war, der amerikanische Investoren für deutsche Forschungsprojekte begeistern konnte.

Wobei, dauerhaft begeistern konnte er die Leute dann eben doch nicht, weil Martin weder an sozialen Kontakten interessiert war noch irgendwelche Netzwerke pflegte. Er war der Meinung, dass man sich entweder für das Innenleben oder für das Außenleben der Menschen interessieren konnte, aber nicht für beides gleichzeitig. Im Zweifelsfall fand er die Verknüpfung eines Chromosomenstranges interessanter als die von Gesprächssträngen. Am liebsten war er alleine in seinem Labor, das restliche

Team hatte sich mit der Zeit daran gewöhnt, über Frau Holzig, die von allen nur »die Leibwache« genannt wurde, mit ihm in Verbindung zu treten.

Die klinische Studie an Menschen hatte vor einem Jahr begonnen, leider durfte er aus gesetzlichen Gründen nur mit einer kleinen Probandengruppe beginnen. Es war allerdings geplant, die Gruppe zu erweitern, sobald erste positive Ergebnisse vorlagen. Im Moment waren vier externe Probanden dabei, allesamt Patienten mit eher schlechten Prognosen, die neben Martin selbst und Charles, dem er das Medikament einmal wöchentlich ins Futter mischte, zu den Pionieren dieser neuen Behandlungsmethode zählten. Martin war zwar nicht herzkrank, aber er fand, ein echter Forscher dürfe nicht anderen unerprobte Mittel verabreichen, ohne sie selbst einzunehmen. Im Kollegenkreis stand er mit dieser Haltung zwar ziemlich alleine da, seine Probanden allerdings schätzten seine Solidarität. Was Charles anging, so dachte Martin, ein altes Hundeherz könne vermutlich jede Hilfe gebrauchen. Und wenn es wirklich schiefging, dann hatten sie eben beide Pech gehabt.

Das Institut lag in der Hessischen Straße, nicht weit vom Charité-Hauptgebäude entfernt, es war eines dieser alten Backsteinbauten, die von außen toll aussahen, aber innen einen ähnlichen Standard boten wie in den Zeiten des alten Sauerbruch. Martin hatte keinen Zweifel daran, dass sein Hexenschuss auch mit den zugigen, feuchten Räumen zu tun hatte, in denen er hier arbeiten musste.

Als er im Institut ankam, wartete Verena Schlink bereits in seinem Büro auf ihn. Frau Holzig hatte Tee gemacht und sogar einen Teller mit Gebäck bereitgestellt, das immer nur Gästen angeboten wurde, wie Martin leicht verstimmt feststellte. Er nickte seiner Probandin zu, sie lächelte, er überlegte, ob er ihr die Hand geben sollte, entschied sich dann aber dagegen, ohne zu wissen, warum. Was ihn verunsicherte, wie alle Dinge, deren Ursache er nicht verstand. Vielleicht lag es an ihrer Ausstrahlung, Verena Schlink hatte eine körperliche Präsenz, die beeindruckend war, sie füllte den ganzen Raum mit ihrer Entschlossenheit. Sie wirkte so, als wäre sie jederzeit in der Lage, einhändig hundert Liegestütze zu machen oder einer Schlange den Kopf abzubeißen, vielleicht sogar beides gleichzeitig. Sie hatte sehr blaue Augen, dunkle Haare, gar nicht so breite Schultern, aber dafür Beine, die mindestens doppelt so lang waren wie die von Frau Holzig.

»So, Frau Schlink, ich höre, Sie sind zu schnell geschwommen, normalerweise haben doch Sportler eher das umgekehrte Problem, oder?«

»Das stimmt, aber in diesem Fall ist es wirklich … seltsam.«

»Sind Ihnen denn, abgesehen von Ihrer Schwimmgeschwindigkeit, andere Dinge aufgefallen? Hat sich irgendetwas verändert, seit wir uns das letzte Mal gesehen haben?«

»Ich esse sehr viel.«

»Was heißt ›sehr viel‹?«

»Fünfhundert Gramm Spaghetti. Zwölf Eierkuchen mit Apfelmus, so Sachen.«

»Das ist wirklich viel. Und nehmen Sie zu?«

»Null.«

»Was macht Ihr Kreislauf, wird Ihnen noch manchmal schwindelig? Haben Sie Atemnot?«

»Nein. Ich war lange nicht so wach, so voller Energie, ich weiß gar nicht, wie ich das ausdrücken soll. Es ist, als hätte ich ein kleines Atomkraftwerk in mir.«

»Atomkraftwerk, interessant … Schlafen Sie gut?«

»Wie ein Braunbär im Winter, neulich sogar vierzehn Stunden.«

Martin dachte nach, das alles kam ihm seltsam vor. Frau Holzig hatte bereits Blut- und Urinproben nehmen lassen und ein halbstündiges EKG aufgezeichnet, das keine Besonderheiten aufwies. Er bat Verena Schlink, ihm in den Diagnostikraum zu folgen und die Bluse auszuziehen, damit er eine Ultraschalluntersuchung durchführen konnte. Er versuchte, nicht auf ihre Brüste zu schauen, während er den Schallkopf über ihren Oberkörper gleiten ließ. Martin war zwar nicht nur Biochemiker, sondern auch Arzt, hatte aber nur selten direkt mit Patienten zu tun. Er betrachtete Verena Schlinks Aortenherzklappe, die im Ultraschall wie ein Gummiband vor die Hauptschlagader schnellte, wenn die linke Herzkammer neues Blut ansaugte. Die Pumpleistung, die aufgrund einer chronischen Herzmuskelentzündung noch vor ein paar Monaten bei gerade mal siebzig Prozent des normalen Volumens gelegen hatte, war wie schon bei der letzten Untersuchung tadellos. Die Herzkammern waren vergrößert, was bei Leistungssportlern nicht unüblich war, die Dicke der Herzwand war unauffällig.

Dass sich durch die Regenerierung des Herzens sowohl der Stoffwechsel als auch alle anderen Vitalleistungen verbesserten, war durchaus normal, dachte Martin. Aber so stark? So schnell? Er überprüfte die Blutwerte, die Biomarker waren deutlich verändert, sowohl die Cholesterinwerte als auch die Entzündungsparameter waren erstaunlich gut. Zu gut für eine Vierunddreißigjährige, selbst wenn sie einmal Leistungssportlerin gewesen war. Er betrachtete Verena Schlinks blaue Augen. »Tragen Sie Kontaktlinsen?«

»Ja, aber ich muss mal wieder zum Optiker gehen, ich sehe nicht mehr richtig scharf, offensichtlich sind meine Augen wieder schlechter geworden.«

»Sehen Sie eher in der Ferne oder in der Nähe schlecht?«

»In der Nähe.«

»Und Sie sind kurzsichtig?«

»Ja.«

»Dann sind Ihre Augen nicht schlechter geworden ... Das ist ... Ich würde gerne noch einen Speichelabstrich nehmen, wenn das okay ist.«

»Klar. Haben Sie denn eine Idee, Herr Professor Mosländer, was mit mir los ist?«

»Ich werde alles überprüfen, ich rufe Sie morgen an.«

Nachdem Verena Schlink gegangen war, machte sich Martin sofort an die Arbeit. Vergessen waren seine Rückenschmerzen, vergessen war auch der Teller mit dem Kantinenessen, den Frau Holzig ihm irgendwann hingestellt haben musste. Er hatte eine Idee, was mit Verena Schlink los sein könnte, aber diese Idee erschien ihm so unglaublich, dass er sie selbst kaum zu denken wagte. Er stellte das Plastikröhrchen, in dem sich die Speichelprobe seiner Probandin befand, in die Zentrifuge, die mit 16 000 Umdrehungen pro Minute die Mundschleimhautzellen von der Trägerflüssigkeit trennte. Anschließend gab er mit der Pipette eine Lysis-Puffer-Lösung hinzu und stellte das Röhrchen in den auf 95 Grad erhitzten Inkubator. Die

Wärme brach die Zellen auf, wodurch die DNA-Moleküle befreit wurden, die sich nach erneutem Zentrifugieren an der Oberfläche absetzten. Jetzt musste Martin noch durch Zugabe einer Enzymlösung die Proteine extrahieren, um schließlich mit Ammoniumacetat und gekühltem Alkohol die DNA auszuflocken. Schon wurde im Reagenzglas ein Knäuel in sich verschlungener, weißer Fäden sichtbar, das er mit einem Präparierhaken aus der Lösung fischte.

Isolierte DNA sah nicht viel anders aus als der erstarrte Dotter eines Hühnereis, was Martin immer wieder faszinierte, weil die äußere Banalität so sehr mit der inneren Komplexität kontrastierte. In diesen weißen Fäden war der komplette Bauplan von Verena Schlink gespeichert, es war vermerkt, welche Haarfarbe sie hatte, ob sie Miesmuscheln vertrug, ob sie musikalisch war, zu Jähzorn neigte, im Alter zunehmen würde, wie sehr ihr menschliches Mitgefühl ausgeprägt war und wie hoch ihr Risiko war, eines Tages an einem Schlaganfall zu sterben.

Seit ein paar Jahren war es zudem möglich, mithilfe der DNA das biologische Alter eines Menschen zu bestimmen. Steve Horvath, ein Kollege und Freund, den Martin vor vielen Jahren in den Staaten kennengelernt hatte, war der Erfinder der Horvath-Uhr, die aus den epigenetischen Mustern eines Menschen seine aktuelle Lebensphase ableitete. Martin tupfte DNA-Proben auf einen Objektträger, den er in seinen Microarray-Scanner steckte. Fünf Stunden mindestens würde es dauern, bis er die ersten Ergebnisse hatte, weshalb er zuerst Charles eine Dose »Happy Dog« mit Lamm und Kaninchen servierte, bevor er selbst das kalte Kantinenessen in sich hineinschaufelte, offenbar Hühnerfrikassee, über dem sich bereits eine blasse feste Haut gebildet hatte, was Martin aber nur nebenbei bemerkte. Danach ging er mit Charles spazieren, um sich anschließend leise ächzend auf das Feldbett zu legen, das neben dem Notausgang des Labors stand und auf dem er schon so manche schlechte Nacht verbracht hatte.

Der Wecker klingelte um drei Uhr morgens, Martin versuchte, sich aus dem Feldbett zu erheben, sank aber immer wieder schmerzgekrümmt zurück. Dieser verdammte Rücken! Er legte sich auf die Seite, richtete sich vorsichtig auf, ohne die Hüftbeuger zu belasten, und schaffte es schließlich, sich hochzuhieven. Sein Mund war trocken, er trank Leitungswasser aus einem Becherglas. Dann humpelte er den dunklen Gang hinunter, kam am Labor 2a vorbei, wo die Kollegen von der Toxikologie ihren Sitz hatten, und bog links zum Medikamentenlager ab, für das er als Forschungsgruppenleiter einen Schlüssel besaß. Die Lagerräume waren mit Apothekenschränken vollgestellt, in denen es so ziemlich alles gab, was die internationale Pharmaindustrie zu bieten hatte. Martin öffnete eine der Schubladen, nahm eine Ampulle Cortison, eine Wegwerfspritze und eine Packung Diclofenac heraus, das sollte reichen, um seine Rückenschmerzen zu bändigen. Er zog die Spritze auf, schob die Kanüle in die verhärtete Muskulatur oberhalb des Kreuzbeins und gab sich die volle Dosis. Das Cortison brannte, als es sich im Muskelgewebe verteilte, Martin stöhnte kurz auf, dann musste er lachen, er kam sich vor wie ein Charité-Junkie, der sich nachts heimlich einen Schuss setzte.

Er schlurfte den Gang zurück zu seinem Labor, schluckte zwei Diclofenac-Kapseln und warf einen Blick auf den Microarray-Scanner, der gerade die ersten Ergebnisse ausspuckte. Martin startete den Laborrechner und hatte schon bald ein Ergebnis, das ihn erstarren ließ: Verena Schlink hatte ein biologisches Alter von gerade mal sechsundzwanzig Jahren! Sie hatte sich also, wenn diese Werte stimmten, innerhalb eines Jahres um acht Jahre verjüngt!

Martins Gedanken überschlugen sich. Wie war das möglich? Wie konnte eine gezielte Herzmuskelregeneration zu einer allgemeinen Verjüngung führen? Was würden die Folgen sein? War mit den anderen Probanden Ähnliches passiert? Und mit ihm selbst? Und mit Charles, der friedlich auf seiner Decke lag und schlief? Er ließ seinen Blick durch das dunkle Labor wandern, versuchte sich zu sammeln, fing stattdessen an zu zittern, vermutlich die Aufregung, oder das Cortison. Er griff nach einem sterilen Wattetupfer, ließ ihn über die Wangeninnenseite gleiten, tauchte den Tupfer in ein Plastikröhrchen und begann mit der Arbeit.

JENNY

Als Jenny um elf Uhr das Foyer des Crown-Plaza-Hotels am Potsdamer Platz betrat, wartete Gregor schon auf sie. »Ich hätte schwören können, du kommst nicht«, sagte er. »Warum das denn?«, fragte Jenny, die noch vor zwei Minuten überlegt hatte, alles abzubrechen und nach Hause zurückzufahren. Gregor hatte bereits eingecheckt, er gab ihr eine Schlüsselkarte, seine Hand zitterte. Auf dem Weg zu den Fahrstühlen kamen sie an der Rezeption vorbei, an der Frauen in weißen Blusen standen, deren Blicke ihnen zu folgen schienen. Den ganzen Morgen schon hatte sie das Gefühl gehabt, beobachtet zu werden, was vermutlich vor allem daran lag, dass sie sich selbst wie eine Fremde betrachtete.

Im Fahrstuhl wollte Gregor sie umarmen, sie wich instinktiv zurück, »Wir sind doch gleich im Zimmer«, flüsterte sie und spürte eine bleierne Müdigkeit. Sie kannte diese Müdigkeit, die immer dann einsetzte, wenn sie sich überfordert fühlte. Ihr Erstes Staatsexamen hätte sie beinahe vermasselt, als sie während der mündlichen Prüfung immer schläfriger wurde und irgendwann kaum noch ansprechbar war. Es war, so vermutete sie, eine Art Notabschaltung ihres Nervensystems, das sie vor zu großen Anstrengungen bewahrte. Seit Tagen hatte sie sich immer wieder vorgestellt, wie es sein würde, mit Gregor in dieses Hotelzimmer zu gehen, mit pochendem Herzen hatte sie in Gedanken die verschiedenen Szenarien durchgespielt, hatte alle möglichen Probleme und Eventualitäten erwogen, aber dass sie einschlafen könnte, noch bevor dieses Abenteuer überhaupt begann, daran hatte sie nicht gedacht.

Gregor öffnete die Zimmertür, die über den dicken Teppichboden glitt, süßlicher Badreinigergeruch stieg ihr in die Nase. Sie hatte noch nie davon gehört, dass man normale Hotelzimmer tagsüber stundenweise mieten konnte, Gregor wusste, wie das ging, vermutlich war es nicht sein erstes Mal. Sie fand es nicht besonders romantisch, sich um elf Uhr zum Sex zu verabreden, musste aber zugeben, dass es praktisch war, weil sie kein Alibi erfinden brauchte. Um elf war sie normalerweise in der Schule, und Thomas konnte ja nicht wissen, dass sie heute drei Freistunden hatte. Jenny wollte ihren Mann nicht anlügen, sie fand es leichter, ihm nicht die Wahrheit zu sagen, das machte am Ende schon einen Unterschied.

Die Sonne schien durch die Fenster, es war verdammt hell in diesem Zimmer, und sie durfte ja noch nicht mal was trinken zur Beruhigung, weil sie später noch in die Schule musste. »So, da wären wir«, sagte Gregor und zog die Vorhänge zu, woraufhin das Zimmer und auch er selbst in angenehmer Dunkelheit verschwanden.

Sie mochte Gregor wirklich gerne, von allen Kollegen war er mit Abstand der netteste, sie unterrichteten beide Kunst-Leistungskurse, konnten wunderbar diskutieren und halfen sich im nervigen Schulalltag, so gut sie konnten. Gregor war nicht besonders attraktiv, er hatte seltsam tief sitzende Augen und eine Nase, die das komplette Gesicht zu bedecken schien. Er erinnerte Jenny an einen holsteinischen Bauern, und das, obwohl sie noch nie in Holstein gewesen war.

Aber egal, sie selbst sah ja auch nicht übermäßig toll aus, auch wenn andere immer wieder das Gegenteil behaupteten. Sie mochte weder ihre roten Haare noch ihre riesigen Hände und vor allem nicht diese abartigen Schneidezähne, die sie von ihrem Vater geerbt hatte. Vor drei Monaten waren Gregor und sie zusammen auf Kursfahrt in Amsterdam gewesen, mit fünfundzwanzig Schülern der elften Klassenstufe. Flämische Malerei, Rembrandts »Nachtwache«, Johannes Vermeer, Hieronymus Bosch, das ganze Programm. Am zweiten Abend hatten sie ein bisschen was geraucht, was Jenny schon länger nicht mehr getan hatte, weshalb sie auch vergessen hatte, wie spitz das Haschisch sie immer machte. Jedenfalls hatten sie dann irgendwann knutschend in Gregors Zimmer gelegen, was ganz schön und auch ziemlich lustig gewesen war, aber auch nicht mehr. Außerdem, so eine Affäre im Kollegenkreis, da waren sie sich beide einig gewesen, war wahrscheinlich nicht die allerbeste Idee.

Was sie schon ein paar Wochen später gar nicht mehr so strikt sah, als Gregor damit begann, einen Comic für sie zu zeichnen, den er wie einen Fortsetzungsroman Blatt für Blatt in ihr Fach im Lehrerzimmer legte. Es war ein erotischer Superman-Comic, sie mochte vor allem die Folge, in der Superman eine rothaarige Lehrerin aus einem brennenden Haus rettete und beim anschließenden Belohnungssex den Anzug nicht ausgezogen bekam. Nun ja, man könnte sagen, sie ließen es laufen, und irgendwann hatte dann Gregor die Idee mit dem Hotel.

Seltsamerweise hatte sie das alles bis eben noch nicht wirklich ernst genommen, es war ein Spiel, ein Experiment, bei dem es nicht darum ging, was sie taten. Sondern nur, warum.

Tja, warum eigentlich?

Nicht wegen Gregor jedenfalls, auch nicht wegen Thomas. Sie begehrte weder den einen, noch wollte sie den anderen betrügen. Es ging hier, wenn man es ehrlich betrachtete, einzig und allein um sie selbst. Und sogar das war höchstens die halbe Wahrheit, die vermutlich eher in Richtung der Frage führte, was von ihr selbst eigentlich noch übrig war.

Zugegeben, das klang kompliziert, war es aber gar nicht, wenn man die letzten zwei Jahre betrachtete. Es hatte mit einer Liebeserklärung begonnen, Thomas hatte gesagt: »Ich bin mir jetzt ganz sicher, ich möchte ein Kind mit dir haben!« Das war schön, denn ganz sicher war sich Thomas bis dahin selten gewesen. Acht Jahre hatte es gedauert, bis sie endlich zusammengezogen waren. Thomas hatte vorgeschlagen, statt in eine spießige Paarwohnung, wie er es nannte, in Jennys WG zu ziehen, in der gerade ein Zimmer frei geworden war. Da waren sie beide schon fünfunddreißig, und Jenny fand, dass sie doch eigentlich aus dem WG-Alter raus waren. Fand Thomas aber nicht, zumal Jenny mit zwei chilenischen Austauschstudentinnen zusammenwohnte, mit denen sie morgens frühstückten und abends kochten und am Wochenende Ausflüge unternahmen. Das alles sei doch ziemlich lässig, hatte Thomas gesagt.

Jenny wäre gerne etwas weniger lässig gewesen, vor allem aber wollte sie ein Kind, was Thomas »ein bisschen früh« fand. So gingen weitere drei Jahre ins Land, die chilenischen Austauschstudentinnen kehrten in ihre Heimat zurück, Thomas bekam diesen gut bezahlten Job bei der Kreditanstalt für Wiederaufbau und sie beschlossen, die WG-Wohnung zu einer Familienwohnung werden zu lassen.

Jenny setzte die Pille ab, sie hatten zum ersten Mal Sex ohne Verhütung, was sich sehr mystisch, bedeutend, um nicht zu sagen epochal anfühlte. Wenn Thomas in ihr war, stellte sich Jenny vor, dass es gerade jetzt passierte, dass sich in diesem Moment das Wunder des Lebens ereignete. Blöd war nur, dass sich nach vier Wochen immer noch nichts ereignet hatte, auch nicht nach drei Monaten. Sie stellte fest, dass ihre Kenntnisse der weiblichen Biologie ziemlich dürftig waren. Welche waren noch mal die fruchtbaren Tage?

Thomas, vom Projekt der Familiengründung mittlerweile ebenfalls beseelt, kaufte in der Apotheke einen Fruchtbarkeitscomputer, so einen kleinen grauen Kasten mit zwei Lämpchen. Jenny musste einen Monat lang auf Sticks pinkeln, die sie in den Computer schob, der die Daten einlas und in den folgenden Monaten das grüne oder das rote Lämpchen brennen ließ, für die unfruchtbaren und für die fruchtbaren Tage. Sie hatten dann nur noch Rotlichtsex, was lange nicht so verrucht war, wie es klang. Nach sechs Monaten warf Jenny den Fruchtbarkeitscomputer in den Mülleimer und verabredete einen Termin bei ihrer Gynäkologin, die zu Ruhe und Gelassenheit riet, was Jenny sehr unruhig, um nicht zu sagen aggressiv machte.

Eine Bekannte, bei der sich Jenny »für eine Freundin« erkundigte, empfahl eine Privatklinik, in deren Wartezimmer skandinavische Sofas standen. An den Wänden hingen künstlerisch wertvolle Aufnahmen von frisch geborenen Kindern, untertitelt mit Grußwörtern der dankbaren Eltern. »Unser kleiner Held ist auf der Welt«, hatte eine Mutter geschrieben, und Jenny fragte sich, ob eines Tages auch ein Bild ihres Kindes an diesen Wänden hängen würde.

In der Mitte des Wartezimmers stand ein Aquarium, in dem Fische schwammen, die von der Attitüde her gut zu den Sofas und Fotos passten. Wenn Jenny in diesem Wartezimmer saß und auf die nächste Untersuchung oder die nächsten Ergebnisse wartete, wenn sie mal wieder verzweifelt war und Thomas ihr Tücher aus der bereitstehenden Kleenex-Box reichen musste, glitten die Fische schön und teilnahmslos an ihr vorbei.

Das Personal war ähnlich kühl und routiniert, sie wurden erst einmal durchgecheckt, Hormonspiegeltest, Spermatest, Eileiter-Durchlässigkeitstest. Das Ergebnis teilte ihnen ein Arzt einen Tag später mit: Jennys Leitungen waren schon ein bisschen verengt, aber das war normal »in ihrem Alter«. Hinzu kam: Thomas' Spermazellen waren zu langsam. Jenny war verwundert, wie schwer Thomas das traf. Er sah es offenbar als persönliche Beleidigung an, dass seine Jungs da unten nicht auf Zack waren, fragte sogar noch mal nach, ob es nicht doch viel mehr an ihren Leitungen liege. Er war enttäuscht, von seinem Sperma, von ihrem Kinderprojekt, eigentlich von allem. Ein halbes Jahr lang hatten sie gar keinen Sex.

Weiter ging es erst, als sie von Wiebke und David gehört hatten, den Bekannten von Freunden, die offenbar ähnliche Probleme wie sie gehabt und es dann doch geschafft hatten, ein Kind zu bekommen. Sie lernten Wiebke und David nie persönlich kennen, denn so ging das zu in diesen Kreisen, man sprach nicht miteinander, man hörte nur voneinander, und manchmal fragte sich Jenny, was man wohl von ihnen so hörte.

Jedenfalls saßen sie dann irgendwann wieder im Wartezimmer, ließen sich von den Fischen ignorieren und bereiteten sich auf ihren Postkoitaltest vor, mit dem die Ärzte herausfinden wollten, ob Thomas' phlegmatische Spermazellen überhaupt durch Jennys verengte Leitungen rutschen konnten. »Wir wissen dann, ob Sie als Paar kompatibel sind, ob Sie zusammenpassen«, sagte der Arzt.

Da hatte dann Jenny ein bisschen überreagiert, weil diese Frage eine war, die sie schon lange beschäftigte. Oder besser gesagt: beunruhigte. Denn dass Thomas und sie möglicherweise nicht zusammenpassten, das war sogar ihrer Mutter aufgefallen, der normalerweise gar nichts auffiel. Ganz objektiv betrachtet, ohne jegliche Wertung, waren sie beide recht verschiedene Menschen mit recht verschiedenen Bedürfnissen. Sie selbst ging gerne im Wald spazieren, war eher nervös, war Frühaufsteherin, redete viel, wusste selten, was sie anziehen sollte, und träumte regelmäßig von ihrer Deutsch-Abiturprüfung. Thomas verschlief gerne den halben Tag, las in der verbleibenden Zeit am liebsten Zeitung und hörte dabei die Spotify-Indie-Chillout-Playlist, verließ sein Viertel nur, wenn es unbedingt sein musste, hatte Überzeugungen, an denen er nie zweifelte, und wusste meist nicht, was gerade das Problem sein sollte.

Andererseits hatte Jenny neulich in »Psychologie Heute« gelesen, dass es für ein Paar gut war, so unterschiedlich zu sein. Menschen waren schließlich keine

Lego-Steine, die sich ineinanderfügen ließen. Wichtig waren offenbar vor allem die gemeinsamen Werte, das Vertrauen, die emotionale Nähe, wobei sich Jenny schon manchmal fragte, wie man so etwas denn überhaupt messen oder einschätzen konnte. Ob nicht am Ende einfach nur ein Gefühl übrig blieb.

Und ihr Gefühl, das war gut, da gab es eigentlich nichts zu meckern, weshalb es ja umso unangenehmer gewesen wäre, wenn nun auf einmal herauskäme, dass sie doch nicht kompatibel waren. Dass diese ganzen Jahre voller Restaurantbesuche, Autofahrten, Strandspaziergänge, Küsse, Streits und Versöhnungen sie nur darüber hinweggetäuscht hatten, dass ihre Fortpflanzungsorgane nicht harmonierten, nicht gut genug jedenfalls, um in den Kreis der Gesegneten zu gelangen, deren Körperflüssigkeiten neues Leben erschaffen konnten.

Der Arzt hatte erklärt, der Postkoitaltest müsse kurz vor dem Eisprung erfolgen, das war nach Jennys Berechnung damals der folgende Mittwoch gewesen, weshalb der Arzt für diesen Tag Geschlechtsverkehr gegen neun Uhr verordnet und sie um zehn Uhr zu sich bestellt hatte. Der frühe Geschlechtsverkehr war vor allem für Thomas ein Problem, der zu dieser Zeit normalerweise noch zu keinerlei Aktivität fähig war. Aber es ging dann trotzdem irgendwie und sie hetzten zerzaust und ungeduscht in die Klinik, wo die Schwester sie mit wissendem Blick empfing und der Arzt nur Minuten später feststellte, dass Thomas' Spermazellen, die bereits in Jennys Gebärmutterhalsschleim steckten, noch am Leben waren.

Gregor war gerade dabei, sein Unterhemd auszuziehen, Jennys Augen hatten sich bereits an die Dunkelheit gewöhnt und sie fand, dass sie noch entschieden zu viel sah. Zum Beispiel die Warzen auf seiner Schulter, zum Beispiel die Haare in seinen Ohren. Und dann war da auch noch dieser dämliche Radiosender, den Gregor eingeschaltet hatte, damit es nicht ganz so still war im Zimmer, gerade lief der Verkehrsfunk für Berlin und Brandenburg. »Haha, Verkehrsfunk!«, murmelte Jenny, aber Gregor verstand den Witz nicht.

Im Grunde, dachte Jenny, war der Abenteuersex mit Gregor in diesem Hotelzimmer ähnlich künstlich wie der Fortpflanzungssex mit Thomas. Dabei war es doch gerade ihr Ziel gewesen, mal wieder funktionsfrei zu vögeln, im Bett zu lachen, Spaß zu haben. Aber war es nicht generell eine dumme Idee, Sex mit einem strategischen Ziel zu verbinden? Selbst wenn es das Ziel war, kein Ziel mehr haben zu müssen?

Jenny zog ihr T-Shirt aus, Gregor nestelte an ihrem BH herum, sie überlegte, ob sie es jetzt noch abbrechen konnte, ob sie nicht plötzlich einen ganz schlimmen Krampf im Oberschenkel bekommen könnte oder ein Kreislaufproblem. Wegen ihres Herzmuskels, ja, das könnte sie doch sagen, dass für eine herzkranke Frau wie sie so ein aufregendes Sexabenteuer durchaus tödliche Folgen haben könnte.

Stattdessen öffnete sie selbst den BH, ihre Brüste, die nach den Hormonbehandlungen immer so schön straff gewesen waren, rutschten wie Fallobst heraus, Gregor flüsterte, sie sei irre sexy, aber sie glaubte ihm kein Wort. Sie beschloss, das jetzt einfach hinter sich zu bringen, mit einer ähnlichen Einstellung hatte sie doch auch schon die künstlichen Befruchtungen überstanden.

Zehn Tage lang hatte sie sich Spritzen in den Unterleib jagen müssen, um den Organismus vorzubereiten, dann noch mal zwei Wochen morgens und abends Injektionen mit Hormonen, um möglichst viele Eizellen zu produzieren. Jenny war sich wie eine Legehenne vorgekommen, ihr Bauch schwoll an, ihre Finger waren aufgedunsen, hinzu kamen diese fiesen Stimmungsschwankungen, mal war sie aggressiv, mal todtraurig, mal beides zusammen. Zum Glück nahm Thomas ihr Seelendrama nicht so ernst, er hatte sich in einen gut gelaunten Krankenpfleger verwandelt, verabreichte ihr lächelnd die Spritzen, kannte sich irgendwann richtig gut mit den Nadeln und Ampullen aus, bewies technisches Geschick.

Alle zwei Tage musste sie in die Klinik, saß breitbeinig auf dem Untersuchungsstuhl, während ständig wechselnde Ärzte mit der Ultraschallsonde nach Eizellen suchten und sich dabei über die Fußball-Bundesliga oder die Aktienentwicklung unterhielten. Das war übrigens auch so eine Sache, die sie völlig unterschätzt hatte: was es mit einem machte, wenn einem ständig wildfremde Leute in den Schritt glotzten. Wenn der Intimbereich seine Intimität verlor, wenn die Vagina nur noch eine Art Logistiktunnel war.

Weitere zehn Tage später fanden die Ärzte, es sei nun die Zeit der Ernte gekommen, Jenny wurde unter Teilnarkose in einen Operationssaal geschoben und durfte dabei zusehen, wie ein Arzt mittels einer Kanüle, die mit einem Schlauch verbunden war, die Follikel von den Eierstöcken saugte, was trotz der Narkose schmerzte.

Zur selben Zeit saß Thomas in einem Behandlungszimmer im Erdgeschoss der Klinik, in dem es einen Fernseher und verschiedene Pornofilmchen zur Auswahl gab. Thomas entschied sich für den Film »Gymnastik ist mein Leben«, in dem sich eine brünette Sportlerin von ihrem Personal Trainer auf der Übungsmatte vernaschen ließ. Auch da, fand Jenny, war es nicht gut um die Geschlechtergerechtigkeit bestellt, wenn ihr Mann sich fröhlich einen wichsen durfte, während man ihr einen Unterdruckschlauch in die Vagina rammte. Außerdem, seit wann interessierte sich Thomas für brünette Sportlerinnen?

Ach, egal, wie schon so vieles in diesen Monaten egal geworden war, ihr Sozialleben, ihre Selbstachtung, ihr Körpergefühl, ihre Lebensziele, all das war komplett in den Hintergrund gerückt, hatte Platz gemacht für diese eine, alles beherrschende Mission, die darin bestand, endlich Mutter zu werden. Wobei sie sich manchmal fragte, warum ihr das eigentlich auf einmal dermaßen wichtig war. Ob sie sich nicht hineinsteigerte in ein Bedürfnis, das nie zuvor so gewaltig gewesen war. Also, klar hatte sie immer schon Kinder haben wollen, sicherlich gehörte das zu den großen Projekten des Lebens. Aber war sie wirklich bereit, diesen Preis dafür zu zahlen? Ihren Körper und ihr Paarleben zu ruinieren? Ihr Konto abzuräumen? Ihr Lebensglück von einer gelungenen Befruchtung abhängig zu machen? War nicht ihr Wunsch mit den Schwierigkeiten gewachsen? Ging es nicht längst auch darum, unbedingt das zu haben, was sie nicht haben konnte?

Solche Überlegungen verunsicherten sie noch mehr, ließen sie noch stärker daran zweifeln, dass diese ganze Geschichte eines Tages ein gutes Ende finden würde.

Aber es gab ja auch noch die Hoffnung, diesen blassen Engel, der sich offenbar durch nichts beirren ließ.

Vier Tage nach der Eizellenernte bekam Jenny einen Anruf aus der Klinik, die In-vitro-Befruchtung habe geklappt und es schwämmen jetzt gerade, in diesem Moment, im Labor der Klinik winzige Embryonen in einer gut gewärmten Petrischale. »Wunderbare Exemplare!«, rief der Arzt durchs Telefon. Jenny eilte in die Klinik, lag wieder mit diesem scheußlichen Gynäkologennachthemd bekleidet im Operationssaal, sah den Kunststoffkatheter, in dem die zwei Embryonen steckten, die nun in ihre Gebärmutter transferiert werden sollten, spürte den beruhigenden Händedruck der Krankenschwester, die flüsterte: »In fünf Minuten sind Sie Mama.«

Erst als sie wieder im Wartezimmer stand, kamen die Tränen, sie strich ungläubig über ihren nun offiziell schwangeren Bauch, blickte nicht zum Aquarium, weil sie diesen Moment auf keinen Fall mit den arroganten Fischen teilen wollte, stieg ins Auto, das Thomas vorgefahren hatte, und fuhr nach Hause. Wo sie zwei Tage lang fast regungslos im Bett lag, obwohl der Arzt gesagt hatte, sie solle ganz normal weiterleben. Als ob noch irgendetwas in ihrem Leben normal gewesen wäre. Sie horchte in sich hinein, manchmal pikte, drückte oder zog es in ihrem Bauch, und jedes Mal fragte sie sich, ob das jetzt ein gutes oder ein schlechtes Zeichen war. Sie stellte sich vor, wie die Embryonen in ihr wuchsen, sie vermied hastige Bewegungen, laute Geräusche, sie war besorgt, wenn sie niesen musste, sie war besorgt, wenn sie auf Toilette musste, sie war besorgt, wenn das Fenster offen stand. Acht Tage ging das so.

Dann bekam sie ihre Regel.

Diese ganzen Erinnerungen machten den Hotelsex mit Gregor nicht leichter, gerade zwängte er seinen Kopf zwischen ihre Schenkel, sie lag da mit gespreizten Beinen und den falschen Bildern im Kopf. Gregor, das musste man ihm wirklich lassen, war extrem engagiert, nach ein paar Minuten fühlte sie einen ersten Anflug von Lust. Bis Gregor fragte: »Verhütest du, oder müssen wir aufpassen?«, woraufhin Jenny einen Lachanfall bekam, aber nicht von der guten Art, die einen befreite und leicht werden ließ. Es war eher so ein bitteres Lachen, das in der Bauchhöhle stecken blieb. Sie hatte Gregor nichts von ihren Kinderproduktionsversuchen erzählt, logischerweise nicht, wie schräg wäre das denn gewesen? Seine Frage war deshalb völlig berechtigt, aber ihre Reaktion eben leider auch.

»Wir müssen verdammt aufpassen«, sagte sie, »ich werde schon vom Angucken schwanger.« Gregor, in einer festen Beziehung mit einer Frau, die in Freiburg lebte, wirkte daraufhin etwas verängstigt, was ihn allerdings nicht daran hinderte, seine Zunge erneut kunstvoll zum Einsatz zu bringen. Ein paar Minuten später zog er sich ein Kondom über und drang langsam in sie ein. Für Jenny fühlte sich das erschreckend mechanisch an, nicht anders als die Ultraschallsonde, nicht anders als der Kunststoffkatheter, nicht anders als der Absaugschlauch. Trauer schwappte durch ihren Körper, machte ihren Mund trocken und die Finger kalt. Gregor schien von alldem nichts mitzubekommen, er war in seinem Rhythmus, hatte die Augen geschlossen, stöhnte leise. Sie stöhnte ein bisschen mit, in der Hoffnung, dass er dann schneller kommen würde, was auch gelang. Anschließend lag er noch ewig auf ihr, wühlte mit seiner holsteinischen Nase in ihrem Haar. Als er endlich abstieg, blieb das Kondom in ihr hängen und Gregor wurde panisch. »Scheiße, und wenn du schwanger wirst?«, murmelte er, aber Jenny streichelte ihm nur beruhigend den behaarten Rücken.

Nach zwei weiteren missratenen Befruchtungsversuchen hatten Jenny und Thomas geheiratet. Nicht weil sie das unbedingt wollten, aber sie waren fast pleite und die Krankenkasse zahlte die In-vitro-Behandlungen nur bei verheirateten Paaren. Sie organisierten ein Fest bei sich zu Hause, versuchten, so ausgelassen wie möglich zu sein, Thomas hielt eine Rede, verhaspelte sich, nannte Jenny aus Versehen »die Mutter meines Lebens«, was einige Gäste witzig fanden und andere ahnen ließ, worum es bei dieser Trauung eigentlich ging. Als dann auch noch kurz vor Mitternacht Tante Gerda fragte, ob das junge Paar denn schon mal an Kinder gedacht habe, rannte Jenny wütend auf die Straße, kaufte im Späti eine Flasche Wodka und torkelte durch die Nacht. Sie fühlte sich betrogen, von ihrem Leben, von ihren Träumen.

Und dann ging alles wieder von vorn los, die Hormone zum Frühstück, die Omega-3-Fettsäure-Tabletten zum Abendessen, das Absaugen, das Einsetzen, das Warten. Der Vorteil war: Jenny glaubte nicht mehr wirklich daran, weshalb auch das Scheitern nicht mehr so schlimm sein würde. Zwei Wochen nach dem Embryotransfer hatte sie immer noch nicht ihre Tage, sie rief in der Klinik an, die Schwester sagte, das klinge doch wundervoll. Ob sie schon einen Schwangerschaftstest gemacht habe.

Plötzlich war die Hoffnung wieder da, sie ging in die Apotheke, kaufte einen Schwangerschaftstest, bemerkte das diskrete Lächeln der Apothekerin, die ihr monatelang nur Hormonampullen verkauft hatte. Sie ging nach Hause, musste erst mal aufräumen, man konnte doch schließlich so einen Test nicht in einer unaufgeräumten Wohnung machen! Thomas musste Tee kochen, er musste den Fressnapf der Katze leeren, weil sie nicht diesen Geruch in der Nase haben wollte, wenn sie gleich das Ergebnis haben würde. Dann saß sie auf dem Klo, den Stick in der Hand. Ein Schwangerschaftstest war wie Lotto spielen, alles war möglich – bis das Ergebnis kam.

Der zweite Streifen erschien schneller als erwartet. Sie kapierte es erst gar nicht. Das heißt, sie kapierte es schon, aber sie glaubte es nicht, sie konnte es nicht fassen. Sie saß stumm da, starrte auf den Stick, bis Thomas an die Badezimmertür klopfte. »Und, hast du schon?«

Sie wäre fast hingefallen, als sie mit heruntergelassener Hose zur Tür hüpfte, den Stick in der Hand, sie lag in Thomas' Armen, seine Tränen liefen an ihren Wangen herunter, sie selbst blieb immer noch skeptisch. Erst als der Bluttest ebenfalls positiv war, als die Ärztin gratulierte, als die Schwester ihr den Arm streichelte, kam es langsam in ihrem Großhirn an.

Von da an hätte sie es am liebsten jedem erzählt, den sie traf, wobei sie eigentlich davon ausging, dass man es ihr ansah, dass es unmöglich war, es ihr nicht anzusehen. Sie ging mit einem völlig neuen Gefühl durch die Welt, mit erhobenem Kopf und Stolz im Bauch, sie rief ihre Freundinnen an, auch Charlotte, von der sie wusste, dass sie vor zwei Monaten schwanger geworden war, was Charlotte ihr aber nicht gesagt hatte, vermutlich aus Rücksicht auf die arme Jenny, die Pech-Jenny, die nun endlich auch mal Glück gehabt hatte.

Auf einmal hatte sie große Lust auf Rote Bete und Sauerkohl, wobei sie nicht sicher war, ob sie wirklich Lust darauf hatte oder ob sie eine solche Gier jetzt einfach nur für angemessen hielt. Sie machte jeden Tag mindestens einen Schwangerschaftstest, freute sich immer wieder über den zweiten Streifen. Sie dachte, dass es vermutlich doch eine höhere Gerechtigkeit gab und dass es falsch und dumm von ihr gewesen war, daran zu zweifeln. Hätte in diesen Tagen ein Priester oder ein Mönch um ihre Seele geworben, sie hätte keine Sekunde gezögert. Sie dachte über Vornamen nach, ging mit Thomas eine mintgrüne Wandfarbe kaufen, die das Gästezimmer in ein Kinderzimmer verwandeln sollte, und schmierte jeden Morgen und jeden Abend ihre Mutterbrüste mit Frei-Öl ein.

Bis zu dem Abend, an dem sie plötzlich einen seltsamen Druck in ihrem Bauch spürte, an dem ihre Hose auf einmal voller Blut war. Die Sanitäter brachten sie ins Krankenhaus, die Ausschabung erfolgte unter Vollnarkose. Zwei Tage später kam sie nach Hause zurück, in die Wohnung, die wieder ein Gästezimmer hatte.

Gregor zog die Vorhänge auf, blinzelte zufrieden in die Mittagssonne und sagte, das sei mit der beste Sex gewesen, den er je gehabt habe. »So vertraut, so schwerelos, du weißt, was ich meine.« Jenny nickte stumm, dachte unter der Hoteldusche daran, wie rasch dieses halbe Jahr seit der Fehlgeburt vergangen war, wie schnell man sich an alles gewöhnte. Das war das Beruhigende, fand sie, dass selbst das Unvorstellbare irgendwann gewöhnlich wurde.

Sie gingen durch das Hotelfoyer, gaben die Schlüsselkarten ab, die Rezeptionistinnen verzogen keine Miene, es war kurz nach dreizehn Uhr, Jenny musste sich beeilen, um pünktlich zur Schule zu kommen. Sie verabschiedeten sich mit einem Wangenkuss an der Bushaltestelle, Jenny setzte ihre Kopfhörer auf und hörte »When You Were Young« von »The Killers«.

Sieben Wochen später, als ihre Periode zum zweiten Mal ausgeblieben war, saß sie auf dem Klo, den Stick in der Hand. Ein Schwangerschaftstest war wie Lotto spielen, alles war möglich – bis das Ergebnis kam. Sie erzählte Thomas von der Schwangerschaft und von ihrem Seitensprung mit Gregor, der vermutlich der Vater des Kindes war. Noch am selben Abend packte Thomas seine Koffer und Jenny strich das Gästezimmer mintgrün.

MARTIN

Der Internationale Sportgerichtshof tagte in einer Villa in Lausanne am Ufer des Genfer Sees. Das Gebäude wurde von zwei pompösen Türmen überragt und wirkte so, als hätte sich der Architekt nicht entscheiden können, ob er eine Burg, ein Schloss oder doch nur ein ganz normales Stadthaus bauen wollte. Als Martin ankam, musste er sich durch die Journalistenhorde kämpfen, die vor dem schmiedeeisernen Portal wartete. Er lief über den Kiesweg zum Haupteingang, wo er von einem Gerichtsdiener erwartet wurde, der ihn zum Zeugenstand begleitete. Es war der zweite Verhandlungstag in der Streitsache 58117, Welt-Anti-Doping-Agentur (WADA) gegen Verena Schlink. In dem Verfahren sollte geklärt werden, ob die deutsche Schwimmerin unerlaubte Mittel zu sich genommen hatte, als sie vor sechs Wochen in Athen einen neuen Weltrekord über 100 Meter Freistil geschwommen war.

Der Fall hatte weltweit für Aufsehen gesorgt, und Martin ahnte, dass die Aufmerksamkeit noch wachsen würde, wenn heute durch ihn die Hintergründe öffentlich würden, die diese erstaunliche Leistungssteigerung von Verena Schlink erklären konnten. Er war sehr nervös, die letzten drei Tage hatte er damit verbracht, zusammen mit der Rechtsabteilung der Charité, zwei eigens engagierten Anwälten und seinem Kollegenteam den Auftritt in Lausanne vorzubereiten. Denn was er hier gleich unter Eid vortragen würde, hatte vermutlich nicht nur Folgen für die sportliche

Karriere von Verena Schlink, sondern auch für seine eigene wissenschaftliche Karriere, für den Ruf seines Instituts und vielleicht sogar, auch wenn das natürlich wahnsinnig übertrieben klang, für die Zukunft der Medizin.

Der Gerichtssaal war ein nüchterner, nicht besonders großer Raum, dessen Fenster mit cremefarbenen Stores verhängt waren. Es waren nur wenige Zuschauer und Journalisten zugelassen, die drei Richter saßen leicht erhöht auf einem Holzpodest, ihnen gegenüber saß Verena Schlink mit ihren Anwälten, links daneben die Anwälte der WADA, und mittendrin, im Epizentrum der Aufmerksamkeit, stand der Stuhl, auf dem nun Martin Platz nahm, bekleidet mit dem grauen Anzug, den er sich vor sieben Jahren gekauft hatte, als er den Leibniz-Preis der Deutschen Forschungsgemeinschaft verliehen bekommen hatte.

Der Vorsitzende Richter war ein untersetzter, nicht ungemütlich wirkender Mann, der Martin an Heinz Rühmann erinnerte. Beim Hinsetzen bemerkte Martin, dass sein Leibniz-Preis-Jackett am Bauch spannte, er versuchte, im Sitzen die Knöpfe zu öffnen, was ihm nicht gelang, weshalb er mit flacher Atmung und durchgedrücktem Rücken regungslos verharrte.

»Herr Professor Mosländer«, sagte der Vorsitzende Richter mit warmer Stimme, »Sie leiten die Abteilung für Regenerative Medizin am Institut für Biowissenschaften der Berliner Charité und betreuen dort aktuell Frau Verena Schlink als Patientin, ist das zutreffend?«

»Das ist zutreffend.«

»Sie wissen, denke ich, worum es uns hier geht. Wir müssen entscheiden, ob Verena Schlink sich gemäß den

Regeln des Internationalen Schwimmverbandes verhalten hat. Zu diesem Zwecke ist es wichtig, dass Sie uns detailliert, anschaulich und vor allem wahrheitsgemäß erklären, wie und mit welchen Mitteln Sie Frau Schlink behandelt haben.«

»Das tue ich gerne, Herr Vorsitzender«, sagte Martin, dem von seinen Anwälten eingebimst worden war, dass er sich dem Gericht gegenüber stets unterwürfig oder zumindest sehr respektvoll zu äußern hatte. »Um Ihnen die Behandlungsmethode zu erklären, muss ich etwas ausholen.«

»Bitte, holen Sie aus, holen Sie aus.«

»Wir erproben im Moment in einer klinischen Studie ein Medikament, das in der Lage ist, menschliche Körperzellen zu reprogrammieren.«

»Was bedeutet ›reprogrammieren‹?«

»Nun, jede Zelle hat eine bestimmte Identität, die durch die Gene im Zellkern bestimmt wird. Ein Zellkern enthält dreiundzwanzig Chromosomenpaare, die aus langen DNA-Strängen bestehen, deren Sequenzabschnitte darüber entscheiden, welche Proteine die Zellen herstellen ...«

»Herr Professor Mosländer, ich muss Sie leider unterbrechen. Es ist schon eine Weile her, dass ich zum letzten Mal von Proteinen und Chromosomen gehört habe. Können Sie das Ganze bitte so erklären, dass auch ich es verstehen kann?«

»Oh, Entschuldigung, ja, natürlich. Also, in unserem Körper gibt es verschiedene Arten von Zellen. Wir haben Hautzellen, Blutzellen, Gehirnzellen, Muskelzellen. Alle diese Zellen sind aus sogenannten Stammzellen entstanden und enthalten exakt die gleichen Gene. Bis zum Jahr

2006 gingen meine Kollegen und auch ich selbst davon aus, dass es nur eine Entwicklungsrichtung geben kann, nämlich von der pluripotenten Stammzelle zur differenzierten Zelle.«

»Was passierte 2006?«

»Das war das Jahr, in dem es dem Kollegen Yamanaka von der Universität in Kyoto gelang, Bindegewebszellen von Mäusen in Stammzellen zurückzuverwandeln. Das war ein Paukenschlag, eine Revolution. Wie der erste Mensch auf dem Mond, wie die Entdeckung der Dampfmaschine, wie …«

»Okay, ich habe verstanden, es war bedeutend. Aber warum?«

»Weil Yamanaka uns gezeigt hat, dass ein Organismus sich nicht nur in eine Richtung entwickeln kann, von der Stammzelle zur differenzieren Zelle, vom Embryo zum Greis.«

»Sie meinen, es war auf einmal möglich, aus einem Greis wieder einen Embryo zu machen?«

»Bei Mäusen schon. Und damit im Prinzip auch beim Menschen.«

»Im Prinzip?«

»Yamanakas Entdeckung, für die er übrigens den Nobelpreis bekam, war vor allem deshalb wichtig, weil er uns den Mechanismus erklärt hat, mit dem man Zellen bis ins embryonale Stadium verjüngen kann.«

»Sehr interessant, Herr Professor, und jetzt erklären Sie uns bitte, was das alles mit Frau Schlink zu tun hat. Weil, wenn ich das richtig sehe, ist sie kein Embryo geworden.«

»Nein, zum Glück. Aber seit Yamanaka hat sich einiges in der Reprogrammierungsmedizin getan, wir sind mittlerweile in der Lage, Zellen direkt umzuwandeln, wir können zum Beispiel Hautzellen in Blutzellen verwandeln und umgekehrt. Und wir können Zellen regenerieren, was wir bei Frau Schlink getan haben.«

»Herr Professor, da Frau Schlink damit einverstanden war, Sie von Ihrer ärztlichen Schweigepflicht zu entbinden, bitte ich Sie, mir jetzt genauso verständlich wie bisher zu erklären, worin genau die Behandlung bestand.«

Martin blickte zu Verena Schlink, die einen schwarzen Rollkragenpullover trug und die Haare streng nach hinten gesteckt hatte. Sie sah blass und angespannt aus, die Energie, die sie noch vor Kurzem in seinem Labor verströmt hatte, war verschwunden, sie nickte ihm zu.

»Frau Schlink litt unter einer verschleppten Herzmuskelentzündung und einer damit verbundenen Herzinsuffizienz …«

»Bedeutet übersetzt?«

»Ihr Herzmuskel war nicht mehr in der Lage, genügend Blut durch den Körper zu pumpen, ihre Heilungschancen mit herkömmlichen Methoden waren aussichtslos, weshalb ich sie als Probandin in meine Studiengruppe aufgenommen und ein Jahr lang mit einem von mir entwickelten Medikament versorgt habe.«

»Was ist das für ein Medikament?«

»Wir nennen es einen ›Small Molecule Cocktail‹, das ist wie bei Yamanaka eine Mischung von vier Substanzen, die Herzmuskelzellen dazu anregen, sich zu verjüngen. Im Fall von Frau Schlink ist es uns gelungen, den geschwächten Herzmuskel zu regenerieren. Ihr Herz hat heute wieder dieselbe Pumpleistung wie vor ihrer Krankheit.«

»Und was sind Small Molecules?«

»Niedermolekulare Verbindungen mit geringer Masse, die klein genug sind, um in Zellen einzudringen.«

»Sie sagten, die Zellen verjüngen sich?«

»Ja, die Small Molecules gehen in die Herzmuskelzelle und verändern das epigenetische Muster der DNA … Das ist wieder zu kompliziert, oder?«

»So ist es.«

»Wie soll ich das erklären? Also … wenn eine Zelle altert oder krank wird, verändert sich die Aktivität der Gene, da bestimmte Gene nur in gewissen Lebensabschnitten gebraucht werden. Manche Aktivität verstärkt sich, manche wird abgeschwächt, daraus ergibt sich ein epigenetisches Muster, das in jeder Lebensphase anders ist.«

»Das heißt, ich kann an diesem Muster erkennen, wie alt jemand ist?«

»Völlig korrekt, wir nennen es das biologische Alter. Es läuft Folgendes ab: Unsere Small Molecules dringen in die geschädigten und gealterten Herzmuskelzellen von Frau Schlink ein, schalten bestimmte Gene ein und andere aus und erschaffen so ein neues epigenetisches Muster der DNA, das dem einer gesunden, verjüngten Frau Schlink gleicht und das nach einer kleinen Umbauphase zu einer Regeneration der Zelle führt.«

»Eine Art Wiedergeburt?«

»Buddhisten würden das vielleicht so ausdrücken, ich würde es eher Umwandlung nennen. Eine der schwierigsten Fragen, die wir zu lösen hatten, war der Transport.«

»Welcher Transport?«

»Nun ja, wie schaffe ich es, dafür zu sorgen, dass die

Small Molecules, die Frau Schlink als Pulverkapsel zu sich nimmt, genau dort ankommen, wo sie ankommen sollen?«

»Erklären Sie es uns.«

»Wir haben die Small Molecules in winzige Ballons verpackt, Schutzhüllen, die sie umschließen und erst dort freisetzen, wo sie wirken sollen. Diese Schutzhüllen, sogenannte Lipide, bestehen aus fettbasierten Nanopartikeln, die sich aufgrund ihrer Oberflächenstruktur bevorzugt am Herzmuskelgewebe anlagern.«

»Ach so.«

»Es ist nicht schlimm, wenn Sie das nicht verstehen, weil ich es offensichtlich selbst nicht verstanden habe. Denn genau da liegt das Problem, das bei Frau Schlinks Behandlung aufgetreten ist.«

»Fahren Sie fort.«

»Vermutlich ist es bei der Reprogrammierung der Herzmuskelzellen zu einer unbeabsichtigten Streuung gekommen, sodass auch Blut- und Leberzellen reprogrammiert wurden, was schließlich zu einer allgemeinen Verjüngung geführt hat.«

»Moment, habe ich das richtig verstanden? Sie haben Frau Schlink komplett verjüngt?«

»Um etwa acht Jahre. Ihr chronologisches Alter ist vierunddreißig, ihr biologisches Alter ist momentan sechsundzwanzig.«

Es wurde unruhig im Gerichtssaal, die Zuschauer und Journalisten fingen an, aufgeregt miteinander zu tuscheln.

»Ruhe bitte!«, rief der Vorsitzende. »Herr Professor, Sie sagten gerade, Frau Schlink sei *momentan* sechsundzwanzig, heißt das, sie wird noch jünger werden?«

»Ich kann das zumindest nicht ausschließen, wir haben

die Medikamente abgesetzt, aber die Zellprozesse laufen ja erst einmal weiter. Wenn der Mechanismus einmal in Gang gesetzt ist …«

»Was ist dann?«

Martin zögerte, er holte tief Luft, sie waren jetzt an dem Punkt angelangt, der ihm, seinen Kollegen und Anwälten am meisten Kopfzerbrechen bereitet hatte, denn einerseits war ihm vermutlich einer der größten Durchbrüche gelungen, die es je in der medizinischen Forschung gegeben hatte. Wenn es möglich war, den kompletten Organismus eines Menschen zu regenerieren, dann bedeutete das nicht weniger als das Ende aller Alterskrankheiten, da Altern biologisch betrachtet nichts anderes war als die abnehmende Fähigkeit des Körpers, sich zu reparieren und zu erneuern. Andererseits war dieser Durchbruch, wie so oft in der langen Geschichte der medizinischen Forschung, unbeabsichtigt eingetreten. Es war gewissermaßen ein Unfall.

»Herr Professor Mosländer, was passiert, wenn der Mechanismus einmal in Gang gesetzt wurde?«

»Ehrlich gesagt, ich weiß es nicht, eine solche Therapie wurde noch nie am Menschen erprobt … Wir betreten hier gerade komplettes Neuland.«

»Verstehe ich das richtig, Sie führen klinische Experimente an Menschen durch und haben nicht die geringste Ahnung, wie sie ausgehen?«

»Das würde ich so nicht sagen, da unser Hauptziel, die vollständige Heilung des Herzmuskels, ja erreicht wurde. Darüber hinaus kann es immer zu Nebenwirkungen kommen, die man ja gerade durch solche Studien aufzuspüren versucht.«

»Moment, Sie schrauben an der Lebenszeit Ihrer Patientin herum und bezeichnen das hier als eine harmlose Nebenwirkung?«

»Nein, ich nehme das extrem ernst, und es tut mir leid, dass wir auf diese Weise in Frau Schlinks Leben eingegriffen haben, das ist wirklich problematisch. Genau wie der Umstand, dass sie jetzt hier als Angeklagte vor Gericht stehen muss, obwohl hoffentlich mittlerweile klar geworden ist, dass Frau Schlink nicht gedopt war.«

Martin hörte es hinter sich rumoren, er sah Verena Schlink, die sich von ihrem Platz erhob. »Herr Vorsitzender«, sagte sie, »der Herr Professor hat mich nicht nur von einer unheilbaren Krankheit kuriert, er hat mir dazu noch mindestens acht Lebensjahre geschenkt, ich könnte mir wahrlich schlimmere Nebenwirkungen vorstellen!« Wieder wurde es unruhig im Saal, das Stimmengewirr wurde immer lauter, bis der Richter mit herrischer Geste zur Ruhe mahnte.

»Frau Schlink, bei allem Respekt, ich hatte Ihnen nicht das Wort erteilt, und Herr Professor Mosländer, die Frage, ob es sich hier um Doping handelt oder nicht, werden nicht Sie, sondern das Gericht zu entscheiden haben.«

»Selbstverständlich«, sagte Martin, »aber schauen Sie sich die Definition der WADA zum Doping an. Da heißt es: ›Vorhandensein einer verbotenen Substanz, ihrer Metaboliten oder Marker in der Probe eines Athleten.‹ Ich habe mir die Liste der verbotenen Substanzen angeschaut, keine davon war in meinem Medikament enthalten.«

»Das mag ja sein, verehrter Professor, aber haben Sie schon mal von Gendoping gehört? Da werden Retroviren in bestimmte DNA-Abschnitte der Zellen geschleust, um die Produktion von Wachstumshormonen anzukurbeln. Die Retroviren hinterlassen keine Spuren im Blut, aber den erhöhten Hormonspiegel kann man nachweisen. Ich bin mir sicher, das Blut der sechsundzwanzig Jahre alten Frau Schlink hat ebenfalls andere Hormonwerte als das Blut der vierunddreißig Jahre alten Frau Schlink, oder was denken Sie?«

Martin schwieg, natürlich hatte er schon von Gendoping gehört, er hatte nur nicht gewusst, wie das konkret ablief. So gesehen war seine Probandin wohl doch nicht auf der sicheren Seite. »Ich möchte hier nur betonen«, sagte er schließlich kleinlaut, »dass es meine Schuld ist, Frau Schlink ist in der Sache kein Vorwurf zu machen, sie hat vollkommen gutgläubig gehandelt, genau wie die anderen Probanden.«

»Ach, haben Sie noch mehr Verjüngungen vorgenommen?«

»Darauf darf ich Ihnen nicht antworten, weil meine anderen Probanden mich nicht von der Schweigepflicht entbunden haben. Ich kann nur von mir selbst sprechen, denn auch ich habe an der Studie teilgenommen, und auch mein biologisches Alter ist gesunken.«

»Wie alt sind Sie denn jetzt?«

»Ich bin jetzt vierundvierzig und war vorher zweiundfünfzig.«

Der Richter schüttelte fassungslos den Kopf und unterbrach die Verhandlung. Die meisten Journalisten hatten den Saal bereits verlassen, um der Welt die bahnbrechenden Neuigkeiten zu verkünden.

MIRIAM

Der Anruf des Bundesgesundheitsministers erreichte Miriam am Strand von La Gomera, wo ihrer dreijährigen Tochter Lola gerade eine große Portion Schokoladeneis in den Sand gefallen war, weshalb Lola nun schreiend vor ihr stand und vom Minister nichts mehr zu hören war. Es brauchte eine Weile, bis sich Lola wieder beruhigt hatte und Miriam das Telefonat fortsetzen konnte.

»Entschuldigung, Herr Minister, ich bin gerade im Urlaub.«

»Kein Problem, Frau Holstein. Wobei Ihr Urlaub schon ein Problem sein könnte, wir brauchen Sie dringend in Berlin.«

»Was ist passiert?«

»Wir schicken Ihnen gleich einen Bericht, der wie alles in dieser Angelegenheit streng vertraulich ist. Können Sie morgen um elf Uhr im Ministerium sein?«

So endete Miriams Urlaub, bevor er richtig begonnen hatte, was Tobias, ihren Mann, in der Meinung bestärkte, ein normales Familienleben sei mit ihr eben einfach nicht möglich. Gerade gestern hatten sie sich deswegen gestritten, weil Miriam noch im Flugzeug an einem Artikel für das angesehene Wissenschaftsjournal »The Lancet« gearbeitet hatte und deshalb nicht mitbekam, dass Lola, während Tobias auf Toilette war, zu einem Spaziergang in die Businessclass aufgebrochen war. Miriam war so vertieft in ihre Arbeit gewesen, dass sie nicht einmal die Durchsage der Kabinenchefin gehört hatte, die mehrmals »die Mutti oder den Vati der kleinen Lola« ausgerufen hatte. »Dieser blöde Artikel interessiert dich eben mehr als deine Tochter«, hatte Tobias gesagt, was Miriam ungerecht fand, weshalb sie geantwortet hatte, es sei vermutlich leichter, sich auf ein Kind zu konzentrieren, wenn man noch nie einen wichtigen Artikel geschrieben habe.

Okay, auch das war ungerecht und verletzend gewesen, und Miriam hatte sofort bedauert, es überhaupt gesagt zu haben. Es erinnerte sie an die Streits, die sie schon vor fünfzehn Jahren gehabt hatten, als sie noch Medizinstudenten in Gießen gewesen waren. Tobias hatte immer versucht, mit minimalem Aufwand so viel wie möglich zu erreichen. Ihm genügte es, gerade so durch eine Prüfung zu kommen, eine eben noch akzeptable Arbeit zu schreiben, während sie ständig alles geben musste. Wenn die anderen am Wochenende auf Partys gegangen waren, hatte sie die herrliche Ruhe im Studentenwohnheim genutzt, um die Nacht durchzuarbeiten. Sie hatte das nicht getan, weil irgendjemand es von ihr verlangte, sondern weil sie eine tiefe Freude und Befriedigung dabei empfand, sich in ihren Büchern und Gedanken zu verlieren.

Neben ihrem Medizinstudium hatte Miriam sich an der philosophischen Fakultät eingeschrieben, die beiden Doktorarbeiten schrieb sie parallel, bevor sie zu ihrem Forschungsjahr in London aufbrach, ihre ersten Artikel in wichtigen Zeitschriften veröffentlichte, die Professur für Medizinethik an der TU Berlin bekam, in den Sachverständigenrat der Bundesregierung und in den Deutschen Ethikrat berufen wurde. Tobias lebte mehr für das Klettern, für seine Freunde und die Familie, weshalb er zufrieden war mit der Dreiviertelstelle im Pankower Gesundheitsamt und beharrlich dafür sorgte, dass Miriam mindestens eine warme Mahlzeit am Tag bekam und mindestens eine halbe Stunde täglich über Dinge mit ihm sprach, die nichts mit ihrer Arbeit zu tun hatten. Er war ein herrlicher, liebevoller Mann, der wichtigste Mensch in ihrem Leben, aber auch der anstrengendste.

Auf dem Flug nach Berlin las Miriam den Bericht, den die Referenten des Ministers für sie zusammengestellt hatten. Von der geglückten Zellreprogrammierung an der Charité hatte sie bereits gehört, wobei sie wegen der geringen Probandenzahl, der fehlenden Kontrollgruppe und der spärlichen Daten, die bislang veröffentlicht worden waren, nicht ganz so euphorisch war wie viele ihrer Kollegen. Gerade im Bereich der Zellverjüngung und genetischen Regeneration hatte es in den letzten Jahren immer wieder Sensationsmeldungen gegeben, die sich bei näherem Hinsehen als verfrüht und übertrieben erwiesen hatten.

Auf der ganzen Welt wurden gerade riesige Summen in diesen Bereich investiert, der als einer der profitabelsten und wissenschaftlich herausforderndsten galt. Milliardäre wie Jeff Bezos und Juri Milner finanzierten Biotechfirmen und warben die weltweit führenden Forscher ab, weil sie, so vermutete Miriam, wie alle mittelalten Männer zu ahnen begannen, dass der Tod auch um sie keinen Bogen schlagen würde. Sogar der Erfinder der zellulären Reprogrammierung, der Nobelpreisträger Shinya Yamanaka, und Steve Horvath, der Vater der biologischen Alterungsuhr, hatten ihre Universitäten verlassen und arbeiteten jetzt für Millionengehälter in kalifornischen Hightechlaboratorien, mit Forschungsbudgets und Personalausstattungen, von denen man in Europa nur träumen konnte. Weshalb es Miriam eher unwahrscheinlich erschienen war, dass der entscheidende Durchbruch nun ausgerechnet in der Berliner Charité passiert sein sollte.

Allerdings waren die Daten, von denen sie nun im Bericht des Ministeriums las, wirklich erstaunlich, und allein der Umstand, dass bereits mehrere Biotechbosse aus den USA, aber auch aus Japan und China nach Deutschland gekommen waren, um sich vor Ort zu informieren, sprach dafür, dass man in Berlin derzeit weiter war als in San Diego, Kyoto oder Chengdu.

Dafür sprach auch eine offizielle Anfrage der Weltgesundheitsorganisation, die gestern in Berlin eingegangen war und die offensichtlich der Hauptgrund dafür war, dass Miriam ihren Urlaub hatte abbrechen müssen. Die WHO forderte die Bundesregierung auf, »unverzüglich Auskunft darüber zu geben, wie ernst zu nehmend und verifizierbar die Ergebnisse der Humanexperimente an der Berliner Charité sind«. Auch wies die WHO darauf hin, dass gemäß ihrer Satzung »eine unmittelbare Berichts- und Konsultationspflicht besteht, wenn in einem der Mitgliedsländer ein medizinisches Verfahren oder eine medizinische Behandlung entwickelt wird, die für das Schicksal der Menschheit von universeller Bedeutung sein könnte«.

Dieser Satz ließ Miriam innehalten, bisher hatte sie die zelluläre Reprogrammierung eher als einen interessanten Bereich der Grundlagenforschung gesehen. Praktische Auswirkungen, gar die Entwicklung eines Medikaments und die damit verbundene Möglichkeit, Menschen wirklich zu verjüngen, hatte sie zwar generell für möglich gehalten, aber doch nicht zu ihren Lebzeiten!

Sie las weiter in ihrem Bericht, die Auswertungsprotokolle der Charité waren bemerkenswert, bei allen Probanden waren die empirischen Belege für eine deutliche Verjüngung nicht zu bestreiten, außerdem korrelierten die Verjüngungssymptome ganz eindeutig mit dem ursprünglichen Alter der Versuchspersonen. Es gab da zum Beispiel einen sechzehnjährigen Jungen, der ein biologisches Alter von acht Jahren erreicht hatte, was unter anderem durch eine präpubertäre Spermienentwicklung nachzuweisen war. Miriam hatte über genetische Methoden in der Reproduktionsmedizin promoviert, sie wusste, dass es schon während der Embryonalentwicklung zur Bildung von Vorstufen der Spermien, sogenannten Spermatogonien, kam. Erst in der Pubertät entwickelten sich diese Vorstufen zu reifen Spermien, den Spermatozoen. Eine Hodenuntersuchung bei dem Jungen hatte ergeben, dass keine reifen Spermien mehr bei ihm nachzuweisen waren, sie hatten sich komplett zu Spermatogonien zurückentwickelt. Er war also, rein biologisch gesehen, wieder zum Kind geworden.

Wenn das wirklich stimmte, dachte Miriam, dann würde das eines der Paradigmen der Entwicklungsbiologie ins Wanken bringen, dem zufolge die Entwicklungsphase eines Menschen (also die Zeit zwischen der Befruchtung der Eizelle und der Ausbildung des erwachsenen Körpers) nicht rückgängig zu machen war. War es denkbar, dass diese unumstößliche Wahrheit, die sie vom ersten Semester im Medizinstudium an eingetrichtert bekommen hatte, einfach nicht stimmte? Oder sprach es eher dafür, dass diese Charité-Studie auf wackeligen Füßen stand?

Andererseits war in den letzten Jahren schon so manche Wahrheit zu Staub zerfallen, angefangen mit der als ewig gültig geltenden These, dass eine gealterte Zelle sich grundsätzlich nicht verjüngen konnte. Miriam fand es faszinierend und verstörend zugleich, wenn solche fundamentalen Annahmen revidiert werden mussten. Sie fragte sich dann manchmal, was eigentlich noch wahr bleiben würde. Worauf man sich verlassen konnte. Ob es Erkenntnisse der Menschheit gab, die davor geschützt waren, irgendwann als Fehleinschätzungen entlarvt zu werden.

Sie blätterte durch den Bericht, der auf fast jeder Seite den roten GVS-Stempel trug, das behördeninterne Siegel für Akten, die als ›Geheime Verschlusssache‹ eingestuft waren. Auch die Protokolle der anderen Probanden waren faszinierend. Ein achtzigjähriger Mann, der an multiplem Organversagen litt, war auf einmal wieder kerngesund. Sogar der Studienleiter, Professor Mosländer, den Miriam von Fachtagungen kannte, hatte sich selbst medikamentiert. In dem Bericht waren seine Blutbilder der letzten fünf Jahre dokumentiert, Mosländers Cholesterin- und Gamma-GT-Werte waren bis zum vergangenen Jahr die eines mittelalten Mannes gewesen, der sich schlecht ernährte, zu viel Alkohol trank, kaum Sport trieb und auch ansonsten eher nachlässig mit seinem Körper umging. In der Vergleichsanalyse von letzter Woche hatten sich die Werte hingegen komplett normalisiert.

Besonders gut dokumentiert war die Verjüngung einer Frau, die mit neununddreißig Jahren mehrere In-vitro-Fertilisationen hatte durchführen lassen, weshalb auch die Durchlässigkeit ihrer Eileiter untersucht worden war, kurz bevor man sie in die Probandengruppe der Charité aufgenommen hatte. Die Aufnahmen der Hystero-Kontrast-Sonografie zeigten eine Verengung der Eileiter infolge einer Viskositätserhöhung der Eileiterflüssigkeit, ein typisches Altersphänomen, das zum Verkleben der Eileiter führen konnte. Die soeben durchgeführten Kontrollaufnahmen der zwischenzeitlich auf natürliche Weise befruchteten Frau zeigten hingegen befundfreie Eileiter, die denen einer Dreißigjährigen ähnelten.

Miriam lehnte sich in ihrem Sitz zurück, betrachtete durch das Bordfenster den Wolkenteppich, der wie ein Meer aus Watte unter ihr lag. Sie fand, dass so ein Fensterplatz in zehntausend Metern Höhe kein schlechtes Setting bot, um über das Schicksal der Menschheit und die universelle Bedeutung von Dingen nachzudenken. Vor allem aber überlegte sie, was nun von alldem zu halten war. Denn ihr Spezialgebiet war nicht die Analyse von medizinischen oder biochemischen Problemen, sondern deren ethische und moralische Bewertung. Dazu würde der Minister morgen etwas von ihr hören wollen. Es war nicht das erste Mal, dass sie über das Für und Wider bei Eingriffen in den Lebenszyklus des Menschen nachdachte, es war allerdings das erste Mal, dass diese Frage sich nicht rein hypothetisch stellte. Miriam spürte eine große Müdigkeit in sich aufsteigen, schloss kurz die Augen und wachte erst wieder auf, als das Flugzeug polternd auf der Landebahn aufsetzte.

Am nächsten Morgen war der Himmel mit grauen Wolken verhangen, ein leichter Nieselregen ging auf Miriam nieder, als sie das Haus verließ, um zum Ministerium zu fahren. Sie dachte kurz an die Sonne von La Gomera, dann konzentrierte sie sich wieder auf die Kernbotschaften, die sie für sich erarbeitet hatte, nachdem sie erst im Morgengrauen mit dem Lesen des Berichts fertig geworden war.

Im Besprechungszimmer des Ministers saß bereits der gesundheitspolitische Berater des Kanzleramts, außerdem waren die Staatssekretäre aus dem Justiz- und Wissenschaftsministerium gekommen, die Sache schien also wirklich wichtig zu sein. Der Minister kam um kurz nach elf, ließ ächzend eine dicke Aktenmappe auf den Tisch fallen und nahm an der Stirnseite des Konferenztisches Platz. Er war ein massiger Mann, seine Haut war fahl und aufgedunsen, von seinem Haupthaar waren lediglich zwei lange, fettige Strähnen übrig geblieben, die er mit einiger Kunstfertigkeit um sein ansonsten kahles Haupt drapiert hatte. Kurzum, für einen Gesundheitsminister sah er erstaunlich ungesund aus, was seine fehlenden Fachkenntnisse umso dramatischer erscheinen ließ. Miriam kannte die Geschichten, die über ihn in den Fachabteilungen erzählt wurden, es wurde gemunkelt, er könne Prozentwerte nicht von absoluten Zahlen unterscheiden und halte Viren für eine Untergruppe der Bakterien. Ansonsten, fand Miriam, war er ein netter, umgänglicher Kerl, der es verstand, sich mit kompetenten Menschen zu umgeben, ohne dabei allzu sehr unter seiner eigenen Inkompetenz zu leiden.

»Meine Damen und Herren«, sagte der Minister, »ich danke Ihnen, dass Sie es so kurzfristig einrichten konnten. Ich war gerade in einer Besprechung mit unserer Kommunikationsabteilung, offenbar sind die sozialen Medien bereits heiß gelaufen, alle reden über Verjüngung und wie das jetzt weitergehen wird, was ich ehrlich gesagt gut verstehen kann, ich hätte auch gerne was von dem Zeug.«

»Ich auch«, sagte grinsend der Wissenschaftsstaatssekretär.

»Die Einzige, die es nicht braucht, ist vermutlich unsere verehrte Frau Professor Holstein«, sagte der Minister. »Aber Scherz beiseite, das Thema scheint die Leute aufzuwühlen, die Charité hat Hunderte Anfragen von Menschen aus aller Welt, die unbedingt in die Testgruppe aufgenommen werden wollen. Seit bekannt geworden ist, dass auch dieser Immobilienunternehmer, dieser Wenger, zu den Probanden gehört, ein Typ, der offenbar schon fast tot war und jetzt wieder Tennis spielt, stehen vor der Charité Schlangen von Schwerkranken, die auf eine Verjüngungsbehandlung hoffen.«

»Der Druck ist auch bei uns zu spüren«, sagte der Justizstaatssekretär. »Die Lobbyisten der Kosmetik- und Anti-Aging-Industrie fordern den sofortigen Abbruch der Forschungsreihe. Genau wie die Kirchen, heute Morgen hatte ich einen Anruf des Vorsitzenden der Deutschen Bischofskonferenz, der ausdrücklich davor warnte, in die göttliche Vorsehung einzugreifen. Die Umweltorganisationen warnen vor einer Bevölkerungsexplosion und einer damit verbundenen weiteren Verschärfung der Klimakrise, wenn auf einmal alle länger leben. Die Rentenexperten sagen einen Kollaps des Systems voraus.«

»Ja, da braut sich was zusammen«, sagte der Berater des Kanzleramts, »neben der WHO hat jetzt auch noch die Europäische Kommission um Stellungnahme gebeten. Mich wundert ehrlich gesagt, wie ernst das von allen genommen wird, ich meine, wir haben doch hier gerade mal fünf Personen, die angeblich jünger geworden sind. In einer, wenn ich das richtig einschätze, wissenschaftlich kaum abgesicherten Studie.«

»Das ist vielleicht der Moment, Frau Professor Holstein, uns Ihre Einschätzung der Lage zu geben«, sagte der Minister.

»Ja, gerne«, sagte Miriam. »Sie haben völlig recht, die Studie ist nicht abgesichert, trotzdem sind die Ergebnisse erstaunlich signifikant.«

»Sie nehmen das also ernst?«, fragte der Minister.

»Ich denke, es kann kein Zufall sein, dass fünf Personen sehr unterschiedlichen Alters nach einer etwa einjährigen Behandlung mit dem Medikament biologisch um exakt dieselbe Anzahl von Jahren verjüngt wurden. Sowohl die genetische Analyse als auch die Einzelbefunde sind in sich schlüssig. Zur Verifizierung müsste man natürlich weitere Versuchsreihen mit deutlich mehr Probanden durchführen.«

»Ich warne davor, die Experimente fortzuführen«, sagte der Justizstaatssekretär, »wir befinden uns da auf rechtlich sehr unsicherem Terrain und die Folgen sind kaum abzusehen. Jahrelang haben wir in diesem Land erbittert über die Stammzellforschung und das Klonen gestritten, wir haben dazu in Deutschland eine eher restriktive Rechtslage entwickelt und können jetzt nicht einfach so den menschlichen Jungbrunnen legalisieren.«

»Wer spricht denn vom Jungbrunnen?«, rief aufgebracht der Wissenschaftsstaatssekretär. »Es geht doch bei diesen Versuchen vor allem darum, Menschen gezielt vor Alterskrankheiten zu schützen. Stellen Sie sich vor, was es für uns alle bedeuten würde, wenn Herz-Kreislauf-Krankheiten, Krebs und Demenz durch die gezielte Regeneration von Zellen vermieden werden könnten. Wie viele Leben wir retten würden, wie viel Geld für Behandlungen und Medikamente wir sparen könnten.«

»Absolut Ihrer Meinung, Herr Kollege«, sagte der Gesundheitsminister. »Außerdem dürfen wir nicht vergessen, was das für ein Signal an die Welt wäre, wenn dieser Quantensprung in der Medizingeschichte in Deutschland gelänge. Ich meine, Robert Koch hat den Tuberkulose-Erreger entdeckt, Wilhelm Conrad Röntgen die Röntgenstrahlung, Ferdinand Sauerbruch begründete die Thoraxchirurgie. Wird es nicht mal wieder Zeit, dass wir ein Zeichen setzen? Frau Professor Holstein?«

Miriam zuckte zusammen, sie hatte gerade daran gedacht, was sie tun würde, wenn sie die Möglichkeit hätte, ihr Leben zu verlängern. Würde sie noch mal etwas völlig anderes ausprobieren? Als Kind wollte sie unbedingt Tierforscherin werden, in einem kleinen Haus im Dschungel leben und verletzte Affenbabys retten. Ein süßer Traum, aber das wäre ihr heute wahrscheinlich zu anstrengend, und andere Träume fielen ihr im Moment nicht ein, was bedeutete, dass sie entweder sehr fantasielos oder sehr glücklich war.

Schon das Nachdenken über solche Dinge fand Miriam stressig, dieses ganze Sich-selbst-Verwirklichen, dieses Den-richtigen-Weg-für-sich-Finden oder, noch schlimmer, das Den-Sinn-des-Lebens-Erkennen. Ihr entging nicht die Ironie, die darin lag, dass sie als promovierte Moralphilosophin den großen Fragen des Lebens persönlich am liebsten aus dem Weg ging. Aber so war es nun mal, sie kam ja noch nicht mal mit den kleinen Fragen klar. Sie wusste nicht, ob es richtig oder falsch war, mit dem Flugzeug nach Spanien zu fliegen (Klimafrage), Hackfleisch zu essen (Vegetarismusfrage) oder einen Push-up-BH zu tragen (Sexismusfrage). Dafür war sie jederzeit in der Lage, eine moralische Einordnung zur Frage einer allgemeinen Organspendepflicht vorzunehmen oder eine ethische Bewertung der assistierten Sterbehilfe abzugeben. Möglicherweise, dachte Miriam, konnte man nicht gleichzeitig sich selbst und die ganze Welt verstehen.

»Wir sollten uns vielleicht zunächst der Konsequenzen eines solchen Quantensprungs bewusst werden«, sagte sie. »Viele Konflikte würden sich zusätzlich verschärfen.«

»An welche Konflikte denken Sie?«, fragte der Minister.

»Fangen wir an mit der Ungerechtigkeit, die es bedeuten würde, wenn in einer Welt, in der Millionen Menschen hungern und viele nicht älter als fünfzig Jahre werden, einige wenige hundertfünfzig oder zweihundert Jahre lang leben wollen.«

»Gut, wenn wir jetzt die ganze Welt betrachten …«

»Die Ungerechtigkeit würde auch innerhalb unserer Gesellschaft zunehmen, weil sich nur ein Teil der Menschen die Verjüngungsmedikamente leisten könnte und auch nicht alle in der Lage wären, ein verlängertes Leben finanziell abzusichern. Außerdem würde sich der Konflikt zwischen den Generationen verstärken, denn wenn die Älteren länger leben wollen, explodiert entweder die Erdbevölkerung, was die Vernichtung der Erde beschleunigt, oder die Jüngeren müssen darauf verzichten, Kinder zu bekommen.«

»Aber Frau Professor Holstein«, sagte der Kanzleramtsberater, »Sie tun ja gerade so, als wäre dieser ganze Prozess nicht schon seit Jahrzehnten im Gang. In den letzten hundertzwanzig Jahren hat sich die durchschnittliche Lebenserwartung in Deutschland fast verdoppelt, durch die Existenz von Seife, sauberem Wasser, besserem Essen, Antibiotika, Impfstoffen und Krebsmedikamenten. Aktuell erhöht sich die Lebenserwartung jedes Jahr um drei Monate, das heißt, meine Enkelkinder werden etwa zehn Jahre älter werden als ich.«

Der Wissenschaftsstaatssekretär nickte euphorisch. »Und statt wie bisher mit riesigen Budgets einzelne Alterskrankheiten zu bekämpfen, könnten wir mit der zellulären Reprogrammierung das Alter verzögern, was bedeuten würde, dass die Menschen länger gesund leben. Achtzig Prozent der Gesundheitskosten entstehen heute in den letzten zehn Lebensjahren. Amerikanische Wissenschaftler haben ausgerechnet, dass die Verlängerung der gesunden Lebenszeit um zwei Jahre in einem Zeitraum von fünfzig Jahren etwa sieben Billionen Dollar an Gesundheitskosten einsparen würde, das entspricht dem Wert sämtlicher Goldvorkommen der Welt, und ich schätze mal, damit könnte man so manche Ungerechtigkeit wieder ausbügeln, meinen Sie nicht?«

»Meine Herren, Sie verkennen hier, glaube ich, gerade ein bisschen die Lage«, sagte Miriam, die zunehmend ihre diplomatische Vorsicht vergaß. »Es geht hier nicht mehr nur um Alterskrankheiten. Sicherlich, so hat es begonnen, Professor Mosländer hat an einem Mittel zur Herzmuskelregenerierung geforscht. Aber dabei ist etwas viel Größeres entstanden. Falls das von Herrn Professor Mosländer entwickelte Medikament so wirksam ist, wie es den Anschein hat, und falls es zugelassen wird, könnte jeder Mensch bestimmen, wie alt er sein will. Man würde vermutlich alle fünf, sechs Jahre zur Reprogrammierung gehen und die Uhr so weit zurückstellen, wie man es gerade für richtig hält. Mit anderen Worten: Wenn wir keinen tödlichen Unfall haben, nicht ermordet werden oder uns selbst umbringen, werden wir ewig leben.«

Ein paar Sekunden lang herrschte vollkommene Stille im Besprechungsraum des Ministers. »Stellen Sie sich vor, meine Herren, was die Folgen wären, wenn wir alle für immer blieben. Wie könnten wir unseren Kindern erklären, dass sie keine Kinder haben dürfen, nur weil wir selbst nicht gehen wollen? Stellen Sie sich vor, was das für eine Gesellschaft wäre, die sich nicht erneuert, in der immer dieselben, regelmäßig runderneuerten Menschen leben. Stellen Sie sich vor, wie viel Kreativität, Dynamik, Lernbereitschaft und Fortschritt verloren gehen würden. Wie sehr wir uns selbst irgendwann langweilen würden, weil wir nur noch in der ewigen Wiederholung existierten.«

Nach einem weiteren Moment der Stille ergriff der Minister das Wort: »Frau Professor Holstein, ich finde es sehr bedenkenswert, was Sie sagen. Ich könnte mir allerdings vorstellen, dass die übergroße Mehrheit der Menschen, wenn man sie im Angesicht des Todes fragte, ob sie gerne länger leben wollten, diese Frage mit Ja beantworten würden. Dürfen wir als Demokraten diesen Wunsch der Mehrheit ignorieren?«

»Sehr wichtiger Punkt, über den wir alle in großer Demut nachdenken sollten«, sagte der Wissenschaftsstaatssekretär, der Mann aus dem Justizministerium nickte bedeutsam. Der Berater im Kanzleramt blickte zur Decke, als spräche er direkt zu Gott, und sagte andächtig: »Die Frage ist doch, ob es für eine Regierung etwas Wichtigeres geben kann, als dafür zu sorgen, dass die Menschen so lange und so gesund wie möglich leben können.«

»Und die Ungeborenen, die nie zur Welt kommen dürfen, die sind uns völlig egal?«, fragte Miriam in scharfem Ton. »Sind wir selbst so wichtig, so unverzichtbar, dass wir die nachfolgenden Generationen einfach so opfern dürfen?«

»Soweit ich weiß, sind Ungeborene in Deutschland nicht stimmberechtigt«, sagte grinsend der Abgesandte des Justizministeriums, der seine ursprünglichen Warnungen vergessen zu haben schien. Die anderen lachten, der Minister zückte einen Kamm, mit dem er seine Haarsträhnen in Form brachte, der Kanzleramtsberater polierte versonnen seine Manschettenknöpfe. Es könnte schwierig werden, dachte Miriam, wenn man eitlen Männern um die sechzig die Entscheidung über das ewige Leben überlässt.

»Zunächst müsste man mal herausfinden«, sagte sie, »ob die Mehrheit der Menschen wirklich länger leben will oder einfach nur Angst vor dem Tod hat, was, denke ich, nicht dasselbe ist. Ich persönlich würde es für ziemlich sinnlos halten, nur noch leben zu wollen, um nicht sterben zu müssen. Außerdem haben meiner Erfahrung nach die meisten Menschen schon heute Probleme genug damit, in ihrer natürlichen Lebensspanne Sinn und Glück zu finden.«

»Aber meinen Sie wirklich«, fragte der Minister, »dass wir über die Köpfe der anderen hinweg entscheiden können, wessen Leben sinnvoll oder eher sinnlos ist? Wer ein Talent hat, sein Glück zu finden, und wer es besser gleich sein lassen sollte?«

»Sie, Frau Professor«, schloss sich der Kanzleramtsberater an, »scheinen es für unmoralisch zu halten, in den Lauf der Natur einzugreifen, das Gefüge der Generationen zu verändern, das verstehe ich gut. Aber wäre es nicht mindestens ebenso unmoralisch, einer alternden Gesellschaft diese Therapie vorzuenthalten?«

»Zumal sogar die Weltgesundheitsorganisation das Altern als Krankheit klassifiziert hat«, sagte der Mann aus dem Justizministerium.

»Das wusste ich gar nicht«, sagte der Minister.

»2018 hat die WHO ihrer Internationalen Klassifikation der Krankheiten den Punkt ›Hohes Alter‹ hinzugefügt, der Kennungscode für die behandelnden Ärzte lautet MG2A. Seitdem ist Altern offiziell eine Krankheit, die eine Behandlung rechtfertigt, ja sogar notwendig macht.«

Miriam seufzte innerlich. Wobei es nicht so war, dass sie selbst bereits eine klare Haltung zu all diesen Fragen hatte, ganz im Gegenteil, sie fand klare Haltungen eher langweilig und unproduktiv. Viel spannender war es doch, nach einer Haltung zu suchen, sich gegenseitig mit guten Argumenten zu überraschen. Und wenn sie ehrlich war, dann waren einige der Argumente der vier Herren gar nicht so einfach von der Hand zu weisen. Sie mochte nur nicht diese demonstrative Selbstzufriedenheit, dieses Gönnerhafte.

Sie mochte auch nicht den Eindruck, dass die anderen ihre Haltung längst gefunden hatten, dass sie nicht offen und neugierig waren. Worum es hier ging, war viel zu groß und viel zu wichtig, um nicht so lange wie möglich darüber nachzudenken, abzuwägen, unsicher zu sein. Wenn die Studien an einer solchen Verjüngungstherapie weitergingen, wenn irgendwann ein Medikament zugelassen wurde, da war sich Miriam sicher, dann könnte man das nie wieder rückgängig machen.

»Wir müssen uns vor allem darüber klar werden, was auf dem Spiel steht«, sagte sie leise. »Ich finde Ihre Argumente bedenkenswert, aber, bitte, bedenken Sie auch meine. Der Preis, den wir bezahlen würden, um selbst zum Herrscher über Leben und Tod zu werden, wäre hoch. Wir würden eine Art Gesundheitsdiktatur errichten, die das Bevölkerungswachstum überwacht. Ein Regime, in dem sich geistig oder körperlich behinderte Menschen irgendwann dafür rechtfertigen müssen, dass sie ›gesundem Leben‹ im Wege stehen. Wären zum Beispiel Depressive in dieser neuen Gesellschaft überhaupt noch tragbar? Oder sollte man sich ihrer entledigen, damit im Gegenzug ein verdientes Ehepaar mit hochwertigem Genmaterial seine für die Gesellschaft nützlichen Kinder bekommen darf? Wir müssten uns dafür rechtfertigen, dass wir alle auf die eine oder andere Weise beschädigt, verletzlich und endlich sind, als ob es nicht genau das wäre, was uns zu Menschen macht.«

»Ich denke, das war ein interessantes erstes Gespräch«, sagte der Minister, seine Sekretärin schenkte Kaffee nach. Miriam blickte zum Fenster, sah ihr müdes Gesicht in der Spiegelung des Glases und dachte daran, wie es wohl sein würde, eines Tages nicht mehr da zu sein.

Ein Jahr später …

JAKOB

Der Krankenwagen kam kurz vor Mitternacht. Die Sanitäter schnallten ihn auf der Transportliege fest und trugen ihn aus der Wohnung. Er sah das Modellflugzeug über seinem Bett hängen, die gleißenden Deckenstrahler im Flur, den braunen Fleck an der Küchendecke, der von einer Schokodonut-Schlacht mit seinem Bruder stammte. Alles sah völlig anders aus, dachte Jakob, wenn man es von unten betrachtete.

Er hörte die Sanitäter im Treppenhaus schnaufen, fühlte die Nachtluft, als sie auf die Straße traten, sah die Sauerstoffmaske, die von der Decke des Krankenwagens hing. Sie fuhren los, seine Mutter saß neben ihm, er spürte ihre Hand auf seiner Schulter.

Der Sauerstoff strömte wie ein kühler Wind durch seine Brust, ließ sein Herz ruhiger schlagen. Er schloss die Augen, dachte an Marie, die in den letzten Wochen fast jeden Tag bei ihm gewesen war, die ihm erst »Harry Potter und der Stein der Weisen« und dann »Harry Potter und die Kammer des Schreckens« vorgelesen hatte, mit ihrer tiefen Stimme, die jede Furcht und jedes Selbstmitleid vertrieb. Wenn Marie las, fühlte sich Jakob beschützt vor der Welt, vor den eigenen Gedanken. Hätte er auch nicht gedacht, dass er sich mal für Harry Potter interessieren würde, er hatte das immer für dämlichen Fantasy-Kinderkram gehalten. Aber mit Marie hatte sich das geändert, wie sich überhaupt alles mit ihr geändert hatte.

Was ziemlich genau der Punkt war, der ihn gerade zur Verzweiflung trieb. Weil es die eine Sache war, ein beschissenes, langweiliges Leben zu führen, an das man sich immer irgendwie gewöhnen konnte, wenn es nur lange genug beschissen und langweilig war. Ganz anders war es doch aber, wenn dann plötzlich so eine fette Glückssträhne begann, wenn nichts mehr aussah, wie es vorher ausgehen hatte, wenn sich nichts mehr anfühlte, wie es sich vorher angefühlt hatte. Wenn man kapierte, wie wunderschön alles sein konnte. Diese ganze Zeit mit Marie war unwirklicher und fantastischer gewesen als jeder Harry-Potter-Roman, und das alles sollte jetzt schon wieder vorbei sein? Nur weil sein Körper wieder mal schlappmachte?

Der Krankenwagen hielt vor der Notaufnahme der Charité, einer der Sanitäter meldete: »Männliche Person, siebzehn Jahre alt, Atemprobleme, Blutdruck kritisch, allgemeiner Schwächezustand, bei Bewusstsein.« Jemand leuchtete ihm mit einer Lampe in die Augen, er spürte einen Einstich in der linken Armbeuge, die Gesichter verschwammen, die Stimmen hallten in der Ferne, dann wurde es angenehm still.

Als Jakob erwachte, sah er zuerst das blasse Gesicht der Mutter. Sie versuchte zu lächeln, flüsterte, alles sei gut und es gebe keinen Grund zur Sorge, aber ihre rot geweinten Augen sagten das Gegenteil. Neben ihr stand Professor Mosländer, der ihm zunickte. Jakob sah die Geräte und Monitore an seinem Bett, die Schläuche und Kabel, die unter der Bettdecke verschwanden. Auf einem Tablett stand ein Glas Wasser, er wollte danach greifen, aber sein Arm fühlte sich seltsam schwer an. Seine Mutter hielt ihm das Glas an den Mund, er spürte, wie das Wasser über sein Kinn lief.

»Was ist los mit mir?«, fragte Jakob.

»Die gute Nachricht ist, dass dein Zustand wieder stabil ist«, sagte der Professor. »Heute Nacht hatten wir ein bisschen Angst um dich.« Jakobs Mutter wandte sich ab, er hörte ihr unterdrücktes Schluchzen.

»Mama, du musst dich nicht umdrehen, wenn du weinst, sagt mir einfach nur, was los ist.«

»Zuerst möchte ich dir sagen, wie leid mir das alles tut«, sagte der Professor, »was jetzt gerade abläuft … Ich hätte das nicht für möglich gehalten. Wir werden alles tun, was in unserer Macht steht, um dich wieder gesund zu kriegen, wir sind dabei, die Daten auszuwerten, ich bin sicher, wir finden einen Weg, um dich …«

Jakobs Kopf dröhnte, vor seinen Augen tanzten farbige Schatten, die den Kopf des Professors verzerrten. »Herr Professor, Sie können mir ruhig sagen, was los ist, ich war noch nie gesund, dafür war ich schon oft fast tot. Ich weiß, wie ein Arzt guckt, der mir etwas nicht sagen will, ich weiß, wie ein Arzt guckt, der mir eigentlich nicht helfen kann. Ich bin zwar erst siebzehn und seit Neuestem sogar noch viel jünger, aber mit dem Kranksein kenne ich mich aus.«

Der Professor sah ihn erstaunt an. »Du bist ein mutiger Junge.«

»Nein, ich habe nur nicht die gleichen Erfahrungen wie die meisten anderen. Ich finde es normal, dass mein Körper nicht funktioniert, hat er nie. Ich habe nie daran geglaubt, dass ich besonders lange leben werde, weil alles andere ziemlich bescheuert wäre.«

»Ich verstehe«, sagte der Professor. »Dann erkläre ich jetzt kurz, was wir bisher wissen: Der Verjüngungsprozess deines Körpers hat sich beschleunigt, wobei die verschiedenen Zellarten offenbar unterschiedlich stark reagieren. Bei einigen Zellarten ist der Prozess weiter fortgeschritten als bei anderen. Ich vermute, dass es gerade eine Art Signalchaos zwischen den Zellen gibt, sie können nicht mehr so gut miteinander kommunizieren, deshalb kommt es zu Funktionsausfällen …«

»Was bedeutet das … ich meine, ganz konkret?«

»Nun, es scheint zum Beispiel so zu sein, dass deine Nervenzellen stärker verjüngt sind als deine Muskelzellen, wodurch das Reizleitungssystem eingeschränkt wird, was dazu führt, dass du deine Arme und Beine schlechter bewegen kannst. Gleiches gilt wahrscheinlich auch für dein Herz, der Muskel selbst ist komplett funktionsfähig, aber die Signale des vegetativen Nervensystems, das den Herzschlag regelt, sind nicht mehr kompatibel. Daher ist dein Herz unter Belastung nicht so leistungsfähig.«

»Sie sagten, der Verjüngungsprozess hat sich beschleunigt, wie alt bin ich denn jetzt?«

»Das kann ich dir leider nicht genau sagen.«

»Ich dachte, Sie hätten diese tolle Methode, vor einem Jahr war ich ja angeblich acht Jahre alt.«

»Ja, das war zu dem Zeitpunkt dein biologisches Alter. Das Problem ist, ich finde keine Altersmarker mehr in deiner DNA.«

»Warum nicht?«

»Genau das werde ich mit meinen Kollegen besprechen. Einer von denen hat diese tolle Methode entwickelt.«

»Aber Sie haben doch bestimmt schon eine Idee?«

Der Professor schwieg und blickte fragend zu Jakobs Mutter. Die nickte ihm aufmunternd zu. »Die einzige Erklärung, die ich momentan habe, aber das ist wirklich nur eine Vermutung, eine theoretische Erwägung, die sich aus den bislang bekannten Fakten …«

»Okay, was ist Ihre Erklärung?«

»Es könnte sein, dass dein Lebensalter nicht mehr im positiven Bereich liegt … dass du mittlerweile mehr als siebzehn Jahre verjüngt bist und dein Alter deshalb nicht mehr messbar ist. Wobei, wie gesagt, das ist eine pure …«

»Das heißt, ich bin jetzt irgendwo im Minusbereich? Wäre ich dann nicht längst ein Embryo, oder ein halber Embryo oder so was?«

»Ich kann leider nicht mehr dazu sagen, einen solchen Fall gab es bisher nicht.«

Jakob begann zu kichern. »Das ist doch cool, Mama, dann können wir in ein paar Jahren meine Geburt feiern.« Seine Mutter quälte sich ein Lächeln ab, er selbst fühlte sich auf einmal seltsam erheitert, diese Geschichte war so abgefahren, so unglaublich, wie konnte er das alles noch ernst nehmen? »Was ich nicht verstehe: Warum habe ich mich äußerlich nicht verändert, wenn ich jetzt innerlich nicht mal mehr ein Embryo bin?«

Der Professor atmete tief ein, Jakobs Mutter hatte wieder diesen Blick, der nichts Gutes verhieß. »Du hast dich verändert«, sagte der Professor. »Das ist dir vielleicht gar nicht so aufgefallen, weil du die letzten Wochen fast die ganze Zeit im Bett gelegen hast, aber schau dir deine Beine an.«

Jakob bedauerte sofort, dass er die Frage gestellt hatte, er starrte auf die weiße Bettdecke, die über seinen Beinen lag. Was würde er unter der Decke erblicken? Hatte er vielleicht kleine, krumme Babybeine bekommen? Er wackelte mit den Zehen, bewegte die Oberschenkel, es fühlte sich eigentlich ganz normal an.

»Soll ich?«, fragte der Professor.

Jakob nickte, der Professor schob die Decke zur Seite, Jakob sah seltsame Dellen auf seinen Oberschenkeln.

»Offenbar haben sich die Fettgewebszellen schneller verjüngt als die Hautzellen, so kommen die Krater zustande. Im umgekehrten Fall wären da jetzt Beulen.«

»Geht das wieder weg?«

»Wir werden versuchen, den Verjüngungsprozess zu synchronisieren, die verschiedenen Zellarten wieder in den gleichen biologischen Rhythmus zu bekommen. Aber, ganz ehrlich, ich habe noch keine Ahnung, wie das gelingen soll.«

»Aber ich werde nicht kleiner werden oder wieder Milchzähne bekommen oder mein Gedächtnis verlieren?«

»Das Bewusstsein wird bleiben, solange das Gehirn funktioniert, dort ist bislang keine Degeneration feststellbar. Und kleiner wirst du wahrscheinlich auch nicht werden, weil deine teilweise ausgewachsenen Knochen ja bereits vorhanden sind. Ansonsten muss ich gestehen, dass ich kaum etwas mit Sicherheit vorhersagen kann. Ich kann nur Vermutungen anstellen, die sich aus unserem bisherigen Wissen ergeben.«

»Stimmt es, dass Sie das Medikament selbst auch genommen haben?«

»Ja.«

»Und? Merken Sie was?«

Der Professor schwieg.

»Na, schau ihn dir doch an«, sagte Jakobs Mutter, »volles dunkles Haar, kaum noch Falten im Gesicht. Und, falls ich mir die Bemerkung erlauben darf, Herr Professor, Sie hatten früher, als Sie Jakob zum ersten Mal untersucht haben, ganz schön viele Haare in den Ohren … und jetzt sind die alle weg.«

»Wenn Sie das sagen«, entgegnete der Professor, dem diese neue Wendung des Gesprächs sichtlich peinlich war. »Ich glaube, wir sollten jetzt besser nicht über mich sprechen, sondern darüber, wie wir Ihrem Sohn helfen können.«

»Und schauen Sie sich diese Hand an«, sagte die Mutter, die nach der linken Hand des Professors griff und sie staunend betrachtete. »Keine hervorstehenden Adern, keine Falten, keine Altersflecken wie auf meinen Händen, und ich glaube, wir sind … oder wir waren mal etwa gleich alt, oder?«

»Das könnte hinkommen.«

»Na toll«, sagte Jakob, »Sie sehen aus wie runderneuert und ich werde zum Beulenmonster.«

»Ich wünschte, es wäre andersherum«, sagte der Professor und wirkte dabei so traurig und zerknirscht, dass er Jakob beinahe leidtat. »Es scheint so zu sein, dass der Verjüngungsprozess umso stärker wirkt, je jünger man bei Behandlungsbeginn ist. Es hat vermutlich damit zu tun, dass die Zellen potenter sind und deshalb …«

»Wie alt sind Sie denn jetzt?«, fragte Jakob.

»Letzte Woche war ich fünfunddreißig.«

»Das heißt, Sie sind achtzehn Jahre jünger geworden?«

»Ja.«

»Und geht das jetzt immer weiter?«

»Bei mir und bei den anderen Probanden verlangsamt

sich die Verjüngung, außerdem nehmen wir Medikamente, die kurzfristig die damit zusammenhängenden zellulären Prozesse hemmen.«

»Hab ich diese Medikamente auch bekommen?«

»Das schien mir bisher zu riskant zu sein, wir müssen dich erst einmal stabilisieren, dann müssen wir schauen, wie wir dich wieder mobilisieren. Im Moment wirst du über eine Magensonde künstlich ernährt, das ist der Schlauch, der in deinem Bauch steckt.«

»Das heißt, ich darf nicht aufstehen?«

»Doch, später schon, und wenn du wieder aufstehen kannst, dann dürfte auch das Schlucken kein Problem mehr sein und wir können die Sonde entfernen. Aber bis dahin musst du noch ein bisschen Geduld haben.«

»Mein absoluter Lieblingssatz, immer schon. Wenn es einen Spezialisten für Geduld gibt, dann bin ich das, wenn man für Geduld bezahlt würde, ich wäre schon lange Millionär!«

Der Professor strich mit der Hand über Jakobs Bettdecke. »Ich muss zurück ins Labor. Wenn irgendetwas ist, dann sag den Schwestern Bescheid, die holen mich sofort.« Er wollte davoneilen, aber Jakobs Mutter stellte sich ihm in den Weg.

»Stimmt es«, sagte sie, »dass Sie schon seit längerer Zeit gar nicht mehr an dem Herzmedikament arbeiten? Dass es nur noch um die Verjüngung von Menschen geht?«

Der Professor stutzte. »Wer sagt das?«

»Das habe ich in der Zeitung gelesen, und es macht mir Sorgen, weil Sie dann ja Jakob gar nicht mehr helfen können.«

Der Professor atmete tief ein. »Es ist richtig, dass wir

den Fokus unserer Arbeit verändert haben, es geht jetzt nicht mehr nur um den Herzmuskel, wir wollen allgemein besser verstehen, wie die menschliche Verjüngung ausgelöst und gesteuert werden kann. Das ist aber im Grunde dieselbe Problematik, mit der wir es bei Ihrem Sohn zu tun haben, denn auch da geht es ja darum, den Prozess unter Kontrolle zu bringen.«

»Aber dieser Schweizer Pharmakonzern, der jetzt der Charité so viel Geld gibt, denen ist doch mein Sohn egal, die wollen so schnell wie möglich das Medikament haben, mit dem alle jünger werden können.«

»Es stimmt«, sagte der Professor, »es gibt diese Partnerschaft mit ›Cinclox‹, und es stimmt auch, dass der Druck auf uns zunimmt, mit dem Verjüngungsmedikament voranzukommen, aber genau dabei wird uns Jakob ja helfen. Je besser wir verstehen, was gerade in seinem Körper vorgeht, desto schneller kommen wir mit unserem Verjüngungsmittel voran.«

»Versprechen Sie mir«, sagte Jakobs Mutter, »dass Sie meinen Sohn nicht alleinlassen?«

»Das verspreche ich.«

»Und mein Anteil?«, sagte Jakob, der zwischendurch die Augen geschlossen hatte, dem aber nichts von dem Gespräch entgangen war.

»Welcher Anteil?«, fragte der Professor.

»Na, wenn ich Ihnen helfe, dieses Medikament herzustellen, auf das alle so scharf sind, dann muss da doch für mich auch was drin sein, oder?«

»Jakob!«, rief seine Mutter entrüstet.

Der Professor lächelte. »Toller Junge, der wird es weit bringen.«

Jakob schloss die Augen, er war auf einmal sehr müde. Er hörte die Mutter noch etwas sagen, dann fiel er in ein tiefes, dunkles Loch.

Es kitzelte an seiner Stirn, dann kitzelte es an der Wange, dann am Kinn, er tauchte langsam auf, wie eine Robbe, die vom Meeresgrund an die Wasseroberfläche zurückkehrte. Er hörte ihren Atem, roch ihren Duft, eine Mischung aus Zigarettenrauch, Herbstwind und Jasminöl. Er hielt die Augen geschlossen, spürte ihre Finger, die sanft zur Stirn zurückwanderten.

»Diese verdammten Fliegen, lassen einen nicht mal in Ruhe schlafen«, flüsterte er. Marie kicherte, er spürte ihren Mund auf seinen Lippen.

»Wie geht es meinem kranken Megastar?«

»Megastar?«

»Meine Fresse, hat es dir noch keiner erzählt? ›Happy Elephants‹ haben in New York ein Solidaritätskonzert für dich veranstaltet, ich zeig's dir.« Marie holte ihr Handy aus der Tasche, hielt es vor sein Gesicht. Er sah eine erleuchtete Bühne, vor der Tausende Menschen standen, auf einem riesigen Videoscreen stand »Sounds for Jakob«.

»Wow. Wie ist das denn passiert?«

»Die Band hat das organisiert, als sie erfahren haben, wie schlecht es dir geht. Sie wollten ein Zeichen setzen.«

»Okay, ein Zeichen ... aber wofür?«

»Na, gegen diesen ganzen Wahnsinn, dass jetzt auf einmal alle jung werden wollen, dass man sein Alter kaufen kann, dass alles zur Ware wird. Ich meine, diese Kapitalisten, diese Pharmaverbrecher von ›Cinclox‹, die schrecken doch echt vor nichts zurück.«

Jakob war verwirrt, was hatte er mit dem Kapitalismus und den Leuten in New York zu tun? Warum konnte Marie ihn nicht einfach nur in den Armen halten und ein bisschen was von der Schule erzählen? Irgendwelche ganz normalen Geschichten. Reichte es denn nicht, dass er in diesem beschissenen Krankenhausbett lag und sich kaum bewegen konnte? War das nicht Drama genug?

Aber Marie war so aufgekratzt, so laut und nervös, wie er sie gar nicht kannte. Sie zeigte ihm ein Video von einer Demo in Berlin, er sah Schüler, die weiße T-Shirts trugen, auf denen »Ich bin Jakob« stand. Eine Rednerin rief von der Tribüne, schon der Kampf gegen den Klimawandel habe gezeigt, wie sehr die Alten die Interessen der Jungen ignorierten. »Sie schauen nur auf sich, auf ihre Bedürfnisse, auf ihre Freiheit! Sie benutzen weiter Flugzeuge, sie kaufen weiter SUVs und Sportwagen, sie betonieren weiter unsere Erde zu und holzen den Regenwald ab! Vielleicht bedauern es die Alten manchmal ein wenig, dass sie uns Junge damit umbringen, aber sie tun es trotzdem, weil ihr Lebensstil ihnen wichtiger ist als die Zukunft unseres Planeten!« Die Schüler in den weißen T-Shirts pfiffen und buhten. »Was gerade mit Jakob passiert«, rief die Rednerin, »ist ein trauriges Symbol dafür, wie die Alten auf unsere Kosten leben, wie sie unseren Tod in Kauf nehmen. Weil es ihnen mehr bedeutet, selbst wieder jung zu sein, als uns unbeschwert alt werden zu lassen. Deshalb sind wir heute alle Jakob! Deshalb müssen wir uns wehren! Und wenn die Alten nicht auf friedliche Demonstranten hören, müssen wir vielleicht irgendwann zu anderen Mitteln greifen!« Die Menge johlte, Steine flogen, Schaufensterscheiben splitterten.

»Mach das bitte aus«, sagte Jakob erschöpft.

»Entschuldige«, sagte Marie, »das ist wahrscheinlich gerade alles viel zu viel für dich. Aber ist doch krass, oder?«

»Ja, schon, aber ich kann das gerade nicht … Mir wäre es lieber, du würdest mir wieder Harry Potter vorlesen.«

Marie legte ihren Kopf auf seine Brust. »Tut mir leid, ich dachte, es würde dich freuen, wenn du siehst, wie sehr die Menschen Anteil an deinem Schicksal nehmen.«

»Nein, ich komme mir dann nur noch bemitleidenswerter vor. Der arme Jakob, das traurige Symbol, das Opfer der Erwachsenen, ich meine, niemand von denen weiß, wer ich bin, wie es mir geht.«

Marie setzte sich wieder hin. »Du hast recht, ich hätte dir das nicht zeigen sollen, es ist gerade alles ein bisschen viel, ich meine, wenn du wüsstest, was da draußen los ist … Aber egal, du erzählst mir jetzt erst mal, wie es dir geht.«

Jakob überlegte. Er wusste nicht, was er sagen sollte, er wusste ja nicht mal, was er denken sollte, es war alles so verworren und hoffnungslos und gleichzeitig irgendwie scheißegal. Er hatte das Gefühl, sich selbst von ganz weit weg zu betrachten, er hörte sich sprechen, er hörte die anderen, die über ihn sprachen, aber es berührte ihn nicht, es erreichte ihn nicht. »Ich fühle mich nicht mehr«, sagte er, »ich fühle gar nichts mehr. Es ist, als würde ich in einer fremden Haut stecken, in einem Hautsack, der rundherum zugenäht ist. Das klingt wahrscheinlich komplett unverständlich, aber ich verstehe es ja selbst nicht.«

Zu seiner Erleichterung sah ihn Marie weder mitleidig noch pikiert an. Sie hörte einfach nur zu.

»Hast du Angst?«

»Manchmal. Wenn mir nicht gerade alles egal ist.«

»Wovor?«

»Weißt du, ich dachte die ganzen Jahre lang: Okay, gerade ist alles nicht so toll, aber bald geht das Leben richtig los. Ich habe mir vorgestellt, es gäbe da irgendwo im Himmel ein Zentrum für Gerechtigkeit, in dem jemand ein bisschen mitzählt und irgendwann sagt: Na gut, Kindheit und Jugend waren ja bei Jakob nicht so prickelnd, deshalb sollte er zum Ausgleich ein saulässiges Erwachsenenleben bekommen, eins, über das er sich auf keinen Fall beschweren kann, das so blitzeblank und sorgenfrei ist, dass er sich irgendwann sogar für die Dreckszeit davor bedankt, weil die Mischung vom Ende aus betrachtet geil ist.«

»Und jetzt denkst du, es gibt gar kein Zentrum für Gerechtigkeit?«

»Und auch kein saulässiges Erwachsenenleben, vermutlich bald überhaupt kein Leben mehr.«

»Jakob! Das darfst du nicht mal denken!«

»Warum nicht?«

»Weil ich endlich wieder mit dir Eis essen gehen will. Weil du mir schon ewig keinen Sound mehr geschickt hast … weil du mir fehlst.«

Er spürte, wie die Tränen in ihm hochkrochen, er wandte den Kopf ab. »Ich kann immer noch nicht verstehen, dass ich dir irgendwas bedeute. Ich meine, warum? Schau mich doch an, ich kann nicht aus diesem Bett aufstehen, ich bin biologisch gesehen nicht mal geboren, mein Körper ist voller Löcher und Dellen …«

»Du bist der erste Junge, der mich wirklich interessiert. Wenn ich an dich denke, dann fühle ich Dinge, die ich gar nicht ausdrücken kann, für die ich keine Worte habe. Es ist krass, Jakob, was du mir bedeutest! Deshalb wäre es schön, wenn du dich ein bisschen zusammenreißen könntest, weil ich dich noch brauche, ziemlich dringend sogar … Oh Gott, so was habe ich noch nie zu jemandem gesagt …«

Er zog sie zu sich heran, sie sahen sich in die Augen, am liebsten wäre er für immer in ihr verschwunden. »Dir ist klar, dass du in einen Embryo verknallt bist?«, flüsterte er.

»Einen sehr attraktiven Embryo.«

»Es wird mindestens siebzehn Jahre dauern, bis ich wieder siebzehn bin.«

»Meinst du, wir könnten vorher schon ein bisschen rummachen? Oder wäre das dann Verführung Minderjähriger?«

»Wir sollten auf jeden Fall vorher anfangen, sonst wärst du bei unserem ersten Sex vierunddreißig.«

»Wäre ich dir dann zu alt?«

Jakob musste grinsen. »Na ja, muss ich sehen, wahrscheinlich schon.«

»Du Arsch!«, rief Marie. »Wahrscheinlich kriegst du dein Geschenk jetzt doch nicht.«

»Was für ein Geschenk?«

Marie kramte in ihrer Tasche und faltete ein Poster auseinander, auf dem eine Kegelrobbe zu sehen war. »Ich habe die Schwester gefragt, wir dürfen es an die Wand hängen.«

»Woher weißt du, dass ich Robben mag?«

»Ältere Frauen wie ich wissen alles. Ich habe übrigens auch manchmal gedacht, es gäbe so ein Zentrum für Gerechtigkeit. Aber bei mir war es umgekehrt, es war mir immer unheimlich, wenn ich Glück hatte, weil ich dachte, irgendwann ist mein Glückstopf leer und es kommt nur noch Unglück hinterher.«

»Vielleicht sollten wir unsere Töpfe zusammenschütten, dann wären wir beide wieder bei null und könnten noch mal neu beginnen.«

»Wir wollten uns doch keine Heiratsanträge machen, du weißt schon, unerwachsen für immer und so«, sagte Marie grinsend.

»Richtig, das hätte ich beinahe vergessen.«

Marie ließ eine Haarsträhne über sein Gesicht wandern. Es kitzelte angenehm auf seiner Haut, er hätte sie jetzt gerne in die Arme genommen, aber er wusste nicht, ob das möglich war mit diesen ganzen Kabeln und Schläuchen, die an ihm dranhingen. »Wenn ich Angst vor etwas habe«, sagte Marie, »dann stelle ich mir mein Leben als Märchen vor, das ich mir selbst erzähle. Ein Märchen, das wahr wird in dem Moment, in dem ich es erfinde.«

»Oh, erzähl mir ein Märchen!«

Marie streichelte Jakobs Hand. »Ein Märchen will der Herr hören? Eine Geschichte aus dem fernen Land der Träume? In dem ›Club-Mate‹-Bäche durch saftige Wiesen fließen und der Adler jeden Mittag einen Teller mit Spaghetti bolognese vom Himmel wirft?«

»Ja, bitte.«

»Wie hätte der Herr das Märchen denn gerne? Klassisch? Fantasy? Drama?«

»Klassisch.«

»Und als Dressing? Die süße Kitschsoße, bei unseren Kunden sehr beliebt? Oder lieber das scharfe Tarantino-Dressing mit Blutspritz-Garantie? Oder das rauchige Gespenster-Topping, angerührt mit Gruselsenf?«

»Kitsch, mit einer Extraportion Happy End.«

»Sehr wohl, der Herr. Also, es war einmal ein blasser Prinz, der kurz nach seiner Geburt von einer Hexe verzaubert worden war.«

»Warum wurde denn der Prinz verzaubert?«

»Weil … seine Mutter, als sie schwanger war, Himbeeren von einem verwunschenen Strauch gegessen hatte. Außerdem sind Zwischenfragen nicht im normalen Märchen-Lieferumfang enthalten. Sie müssten sich dann für unser interaktives ›Ich-nerve-die-Märchenerzählerin-Tool‹ entscheiden.«

»Okay, ich bin still.«

»Gute Entscheidung. Sie sollten wissen, feiner Herr, dass die Hexe, die am Tag der Taufe im Schloss des blassen Prinzen erschien, einen Fluch aussprach, der da lautete, dass der Prinz erst dann von seinem Zauber erlöst werden konnte, wenn eine Prinzessin von unsagbarer Schönheit erschien, die in der Lage war, seine Gedanken zu erraten.«

»Eine Prinzessin mit grünen Augen?«

»Ich dachte, das mit den Zwischenfragen hätten wir geklärt!«

»Oh, Verzeihung, wird nicht mehr vorkommen.«

»Die Jahre gingen ins Land, der blasse Prinz wurde immer blasser, und gar manche Prinzessin von unsagbarer Schönheit stellte sich im prächtigen Krönungssaal vor, aber keiner gelang es, die Gedanken des Prinzen zu entschlüsseln. Was den Prinzen nicht verwunderte, da selbst ihm seine Gedanken oft fremd waren.«

»Cooler Typ.«

»Bis eines Tages eine junge Frau an das schwere Tor des Schlosses klopfte, die sich im angrenzenden Wald verirrt hatte und völlig entkräftet um einen Becher Wasser bat.

Das Haar der Frau war zerzaust, ihr Gesicht war schmutzig, ihre Kleidung zerrissen, aber selbst in diesem Zustand hätte noch jeder Blinde gesehen, dass sie von unsagbarer Schönheit war. Als die Frau gerade gehen wollte, schlenderte zufällig der blasse Prinz über den Hof und blieb wie angewurzelt stehen. Denn er war von ihrer Erscheinung verwirrt und geblendet und er wusste wie immer nicht, was er sagen sollte. Weshalb die junge Frau das Wort ergriff und sagte: ›Oh, blasser Prinz, Ihr fragt Euch sicher gerade, was dieses zerzauste Mädchen in Eurem Schlosse treibt.‹ Der Prinz war enorm beeindruckt, weil er sich nämlich genau das gerade gefragt hatte.«

»Krasse Frau …«

»Krass ist eher, dass ich schon wieder unterbrochen werde.«

»Sorry.«

»Woraufhin die junge Frau weitersprach: ›Und jetzt, lieber blasser Prinz, überlegt Ihr vermutlich, wie diese kleine Vogelscheuche wohl aussehen könnte, wenn sie wie eine Prinzessin frisiert und gekleidet wäre.‹ Wieder zuckte der Prinz vor Überraschung zusammen, weil ebendies die Gedanken waren, die gerade durch seinen bereits halb verliebten Schädel geflitzt waren. ›Und vielleicht fragt Ihr Euch sogar, mit einiger Sehnsucht im Herzen‹, fuhr die Frau fort, ›ob diese seltsame Unbekannte vielleicht eine Prinzessin ist, die sich im Wald verlief und mit wilden Tieren zu kämpfen hatte.‹ In diesem Moment war es um den blassen Prinzen geschehen, da die schöne Fremde erneut exakt seine Gedanken erraten hatte. Er spürte, wie plötzlich eine magische Kraft in seinen Körper schoss, seine Wangen wurden rosig, und schlagartig war jedem im Schlosse klar, dass der Fluch des blassen Prinzen gebrochen war. Der Prinz legte seine Arme um die holde Gedankenleserin, sie sahen einander lange in die Augen und küssten sich.«

»Und bleiben sie für immer zusammen?«

»Logisch.«

»Das ist ja auch eine ziemlich perfekte Beziehung. Weil die Prinzessin immer sofort weiß, was der Prinz sich gerade wünscht, ob er lieber Erdbeereis mit Schokoladensoße oder Schokoladeneis mit Erdbeersoße haben will. Und das bringt sie ihm dann.«

»Ja, klar, wobei die Prinzessin schon bald in den Gedanken des Prinzen liest, dass auch er ihr gerne jeden Wunsch erfüllen würde, woraufhin sie ihm alle ihre Wünsche auf eine lange Liste schreibt, weil er ja zu blöd zum Gedankenlesen ist.«

»Was wünscht sie sich denn von ihm?«

»Dass er nicht immer so viele Fragen stellt.«

»Aha, und bekommen sie Kinder?«

»Eine ganze Pferdekutsche voll, sie machen eigentlich nichts anderes, und am Wochenende fahren sie alle zusammen in ihr Wochenendschloss, in dem es diesen Fanta-Pool gibt und einen Hofmarschall, der die ganze Zeit Spiele organisiert.«

»Klingt nicht so schlecht«, sagte Jakob.

»Na ja, es ist erträglich«, sagte Marie.

WENGER

Seit einer Woche war Wenger auf dem Land, auf diesem Gut in Brandenburg, das er vor Jahren gekauft hatte, weil es für einen Immobilienunternehmer irgendwie dazugehörte, ein Landhaus zu besitzen. Es war ein schöner alter Bauernhof mit einer Scheune und zwei Ställen, die Ende des 19. Jahrhunderts aus rotem Backstein in den märkischen Sand gebaut worden waren. Quer zur Scheune stand das Wohnhaus, dessen prächtige Feldsteinfassade in der Abendsonne schimmerte. Wenger saß auf einer schmiedeeisernen Gartenbank, umgeben von weißen und violetten Fliederbüschen, deren süßlicher Geruch ihm in die Nase stieg. Er machte das dritte Bier auf, trank einen Schluck, spürte die Wärme der letzten Sonnenstrahlen, hörte die Kraniche im benachbarten Weiher trompeten.

Herrlich, dieses Landleben, dachte Wenger, endlich hatte er mal Zeit, die Ruhe zu genießen, sich den einfachen Freuden der Natur hinzugeben. Wie oft hatte er sich das vorgenommen, aber er war nie dazu gekommen. Das geschäftige Stadtleben war immer wichtiger gewesen, außerdem hatte Mathilde diese Pollenallergie, weshalb sie nur im Winter gerne draußen war.

Am ersten Tag hatte Wenger den alten Deutz-Traktor aus dem Stall geholt, war über die Wiese zum Waldrand getuckert und hatte Feldsteine in den Anhänger geladen. Am zweiten Tag hatte er so starken Muskelkater gehabt, dass er sich kaum bewegen konnte, was ihn allerdings nicht davon abgehalten hatte, umgehend mit den Maurerarbeiten zu beginnen. Ziel war es, an der Einfahrt zum Gut eine Feldsteinmauer zu errichten, einen halben Meter breit, fünfzig Meter lang. Er hatte einen Betonmischer gekauft, sich über das korrekte Mischverhältnis von offenporigem Kalkmörtel informiert, Internetvideos studiert, in denen die Arbeitstechnik (insbesondere der beherzte Handgelenksschwung mit der Maurerkelle) erklärt wurde. Dann hatte er losgelegt.

Von morgens um sieben bis abends um sieben hatte er geschuftet, die Mauer wuchs, nicht so schnell, wie er gedacht hatte, aber immerhin. Es war so befriedigend zu sehen, wie aus der eigenen Hände Arbeit etwas entstand, wie aus einem leicht übergewichtigen Unternehmer ein drahtiger Maurermeister wurde. Abends hatte er sich nur noch ein paar Brote geschmiert und war, schon bevor es dunkel wurde, wie erschossen ins Bett gefallen.

Im Grunde war heute der erste Tag, den er nicht durchgeackert hatte, was vor allem damit zusammenhing, dass ihm gegen Mittag der Kalk ausgegangen war. Außerdem war kurz zuvor ein Teil der Mauer wieder zusammengefallen, was Wengers Motivation merklich bremste. Er dachte an Mathilde, die er jetzt gerne neben sich auf der Bank gehabt hätte, er war es nicht gewohnt, allein zu sein. Von den Kranichen war nichts mehr zu hören, es war auf einmal vollkommen still, was Wenger ein wenig unheimlich war. Er dachte an die Firma, es war, soweit er sich erinnern konnte, das erste Mal seit vielen Jahren, dass er eine ganze Woche lang nicht im Büro angerufen hatte. Und auch nicht angerufen worden war, was ihm noch viel verwirrender erschien.

Selma und Philipp hatten sich gut eingearbeitet, sie waren mit Konzentration und Engagement bei der Sache, da konnte er sich wirklich nicht beschweren. Gut, vielleicht regelten sie ein paar Dinge anders, als er es getan hätte, aber das war ja normal, das musste so sein. Jede Generation hatte ihre eigenen Regeln, da durfte man als Firmengründer nicht im Wege stehen.

Wobei er sich schon fragte, ob es wirklich so eine gute Idee war, sämtlichen Schriftverkehr nur noch elektronisch und nicht mehr auf Papier abzuwickeln. Die Entscheidung war verschoben worden, nachdem er sich dagegen ausgesprochen hatte. Wie auch die Entscheidung, den Fuhrpark aufzulösen und dafür Carsharing-Karten an die Mitarbeiter zu verteilen. Wie auch die Entscheidung, künftig mindestens die Hälfte aller Führungspositionen mit Frauen zu besetzen. Wenger fand das alles ja nicht grundsätzlich falsch, aber doch ziemlich überhastet und auch zu radikal. Woran erkannte man denn die Bedeutung eines Mitarbeiters im Außendienst, wenn nicht an dem Auto, das er lenkte? Der Mittelbau fuhr traditionell Ford Mondeo, die Projektleiter mindestens Audi A6, die Geschäftsleitung Mercedes S-Klasse. Wie konnte man denn von den Kunden und Geschäftspartnern ernst genommen werden, wenn man zu einem wichtigen Abschluss im Elektro-Mini anreiste?

Und die Sache mit den Frauen? Also ganz ehrlich, er hatte in seinem ganzen Berufsleben noch keine Frau gesehen, die Immobilienabschlüsse im dreistelligen Millionenbereich zu verantworten hatte. Und selbstverständlich war er dafür, das zu ändern, immerhin hatte er seine Tochter zur gleichberechtigten Geschäftsführerin gemacht.

Aber das alles musste doch in Ruhe und langfristig entschieden werden und nicht so holterdiepolter.

Philipp hatte ihm neulich vorgeworfen, alle wichtigen Entscheidungen zu blockieren, Selma hatte Klarheit in der Führungsfrage gefordert. Sie hatten sich darauf geeinigt, das alles nächste Woche in der Gesellschafterversammlung zu besprechen. Wenger ahnte, es gab nur zwei Möglichkeiten: entweder er selbst übernahm wieder die komplette Verantwortung für das Unternehmen und blieb bei seiner Art der Unternehmensführung. Oder er gab alles ab und ließ die Kinder machen. Es gab nichts dazwischen, jeder Kompromiss, jede halbe Lösung würde alles nur noch komplizierter machen.

Ein brennender Schmerz riss Wenger aus seinen Gedanken, eine Bremse hatte ihn in den Arm gestochen. »Verdammtes Viehzeug!«, brüllte er. Die Sonne war hinter den Baumwipfeln verschwunden, feuchte Kühle stieg von den Wiesen auf. Wenger fühlte sich plötzlich sehr einsam und ziemlich verloren. Er trank sein Bier aus, öffnete eine neue Flasche. Was trieb er hier für ein Versteckspiel? Glaubte er wirklich, er könnte sich aufs Land zurückziehen, den Kranichen zuhören und irgendwelche blöden Feldsteinmauern bauen? Was hatte er mit der Natur am Hut?

Wenn er ehrlich war, dann musste er zugeben, dass ihn dieser Aufenthalt hier vom ersten Tag an irritiert hatte. Diese übertriebene Stille, dieser Güllegestank, der von den Feldern herüberwehte, der Dreck unter den Fingernägeln, die schlecht gekleideten Nachbarn, die einfach so vorbeikamen und unmanierliche Fragen stellten. Noch nicht mal ein richtiges Telefonnetz gab es hier und bei der

Herfahrt hatte ihm ein Ast die rechte Autotür zerkratzt. Die Landlust war wie jede andere Sehnsucht auch, dachte Wenger, ein Traumwesen, das aus der Ferne anziehend und wunderschön erschien und umgehend zerstob, sobald man sich ihm zu nähern versuchte.

Wobei das Problem, das war ihm vage bewusst, nicht das Land oder die Stadt oder die Firma oder seine Kinder waren, sondern eigentlich nur er selbst. Seit er, der Todgeweihte, auf zauberhafte Weise wiederauferstanden war, hatte sich sein Blick verändert. Er beobachtete sich selbst wie einen Fremden, wie eine Fliege, die einen Winter lang betäubt in einer Fensterritze verharrt hatte und nun in der ersten Frühlingswärme zu neuem Leben erwachte. Er sah diesen anderen Mann vor sich hertaumeln, geblendet, überfordert. Das Schicksal war gnädig und erbarmungslos mit ihm gewesen, es hatte ihn reich beschenkt und zugleich auf das Seltsamste bestraft, als es ihm plötzlich diese Extrarunde offerierte, dieses Bonusleben, diese Zeit, die nach seiner Zeit gekommen war.

Denn nicht nur sein Blick auf sich und die Welt hatte sich verändert, auch sein Gefühl war ein anderes geworden. Hatte er bislang meist instinktiv gespürt, was er wollte, war er nun erstaunlich unentschlossen, es fiel ihm ähnlich schwer, sich für sein altes Leben zu begeistern, wie zu etwas Neuem aufzubrechen.

Bisher war alles so einfach gewesen: Man wird geboren, man baut etwas auf, man gründet eine Familie, man baut weiter auf, man wird älter, man gibt weiter, man stirbt. Das alles war klar, logisch, nachvollziehbar, es war das, was die meisten für den Lebenssinn hielten, einen Begriff, den Wenger überschätzt fand. Er hatte nie verstanden, warum manche Leute so einen Wind um diesen Lebenssinn machten, warum sie ewig nach ihm suchten, ihn überall und nirgends vermuteten, warum ganze Heerscharen von Philosophen und Glücksratgebern von ebendieser Suche lebten.

Und jetzt? Spürte er selbst zum ersten Mal Sinnlosigkeit, und zwar vermutlich nur deshalb, weil er sich, ebenfalls zum ersten Mal, die Frage nach dem Sinn gestellt hatte, mit einundachtzig Jahren, was für eine bescheuerte Idee!

Wenger wurde immer unruhiger, er trank mechanisch seine Bierflasche leer, der Alkohol fühlte sich kalt und ordinär an, ganz anders als der sanfte, beerige Rausch, den er vom Rotwein kannte, aber welcher brandenburgische Maurermeister trank schon Rotwein zum Feierabend? Er musste mit den Kindern sprechen, er musste ihnen seine Lage erklären. Nur was sollte er ihnen sagen? Dass er gerade auch nicht so genau wusste, was er wollte? Dass er keinen Plan mehr hatte? Das Einzige, was er mit Sicherheit wusste, war, dass er nicht weitermachen konnte, als wäre nichts passiert.

Denn dafür war einfach zu viel passiert, nicht nur in seinen Gedanken, nicht nur in seinen Gefühlen, auch in seinem Körper. Das Gnädige am Älterwerden war doch, dass man den eigenen Verfall nur am Rande bemerkte, alles ging so langsam und allmählich vor sich, das Alter schlich auf leisen Sohlen herbei, hemmte hier ein wenig, knapste dort etwas ab. Hinzu kam, dass man oft schlicht vergaß, wie es vorher gewesen war. Kein Mensch erinnerte sich doch ganz genau daran, wie es sich angefühlt hatte, mit Anfang zwanzig über einen Graben zu springen, wie es gewesen war, ohne Brille dreihundert Meter weit komplett scharf zu sehen, in einer Nacht siebenmal Geschlechtsverkehr zu haben. Deshalb ist es dann meistens auch okay, dachte Wenger, wenn es irgendwann nicht mehr so ist.

Wenn allerdings plötzlich die Reise in die andere Richtung begann, wenn die Jugend ohne jegliche Vorwarnung und innerhalb von Monaten in die alten Knochen zurückkroch, wenn jeder Schritt sich wie Schweben anfühlte, wenn die Gewichte von den Schultern verschwanden, das Milchglas von den Augen fiel, dann wusste man plötzlich wieder, wie es damals gewesen war. Und natürlich war es wunderbar, beim Tennis den ewig unbezwingbaren Hubert zu schlagen oder über einen Wanderurlaub mit Mathilde in den Alpen nachzudenken.

Gleichzeitig empfand Wenger diesen neuen Körper aber auch als eine Verpflichtung, nun auch das Beste daraus zu machen. Sosehr er zuvor mit seinem Verfall gehadert hatte, sosehr der Tod ihn geängstigt hatte, so natürlich war es ihm doch erschienen, nach achtzig Jahren abzutreten, nichts mehr zu müssen. Es war, als wäre in seinem Körper eine Lebensuhr versteckt gewesen, die seiner Existenz den Takt vorgab.

Und nun? War er aus dem Takt gekommen, hatte die Orientierung verloren, es war wie in einer Sinfonie, die kurz vor dem letzten Ausschwingen noch mal ein völlig neues Thema setzte, in dem sich in die verebbenden Streicher plötzlich eine Trompetenfanfare mischte.

Das Schlimmste waren die anderen, die gar nicht verstehen konnten, wie schwierig das alles für ihn war. Als bekannt geworden war, dass auch er zu den Probanden der Forschungsreihe an der Charité gehörte, hatten sie ihn neugierig beäugt, wie ein exotisches Tier. Manche Bekannte, die er schon ewig nicht gesehen hatte, kamen sogar extra angereist, um »das Wunder« aus der Nähe zu betrachten. Äußerte er auch nur die leiseste Kritik an seinem Los, dann schüttelten sie verständnislos die Köpfe. »Wir würden sofort mit dir tauschen!«, riefen sie. Und ja, es gab gewiss schlimmere Schicksale, als kurz vor seinem qualvollen Tod einen rundum verjüngten Körper geschenkt zu bekommen. Aber ein bisschen komplizierter war es eben doch.

Mathilde war die Einzige, die ihn wirklich verstand, wie immer eigentlich. Als sie sich kennengelernt hatten (sie war achtzehn, er war Anfang dreißig gewesen), hatte sie in ihm bereits die Seiten gesehen, die er am liebsten vor allen versteckt hätte. »Du tust doch nur so hart und abgebrüht«, hatte sie ihm nach der Hochzeit gesagt, »damit nur ja niemand sieht, was für ein zärtlicher, liebesbedürftiger Mensch du bist.« Er hatte das damals für ziemlichen Blödsinn gehalten und gleichzeitig gespürt, dass sie recht hatte.

Um Mathilde machte er sich am meisten Sorgen, weil er ja nun auf einmal jünger war als sie. Für ihn war immer klar gewesen, dass er zuerst sterben würde, weshalb er schon vor langer Zeit alle Vorkehrungen getroffen hatte, um Mathilde auch nach seinem Tod ein sorgloses Leben zu sichern. Die Idee, dass es nun andersherum laufen würde, dass sie ihn verlassen könnte, ängstigte ihn sehr. Was sollte er denn machen ohne sie?

Wenger stand auf, lief leicht schwankend zum Feldrand, der Himmel färbte sich rot, die Wolken zogen wie orangefarbene Schafe vorüber. Er konnte sich nicht erinnern, jemals so lange einem Tagesende zugesehen zu haben. Es hatte etwas Ergreifendes, etwas Tiefes, er spürte in sich eine warme Verbindung mit der Natur, mit der Zeit. Und gleichzeitig war er erstaunt ob dieser seltsamen Regungen, er kam sich vor wie ein schwärmender Teenager, der zum ersten Mal Hermann Hesse las und nun ganz sicher war, dem Universum ein großes Stück näher gekommen zu sein. Es war so völlig anders als dieses Sattheitsgefühl, das er normalerweise hatte. Dieses Gefühl, alles schon gesehen zu haben, ein müder Gott zu sein.

Er war erstaunt, vor allem über sich selbst. Er hatte viel nachgedacht in letzter Zeit, viel mehr als je zuvor. Was ja vielleicht verständlich war, warum hätte jemand wie er, der all die Jahre mit beiden Beinen im Leben gestanden hatte, über die menschliche Existenz nachgrübeln sollen? Philipp hatte das oft getan, hatte ihn mit seinen abseitigen Fragen genervt. Einmal hatte Wenger Philipp angeschrien: »Es gibt welche, die Fragen stellen, und es gibt welche, die Antworten geben! Die einen sind die Zweifler, die anderen sind die Macher! Ich hatte gehofft, mein Sohn würde zu den Machern gehören!«

Nun ja, es war vermutlich nicht das beste Gespräch gewesen, das ein Vater mit seinem Sohn führen konnte. Andererseits, wenn er selbst kein Macher gewesen wäre, hätte Philipp vermutlich kein Zweifler werden können. Nicht uninteressant, der Gedanke, fand Wenger, es war schon beeindruckend, was ihm auf einmal alles durchs Hirn schoss. Wie alles so zusammenhing …

Das Problem war nur, wenn man einmal mit dem Grübeln anfing, nahm es überhaupt kein Ende mehr, war irgendwann nichts mehr zweifelsfrei und sicher. Er fragte sich jetzt zum Beispiel, nach dieser Woche als Feldsteinmaurer in Brandenburg, wie sehr ein Mensch sich überhaupt ändern konnte. Wie sehr man sich neu erfinden konnte. Ob das, was er sein ganzes Leben lang getan hatte, seine Berufung war. Oder ein Zufall. Oder Einsicht in die Notwendigkeit. Gab es eine Vorbestimmung, die es zu erspüren galt? Oder war man, was man sein wollte?

Im Grunde, dachte Wenger, konnte man doch zu jedem Zeitpunkt alles ändern. Man konnte sich jeden Tag ein Flugticket nach Australien kaufen, aus seinem alten Leben verschwinden und etwas völlig Neues beginnen. Dass die allermeisten Menschen das nicht taten und stattdessen ihr Leben für alternativlos hielten, war vermutlich eine reine Vorsichtsmaßnahme, um nicht wahnsinnig zu werden im Strudel der Möglichkeiten.

Aber was war, wenn das Leben nun auf einmal viel länger wurde? Musste man sich da nicht irgendwie neu erfinden? Weil man sonst doch nur noch in der Wiederholung lebte, irgendwann bitter und zynisch wurde? Musste er sich also irgendwann ein Flugticket nach Australien kaufen? Oder würde er sich eines Tages bei bester Gesundheit umbringen, weil er nicht den Mut hatte, etwas Neues zu wagen?

Der Himmel über Wenger war jetzt so dunkel wie seine Gedanken, plötzlich spürte er, wie kalt es geworden war. Wenn er nicht schon so viel Bier getrunken hätte, wäre er am liebsten direkt nach Berlin zu Mathilde gefahren. Er ging ins Haus und fühlte sich wie ein tragischer Held, wobei die Tragik das Heldentum bei Weitem überstrahlte.

Als Wenger am nächsten Vormittag sein Landgut verließ, dröhnte sein Kopf, vom Restalkohol und von den vielen Fragen, vor allem von den ganz praktischen, die er gleich heute mit Selma und Philipp besprechen wollte. Noch bevor er am Abend ins Bett gegangen war, hatte er sie per SMS um dreizehn Uhr in sein Büro in der sechsten Etage der »Wenger Immobilien und Co. KG« bestellt. Das war vielleicht etwas übereilt gewesen, weil er immer noch nicht wirklich wusste, was er ihnen eigentlich sagen wollte. Gleichzeitig spürte er aber ein großes Bedürfnis, jetzt alles auf den Tisch zu packen, zu reden.

Wenger passierte die Einfahrt, sah die eingestürzte Feldsteinmauer, den verdreckten Betonmischer, in dem der Zement hart geworden war, die liegen gelassenen Werkzeuge. Keine Ahnung, wann er wieder zurückkommen würde, ob überhaupt. Es gab keine Logik mehr, keine Selbstverständlichkeiten, der Autopilot war ausgeschaltet.

Eine Stunde später stellte er seinen Wagen auf dem Firmenparkplatz ab. Er blickte hinüber zu dem sechsstöckigen Bürohaus, das er in den Siebzigerjahren hatte bauen lassen. Dieses Haus, das mit seinen Unternehmungen gewachsen war, aus dem verglaste Anbauten und zweistöckige Erweiterungsflügel ragten. Dieses Haus, das zu einem steinernen Monument seines Lebens geworden war. Seine Entscheidungen, seine Geschichte hatten sich hier in Büroquadratmeter verwandelt.

Wie oft war er morgens auf diesem Parkplatz angekommen und abends wieder weggefahren? Er könnte es leicht ausrechnen, weil es nur wenige Tage gegeben hatte, an denen er nicht hier gewesen war. Urlaub und Freizeit kannte er nur vom Hörensagen, er wusste, dass viele ihre

Lebensfreude eher über das definierten, was sie außerhalb der Arbeit taten. Für Wenger war es umgekehrt, er fand Erfüllung an seinem Schreibtisch, auf seinen Baustellen, in seinem Immobilienpark.

Aber auch sein Blick auf das Wenger-Haus hatte sich verändert. Er sah es nun mit dem Abstand eines Mannes, dem die Gewissheiten abhandengekommen waren. In den vielen Jahren davor hatte er das Gebäude gar nicht mehr im Detail wahrgenommen, jetzt war ihm, als wäre er ewig weg gewesen. Die Frau am Empfang, ein junges Ding, das er noch nie gesehen hatte, musterte ihn teilnahmslos, als er das Foyer betrat.

»Sie wünschen?«, fragte sie.

»Ich bin Alfred Wenger und ich wünsche, dass Sie sich das merken!«, sagte er in scharfem Ton. Die Frau schrak zusammen, murmelte eine Entschuldigung, aber da war Wenger schon im Aufzug verschwunden.

In der Chefetage war kein Mensch zu sehen, nicht mal seine Sekretärin saß an ihrem Platz. Das konnte doch nicht wahr sein, dachte Wenger, da war man nur eine Woche nicht da und die Welt war aus den Fugen! Zumindest in seinem Büro schien alles noch wie immer zu sein, der mächtige Schreibtisch aus hellem Buchenholz, den ein Tischlermeister aus Moabit ihm 1964 gebaut hatte, um Mietschulden zu begleichen, stand blank poliert in der Mitte des Raums. An den Wänden hingen Fotos, die Wenger bei Grundsteinlegungen und Richtfesten mit den Regierenden Bürgermeistern und den Senatsbaudirektoren zeigten. Es gab auch ein Foto von Mathilde, das auf seinem Schreibtisch stand, eine Aufnahme aus frühen Jahren, mit einer weißen Schleife im Haar lächelte sie aus einem Autofenster. Er fand, dass sie auf diesem Foto wie Romy Schneider aussah, auch wegen ihres Lächelns, in dem ein Fitzelchen Traurigkeit lag.

Selma kam herein. »Ach, du bist ja schon da, Papa«, sagte sie.

»Störe ich?«

»Warum solltest du stören? Das ist dein Büro.«

»Da bin ich ja beruhigt.«

»Was ist los, Papa, du klingst genervt.«

»Ich bin nicht genervt, ich bin nur ... Ach, vergiss es.«

»Erzähl!«

»Ich weiß nicht, ich war gerade draußen, in Haselfelde.«

»Im Landhaus? Ich wusste gar nicht, dass du das noch hast.«

»Warum sollte ich es nicht mehr haben?«

»Na ja, ich hatte nicht den Eindruck, dass du so wahnsinnig auf Brandenburg stehst, und Mama ist allergisch gegen Lindenpollen.«

»Ich habe eine Feldsteinmauer gebaut.«

»Muss ich mir Sorgen machen?«

»Was soll das denn nun wieder heißen?«

»Papa, wenn du freiwillig aufs Land fährst, um eine Feldsteinmauer zu bauen, dann muss irgendwas passiert sein. Also sag, was ist los?«

»Ich hatte Lust, mich körperlich zu betätigen, der Arzt meinte, das würde mir guttun. Außerdem ist es schön da draußen, ein Kranichpaar nistet direkt an unserem Weiher.«

»Jetzt interessiert du dich auch noch für Vögel? Papa, langsam mache ich mir wirklich Sorgen!«

Philipp kam herein, er trug eine rote Krawatte zu einem

hellgrauen Anzug, seine kräftigen dunklen Haare, die er bis vor ein paar Monaten zu einem Zopf geknotet getragen hatte, waren kurz geschnitten, lediglich ein braunes Lederarmband erinnerte noch vage an seinen alten Hippielook. »Ihr habt schon angefangen?«, fragte er.

»Papa interessiert sich neuerdings für Kraniche und Feldsteinmauern«, sagte Selma.

»Das klingt toll, ich mag Kraniche auch, sie haben so was …«

»Kinder, ich habe euch heute zu mir gebeten, weil ich dachte, wir sollten mal in Ruhe sprechen, bevor nächste Woche die Gesellschafterversammlung stattfindet.« Wenger ging hinüber zur Sitzecke, ließ sich ächzend in die Polster nieder, Selma und Philipp nahmen ihm gegenüber Platz. »Zuerst möchte ich von euch wissen, wie ihr die Lage in der Firma seht. Selma, willst du anfangen?«

Selma blickte fragend zu Philipp, der ihr ermutigend zunickte. »Tja, ich weiß nicht, welche Lage du genau meinst«, sagte sie. »Ich finde, wir müssten uns dringend über unsere Unternehmenskultur unterhalten und auch über die Frage, wie wir die Firma modernisieren können.«

»Philipp?«

»Na ja, ich denke, wir müssen uns vor allem darüber verständigen, wer was zu entscheiden hat. Gerade hängen wir alle so ein bisschen in der Luft.«

Wenger blickte vor sich auf den Boden. »Es freut mich, dass ihr grundsätzlich zufrieden seid, ich kann von mir sagen, dass ich glücklich bin, euch beide hier zu haben. Es ist wundervoll für einen Vater, zu wissen, dass sein Lebenswerk irgendwann in die Hände seiner Kinder übergehen wird. Ich weiß, dass ihr ein paar Sachen verändern wollt, das ist das Vorrecht der Jugend, eigene Wege einzuschlagen. Im Moment sind wir ja in einer Art Übergangsphase, und ich würde vorschlagen, erst einmal abzuwarten, nichts zu überstürzen und in ein oder zwei Jahren zu schauen, was man vielleicht hier oder da besser machen kann.«

Selma und Philipp wirkten irritiert. Philipp räusperte sich. »Papa, du hast hier ein großartiges Unternehmen aufgebaut, das sich über viele Jahrzehnte hervorragend entwickelt hat. Aber du kennst selbst die Zahlen, du weißt, dass wir Probleme haben, was, denke ich, sehr viel mit den Strukturen zu tun hat.«

»Welchen Strukturen?«, fragte Wenger.

»Nun, wie soll ich das sagen? Hier ist alles komplett … auf dich zugeschnitten. Auf deine Art, zu denken und zu handeln. Die Mitarbeiter zeigen wenig Eigeninitiative, sind nicht besonders kreativ, weil sie wissen, dass letztlich sowieso du alles entscheidest.«

»Was ja wohl die Aufgabe eines Unternehmenschefs ist!«

»Ja, sicher«, sagte Selma, »im großen Rahmen schon, aber nicht für jedes Detail. Ein modernes Unternehmen nimmt die Leute mit, gibt ihnen Verantwortung, nimmt sie ernst.«

»Das tue ich doch! Ihr klingt ja gerade so, als wäre ich ein Diktator …«

»Erinnere dich an die Sache mit den Kugelschreibern«, sagte Philipp.

»Was meinst du? Welche Kugelschreiber?«

»Der Zentraleinkauf hat vor drei Monaten beschlossen, eine neue Kugelschreibersorte zu ordern, weil die alte Sorte, die wir immer hatten, viel zu teuer war. Da bist du ausgerastet, wolltest den Abteilungsleiter entlassen, weil er angeblich seine Kompetenzen überschritten hatte.«

»Was er ja auch definitiv getan hat! Ich mag unsere Kugelschreiber, sie gehören zu unserem Unternehmen, zu unserer Identität.«

»Papa, du lässt den Leuten keinen Raum, am liebsten würdest du ihnen vorschreiben, wie oft sie am Tag atmen dürfen.«

»Das ist doch Blödsinn!«, schrie Wenger. »Ich kümmere mich um meine Leute, ich bin für sie da! In den letzten dreißig Jahren ist niemand entlassen worden, ich bin wie ein Vater für sie!«

»Ja, genau das ist das Problem«, sagte Selma.

»Es ist ein Problem, wenn man für seine Leute sorgt? Wenn man den Menschen die Arbeit lässt, damit sie ihre Familien ernähren können?«

»Papa, du regierst dieses Unternehmen … wie du uns alle regiert hast«, sagte Philipp, »sicher mit den besten Absichten, aber immer von oben herab, ohne jeden Zweifel. Du hast uns nie gefragt, was wir denken, was wir wollen. Du hast uns gesagt, was wir tun sollen. Du wusstest immer, was das Richtige für uns ist.«

»Ach, jetzt kommt das wieder, ihr armen Kinder, vom Vater gequält! Ich habe euch auf die besten Schulen geschickt, habe euch alle Türen geöffnet …«

»Und das war toll«, sagte Selma, »und gleichzeitig war es furchtbar, weil man, wenn man ständig alle Türen geöffnet bekommt, sich irgendwann gar nichts mehr alleine traut. Wenn immer klar ist, dass der Vater alles weiß und alles entscheidet, schrumpft man langsam zu einem Nichts. Ich meine, du weißt doch, wie es war damals, als wir beide nach dem Studium im Unternehmen waren. Du weißt doch, warum wir weggegangen sind?«

»Ich weiß vor allem, dass ihr danach nur noch irgendwelchen Blödsinn gemacht habt.«

»Weil alles, was du nicht verstehst, Blödsinn ist«, sagte Philipp. »Du hast dich nie wirklich dafür interessiert, was ich bei Amnesty gemacht habe, du hast dich nie gefragt, warum ich in Amerika in diese Theatergruppe gegangen bin, warum ich um jeden Preis etwas machen wollte, das so wenig wie möglich mit dir zu tun hatte und so weit wie möglich von dir entfernt war!«

»Ach, dann habe *ich* euch also damals aus dem Unternehmen verjagt? Das wird ja immer interessanter!«

»Ja, das hast du«, sagte Selma. »Du hast uns wie Kleinkinder behandelt, es hat dir Spaß gemacht, uns deinen Geschäftspartnern zu präsentieren, damit alle sehen konnten, dass du nicht nur ein erfolgreicher Unternehmer bist, sondern auch ein ganz toller Familienvater. Wir waren die Wenger-Maskottchen, aber zu sagen hatten wir nichts.«

»Du hast uns sogar bewusst auflaufen lassen«, sagte Philipp. »Ich weiß noch, wie du Selma in eine Verhandlung mit schwedischen Kaufinteressenten geschickt hast. Du hast ihr einen Preis vorgegeben, der völlig überhöht war, und als die Schweden sauer wurden und die Verhandlungen abbrachen, kamst du als großer Retter herbei und hast den Deal zu einem niedrigeren Preis abgeschlossen.«

»Das habe ich ganz anders in Erinnerung. War es nicht Selma, die den Deal gerettet hat, weil ich die Nerven verloren habe?«

Selma lachte. »Wow, interessante Geschichte. In welcher Welt verlierst du denn die Nerven? Und gibst es dann auch noch zu? Und bittest mich um Hilfe?«

»Scheint ein Missverständnis gewesen zu sein.«

»Nein, Papa, du scheinst nur irgendwann beschlossen zu haben, dass dir diese Version der Geschichte besser passt. Vielleicht hättest du sogar gerne so gehandelt, konntest es aber aus irgendeinem Grund nicht.«

»Vielleicht wollte ich, dass du etwas daraus lernst.«

»Ja, das habe ich. Ich habe daraus gelernt, dass ich zu blöd bin, einen Deal abzuschließen, und dass nur mein Vater das kann. Das war vielleicht auch ein Grund dafür, dass ich mich später kaum noch getraut habe, irgendwelche Verhandlungen zu führen, dass ich das meinem Mann überlassen habe, der, wie du sicher weißt, nicht der allergrößte Geschäftsmann ist.«

»Jetzt bin ich auch noch schuld an deinen gescheiterten geschäftlichen Abenteuern?« Wenger sprang von seinem Sitz auf, er spürte, wie ihm die Zornesröte ins Gesicht stieg. »Sagt mir bitte, gibt es eigentlich irgendwas, woran ich nicht schuld bin? Gibt es irgendwas, das ich auch mal gut gemacht habe?«

Selma und Philipp saßen betreten da, während Wenger erzürnt an der Fensterfront auf und ab lief. »Als du mir auf dem Kiesweg vorne an der Parkeinfahrt das Fahrradfahren beigebracht hast, das war schön«, sagte Philipp leise. »Du hast die Stützräder abgenommen und gesagt: ›So, das kannst du jetzt auch ohne.‹ Und ich bin losgefahren und es hat geklappt.«

Wenger setzte sich wieder auf das Sofa, betrachtete seine Kinder, die den Blick von ihm abgewandt hatten. Er hätte sie jetzt gerne in die Arme genommen, so wie früher, als sie noch klein waren. Er erinnerte sich, wie er manchmal spät in der Nacht aus der Firma gekommen war, sich ins Kinderzimmer gesetzt hatte und ihrem Atem gelauscht hatte. Diesem ruhigen, unschuldigen Kinderatem. Mindestens einmal war er selbst dabei eingeschlafen, war morgens vom Lachen der Kinder aufgewacht, die nicht verstanden hatten, warum ihr Vater auf dem Boden vor ihren Betten lag.

»Eine Sache müsst ihr beiden mir bitte erklären. Wenn es so absolut unerträglich mit mir war, warum seid ihr dann ins Unternehmen zurückgekommen?«

»Weil du uns darum gebeten hast«, sagte Philipp.

Selma lachte auf. »Man könnte auch von einer klitzekleinen Erpressung sprechen. Nach dem Motto: Wenn ihr mein Lebenswerk nicht weiterführt, werdet ihr enterbt.«

»Bereut ihr es, zurückgekommen zu sein?«

Selma stand auf, stellte sich ans Fenster und sah hinaus. »Es ist komplizierter, Papa, einerseits fühle ich mich wie in einer Zeitmaschine, ich sehe wieder die kleine Selma vor mir, die ihrem Vater etwas beweisen will, die nach seiner Aufmerksamkeit, nach seinem Lob giert. Aber dann merke ich auch, dass ich längst nicht mehr so verletzlich und abhängig bin, und das macht mich froh.«

»Die Situation hat sich ja auch verändert«, sagte Philipp. »Vor einem Jahr hast du gesagt, dass du bald sterben wirst, dass wir den Laden übernehmen sollen.«

»Und dann stirbt dieser alte Bastard einfach nicht«, sagte Wenger.

»Ach, Papa! Natürlich freue ich mich, dass es dir so gut geht, aber das ändert die Lage hier. Wir sollten dir nachfolgen, sollten dich ersetzen, aber du bist gar nicht weg.«

»Dann wäre es doch am einfachsten für alle gewesen, ich hätte das verdammte Gift geschluckt, vielleicht sollte ich das tun, dann wären alle Probleme gelöst.«

»Hör auf, Papa, du weißt, dass ich so etwas nie denken würde.«

»Aber ich. Ich denke daran. Ich meine, es ist doch absurd, dass ich jetzt immer jünger werde und ihr werdet immer älter, was soll das werden? Ich denke, man wird erst an dem Tag richtig erwachsen, an dem die Eltern nicht mehr da sind. Bei mir kam das alles viel zu früh. Aber zu spät ist wahrscheinlich auch nicht gut.«

»Was willst du denn, Papa?«, fragte Selma.

»Ich weiß es nicht, ich bin müde. Ich komme mir vor wie ein Besucher in meinem eigenen Leben, wie …«

»… ein Kranich auf der Feldsteinmauer?«

»Ja, vielleicht.«

»Ich mag dich so ganz gerne.«

»Wie?«

»Na, dieses Verwirrte, ein bisschen Ratlose, das macht dich sympathisch. Weißt du, dass ich früher immer dachte, Männer können gar keine Probleme haben, weil immer nur Mama geheult hat, du aber nie?«

»Mama hat geheult?«, fragte Wenger.

»Ja, ständig«, sagten Philipp und Selma wie aus einem Mund.

VERENA

Die Beats ließen ihren Brustkorb vibrieren. Sie spürte die Sonne, den Schweiß, sie spürte die anderen, die neben ihr tanzten, fremde Körper, die irgendwie mit ihr verbunden zu sein schienen. In ihrem Kopf herrschte eine wohlige Stille, als wäre ihr Gehirn mit Zuckerwatte vollgestopft. Eine süße Leere, ein Gleiten im Irgendwo. Ausgeschaltet war die Stimme, die ständig nach dem Sinn fragte, die alles kommentieren und korrigieren musste. Diese Stimme, die nie zufrieden war.

Seit ein paar Stunden (oder ein paar Tagen?) glitt sie so vor sich hin, trieb im Strom der Musik, wollte nichts, musste nichts. Dieser Typ (wie hieß er noch mal?), der sie mitgenommen hatte zum Fusion-Festival, war irgendwann verschwunden. Vielleicht tanzte er auch neben ihr, um das herauszukriegen, hätte Verena die Augen öffnen müssen, was gerade überhaupt keine Option war. Weil sie so doch viel mehr sah, als sie je mit offenen Augen hätte erblicken können. Die Bässe, die ihren Körper durchzuckten, verwandelten sich in Wolken, die in einer endlosen Kette an ihr vorbeizogen, die Harmonien gaben den Wolken unterschiedliche Farben und Formen, sie fühlte sich frei und glücklich. Wäre sie gerade in der Lage gewesen, einen Gedanken zu formulieren, dann wäre es vielleicht auf die Frage hinausgelaufen: Warum, verdammte Scheiße, habe ich das alles jetzt erst entdeckt?

Eine durchaus verständliche Frage, die allerdings den Umstand ignorierte, dass Verena zwar gerade ihren fünfunddreißigsten Geburtstag ausdrücklich nicht gefeiert hatte, biologisch gesehen aber laut des letzten Tests in der Charité erst siebzehn war, also im besten Festivalalter.

Wobei Verena vermutlich eher vom besten Schwimmalter sprechen würde, schließlich war sie siebzehn Jahre alt gewesen, als sie in Rom die drei olympischen Goldmedaillen errungen hatte. Unvorstellbar, dass die Verena von damals auf einem Festival getanzt hätte, dass sie diese Pillen geschluckt hätte, die Musik in Wolken verwandelten. Die Verena von damals hatte von sieben bis neunzehn Uhr trainiert, wenn sie schwitzte, hatte sie nach Chlor gestunken, und ihre größte Verrücktheit hatte darin bestanden, manchmal heimlich in der Umkleidekabine eine halbe Tafel »Ritter Sport« zu vertilgen, um danach wegen ihres schlechten Gewissens noch härter zu trainieren.

Die Verena von damals hatte wegen des vielen Trainings ihre erste Periode mit fünfzehn bekommen, ihre Brüste hatten erst mit sechzehn zu wachsen begonnen, was sie als störend empfunden hatte, weil ihr Schwimmgefühl wegen des größeren Wasserwiderstandes auf einmal ein anderes gewesen war.

Die Verena von damals musste alle drei Monate eine Liste an den Schwimmverband und den Deutschen Sportbund schicken, in der für jeden Tag und jede Uhrzeit ihr Aufenthaltsort vermerkt war, damit man jederzeit eine Dopingkontrolle bei ihr durchführen konnte. Spontane Verabredungen, Geheimnisse, etwas, das andere Menschen als Privatleben bezeichneten, gab es für sie nicht. Die Verena von damals hätte auf die Frage nach ihrem Befinden gesagt: »Ich habe eine gute Verdauung, ich schlafe gut und ich habe eine gute Familie.«

Wobei die Verena von damals nicht unglücklich gewesen war, das würde sogar die Verena von heute bestätigen. Ihr Leben hatte einen klaren Rahmen, sie fühlte sich nirgends so wohl wie im Wasser, sie wollte gewinnen und mochte den stolzen Blick der Eltern. Die Unzufriedenheit, die kam erst später, beim Zurückschauen.

Die Beats wurden langsamer, sie spürte jemanden hinter sich, Hände schoben sich an ihre Hüften, sie öffnete die Augen, drehte sich um und sah eine Frau in schwarzen Klamotten und mit kurzen blonden Haaren, die lächelnd vor ihr stand. Sie tanzten, schauten einander in die Augen, Verena spürte die Energie, einen warmen Strahl voller Liebe, voller Nähe, voller Klarheit und Tiefe. Alles um sie herum verschwand, es gab nur noch die Augen dieser Frau, ihre Bewegungen, ihre Kraft. Sie tanzten, und irgendwann kamen die Augen näher, warme Lippen glitten über ihren Hals, eine Zunge strich durch ihre Achselhöhle, Hände streichelten ihre Brüste.

Vielleicht ging das alles ein bisschen zu schnell, oder es lag an der Musik, die plötzlich aggressiver wurde, oder am Regen, der irgendwann angefangen haben musste. Jedenfalls erwachte Verena aus ihrer Trance, und sofort war die blöde Stimme wieder da und fragte, was sie da eigentlich machte.

Tja, was eigentlich?

Verena versuchte, die Frage zu überhören, wollte wieder eintauchen in die Musik, aber es gelang ihr nicht. Sie dachte an Nele, ein Mädchen aus ihrer U15-Schwimmgruppe, mit der sie nach dem Training oft ewig unter der warmen Dusche gestanden hatte. Einmal zog Nele, die damals schon Brüste hatte, sich unter der Dusche nackt aus und Verena spürte so ein seltsames Prickeln im Bauch. Das war ihr peinlich, sie hatte sogar richtig Schiss, weil sie natürlich von diesen Mädchen gehört hatte, die andere Mädchen mochten. Aber dass sie selbst so eine sein könnte, das fand sie doch ziemlich seltsam.

Verena war froh, als Nele kurze Zeit später den Verein wechselte, bis sie dann zum ersten Mal von ihr träumte. Es war immer der gleiche Traum, sie beide nackt, aneinandergeschmiegt, vom warmen Wasser umhüllt. Sie hatte Angst, dass jemand von ihren Träumen erfahren könnte. Noch schlimmer war nur die Angst davor, wirklich so ein Mädchen zu sein.

Vermutlich war das der Grund, warum sie sofort zugesagt hatte, als Andy, der blonde Freistilgott mit dem Schwanentattoo auf der Schulter, der damals zur gleichen Zeit wie sie sein Hallentraining absolvierte, sie ins Kino einlud. Der erste Kuss war eine riesige Erleichterung, weil es sich gut und richtig anfühlte. Vier Jahre blieb sie mit Andy zusammen, sie waren das Traumpaar des Deutschen Schwimmverbandes, als sie in Rom Gold holte, schaffte er Silber. Sie taten einander gut, wussten meistens genau, was der andere gerade brauchte. Mehr, so fand Verena, konnte man von einer Beziehung kaum erwarten. Bis Andy mit dem Schwimmen aufhörte und mit einer Krippenerzieherin aus Neubrandenburg abhaute, die er kurz darauf heiratete.

Später folgten dann noch Heini, Felix und Nils, die alle drei unkompliziert und friedlich waren. In Nils, einen Gebrauchsgrafiker aus dem Allgäu, war sie sogar richtig verliebt gewesen, das hätte ihr Mann fürs Leben sein können, aber irgendwie hatte es dann doch nicht geklappt.

Die Sache mit Nele hatte sie schon fast vergessen. Bis heute, bis zu diesem Tag, an dem sie auf so wunderbare Weise die Besinnung verloren hatte. Die Frau mit den kurzen blonden Haaren sah sie belustigt an.

»Alles okay?«

»Keine Ahnung. Ich weiß gerade nicht so richtig, wer ich bin.«

»Genieße es.«

Die Frau nahm sie in die Arme und sang ihr ein Lied ins Ohr, Verena verstand kein Wort, aber es tat ihr gut. Die letzten Monate war sie viel herumgerannt, hatte versucht, mit den Entwicklungen mitzukommen. Ja, die Entwicklungen, so nannte sie das, was gerade mit ihr passierte, als ginge es um irgendeine Wirtschaftskrise oder die Klimaerwärmung. Dabei ging es eigentlich nur um sie. Um das, was sich in ihr verändert hatte, was kaum zu begreifen, kaum zu beschreiben war. Am Anfang hatte sie das alles noch amüsiert, die krassen Laktatwerte, der straffe Po, das Sehen ohne Brille, die fast schon übertriebene Beweglichkeit, die Fressattacken, die dank ihres neuen Stoffwechsels folgenlos blieben. Diese ganze Energie, die da auf einmal in ihr war, die ihr das Gefühl gab, unbezwingbar zu sein. Sie dachte, sie könnte jetzt ihr Comeback starten, an den neuen Weltrekord anknüpfen, nachdem der Internationale Sportgerichtshof in Lausanne den Dopingvorwurf gegen sie kassiert hatte. Sie dachte, sie könnte mal eben in ihre Jugend zurückkehren und alles besser machen als beim ersten Mal. Weniger Druck, mehr Spaß.

Tja, falsch gedacht.

Denn schon bei der Qualifikation zur Europameisterschaft in Wien stellte sich heraus, dass der Deutsche Schwimmverband ihr am liebsten gar keinen Startplatz gegeben hätte. Weil sie zwar juristisch entlastet war, aber trotzdem eine Siebzehnjährige blieb, die im Körper einer Fünfunddreißigjährigen steckte. Sie war kein normaler Mensch mehr, das hatte sie schnell begriffen.

Allein die Blicke der anderen, wenn sie irgendwohin kam, diese Mischung aus Neugier, Belustigung und Ekel, die man sonst vielleicht bei der Betrachtung eines interessant verstümmelten Zirkusponys gehabt hätte. Und die Pressemeute, die sich auf sie stürzte, sobald sie in der Öffentlichkeit auftauchte. In Wien mussten mehrere Ordner abgestellt werden, um sie von aufdringlichen Reportern abzuschirmen.

Als sie dann Silber gewann, ging sofort die Debatte darüber los, ob überhaupt noch von einem fairen Wettbewerb gesprochen werden könne, wenn eine wie sie mit dabei sei. Sie wurde verglichen mit Transfrauen, andere brachten das Beispiel des beinamputierten Läufers Oscar Pistorius, der mit seinen Carbonfeder-Prothesen so manchen nicht behinderten Konkurrenten hinter sich gelassen hatte. Sie bekam das Gefühl, den Erfolg nicht verdient zu haben. Obwohl sie doch objektiv betrachtet keinen körperlichen Vorteil gegenüber den anderen Siebzehnjährigen hatte. Ganz im Gegenteil, sie sah ja immer noch mehr wie eine Ü-30-Frau aus, war von ihrem Knochengerüst her viel schwerer als die Konkurrentinnen, hatte einen höheren Körperfettanteil und weniger Muskelmasse. Dafür hatte sie natürlich mehr Erfahrung und vielleicht die etwas ausgefeiltere Technik. Aber in der Summe konnte man doch nicht wirklich von einem verzerrten Wettbewerb sprechen.

Aber das war egal, sie gehörte nicht mehr dazu, sie kam sich ja selbst schon wie ein Monster vor, das nicht das Recht hatte, sich mit den Normalen zu messen. Zuspruch und Trost bekam sie vor allem von irgendwelchen Durchgeknallten, die sich von ihr Heilung oder Rettung erhofften. Eine Schuhverkäuferin aus Remscheid, die in ihrer Freizeit Tarotkarten legte, bat sie per Brief um ein paar Haarsträhnen (»mindestens zwanzig Zentimeter lang«), die sie sich gerne in ihre Haare flechten wolle, um sich mit ihr zu verbinden. Eine Schamanengruppe aus Leipzig betrachtete Verena als Wiedergeburt einer alten Gottheit. Nicht auszuschließen sei, schrieben sie per Mail, dass sie direkt vom Himmelsgott Tengri abstamme. Angehängt an die Mail war ein Video, in dem die Schamanen Verena eine grau getigerte Katze opferten.

Neulich war sie morgens aufgewacht und hatte auf einmal Akne im Gesicht gehabt, was allerdings, wie Professor Mosländer ihr später erklärte, nicht an ihrer Verjüngung, sondern an den Präparaten lag, die er ihr verabreicht hatte, um die Zellprozesse zu verlangsamen. Trotzdem schlief sie seitdem nicht mehr gut, hatte Angst vor neuen Überraschungen, die sich nachts in ihrem Körper ereignen könnten.

Durch das jahrzehntelange Training hatte sie ein feines Gespür für ihren Körper, sie kannte jede Sehne, jeden Muskel, jeden Knochen. Sie spürte sofort, wenn etwas nicht stimmte, wenn ein Band überdehnt war, ein Gelenk unsauber lief. Sie war daran gewöhnt, in sich hineinzuhorchen, aufzupassen, kleinste Veränderungen wahrzunehmen, weil dieser Körper ihr Kapital war, ihre Existenzberechtigung. Andere Menschen identifizierten sich vielleicht eher über ihre Gedanken und Erfahrungen, Verenas Identität aber entsprang vor allem diesen sechzig Kilo Haut, Fleisch und Blut, diesem einzigartigen Arbeits- und Lebensinstrument. Weshalb sie das Gefühl kaum ertragen konnte, nicht mehr dieselbe zu sein, sich zu verlieren, in einer fremden Hülle zu stecken.

Denn nichts anderes bedeutete es doch, wenn ihre Zellen sich reprogrammierten, wenn sich alles verjüngte und erneuerte, sie hatte dann vielleicht das bessere Gewebe, die frischeren Organe, die schnittigeren Nervenbahnen, aber von ihr selbst wäre nichts mehr übrig. Sie konnte sich da richtig reinsteigern, sie fühlte das Fremde in sich. Sie erinnerte sich daran, wie es früher war, wenn sie sich unsicher fühlte, wenn die anderen Dinge taten, die sie nicht verstand, wenn es Probleme gab, die nicht weggingen, Ängste, die hängen blieben. Oft hatte es ihr dann genügt, sich an die Brust zu klopfen, sich in die Unterarme zu kneifen, sich die Rippen zu reiben. Diese Kontaktaufnahme mit sich selbst hatte sie beruhigt, es war klar, dass sie sich auf ihren Körper verlassen konnte, wenn es da draußen schwierig wurde.

Und jetzt? Was konnte sie tun, um sich nicht zu verlieren? Diese Frage hatte sie auch Professor Mosländer gestellt, der ihr erklärte, dass ständig neue Zellen entstanden und alte Zellen abstarben, dass ihr Körper sich auch vor der Behandlung schon alle sieben bis zehn Jahre komplett erneuert hatte. Aber das hatte sie eben nicht gemerkt, es war ihr Körper geblieben, auch deshalb, weil jedes Jahr weniger neue Zellen nachwuchsen, als alte Zellen starben, ein Vorgang, den man landläufig als Altern bezeichnete und den sie jetzt vermisste. Denn wenn sie heute manchmal in sich hineinhorchte, dann drückte es nirgendwo, es zog nirgendwo, eigentlich fühlte sie gar nichts mehr, als wäre sie schon zu Lebzeiten verblichen.

Die Frau mit den kurzen blonden Haaren sang immer noch in ihr Ohr, es hörte sich an wie ein Wiegenlied, und Verena hoffte, dass es nie aufhörte. Die Frau hatte eine weiche Stimme und sang in einer Sprache, die Verena nicht kannte, vielleicht Portugiesisch? Oder Ungarisch? Verena erinnerte sich an ihren ersten Wettkampf im Ausland, in Budapest, wo sie vor Aufregung den Start verpasst hatte. Als die anderen von den Blöcken gesprungen waren, war sie stehen geblieben, wie eingefroren. Sie hatte auch noch dagestanden, als die anderen beim Zieleinlauf anschlugen. Bis eine ungarische Betreuerin sie vom Startblock gezogen und sanft auf sie eingeredet hatte, in dieser wunderbar fremden Sprache, die keine Antwort nötig machte.

»Geht es dir besser?«, fragte die Frau mit den kurzen blonden Haaren.

»Ich weiß nicht … Du singst schön.«

»Wollen wir was essen gehen? Du siehst ziemlich fertig aus.«

Verena nickte, und sie gingen über die Festivalwiese zu den Ständen hinüber, an denen gegrilltes Fleisch, Crêpes und Pommes verkauft wurden. Verena spürte auf einmal einen wilden Hunger und schlang eine große Portion Pommes mit Mayonnaise und Ketchup hinunter.

»Ich heiße übrigens Tanja.«

»Hallo Tanja, danke, dass du mich aufgefangen hast.«

»Gerne, du riechst gut, sogar wenn du gekotzt hast, das kann man echt nicht von jeder sagen.«

»Ich habe gekotzt?«

»Ja, vorhin. Willkommen zurück.«

Verena atmete tief durch. »Das tut mir leid, ich bin zum ersten Mal auf so einem Festival.«

»Was hast du genommen?«

»Weiß nicht, ein Typ hat mir was gegeben, da war vorne so ein Hello-Kitty-Bild drauf.«

»Verstehe. War das dieser Andy, von dem du erzählt hast?«

»Was habe ich erzählt?«

»Ich habe nicht viel verstanden, es ging um einen tätowierten Schwan, um irgendwelche Zellen und eine Silbermedaille. Hörte sich so an, als hättest du gerade einige Probleme.«

»Ja, die habe ich, es ist kompliziert …«

»Willst du darüber reden?«

»Eigentlich nicht.«

»Ist okay. Hast du noch Lust auf Tanzen oder bist du erst mal durch?«

»Wenn ich jetzt tanze, muss ich mich gleich wieder übergeben.«

»Soll ich dich nach Hause bringen?«

»Das wäre toll.«

Im Zug legte Verena ihren Kopf an Tanjas Schulter und schlief sofort ein. Als sie später die Wohnungstür aufschloss, war es, als käme sie von einer langen Reise zurück. Sie tranken Kamillentee, aßen Mangoeis mit Walnüssen und fielen müde ins Bett. Verena wachte auf, als sie Tanjas Zunge in ihrem Bauchnabel spürte. Die Sonne schien ins

Zimmer, sie hielt die Augen geschlossen und sah farbige Wolken vorüberziehen.

Als es schon wieder dunkel wurde, kochte Verena Kaffee und machte Rühreier. Tanja lag zusammengerollt im Bett, mit ihren blond gefärbten Haaren sah sie aus wie ein nacktes Küken. Verena erzählte von den letzten Monaten, von »den Entwicklungen«, von ihrer Angst, sich zu verlieren. Tanja hörte zu und nippte manchmal an ihrer Teetasse. Als Verena fertig war, küsste Tanja sie auf die Nase und sagte: »Und ich dachte schon, es wäre irgendwas Ernstes.« Dann lachte Tanja, sie hatte eine scheppernde Fernfahrerlache, die überhaupt nicht zu ihr passte, aber sehr ansteckend war, weshalb auch Verena lachen musste.

»Ich habe in irgendeiner Zeitung über dich gelesen«, sagte Tanja, »ich weiß noch, dass ich ein bisschen neidisch war.«

»Und bist du jetzt immer noch neidisch?«

»Ich verstehe jetzt, glaube ich, ein bisschen dein Problem. Andererseits …«

»Andererseits?«

»Na ja, dein Arsch und deine Titten sind der absolute Hammer!«

»Hör auf, dich über mich lustig zu machen!«

»Sorry! Aber es ist so schwer, dich zu bedauern! Ich verstehe ja, dass es kompliziert ist, aber du musst zugeben, dass es auch den einen oder anderen Vorteil gibt. Ich meine, du erlebst jetzt quasi noch mal eine zweite Jugend, während ich mich unaufhaltsam auf die vierzig zubewege. Mein Mitleid hält sich also in gewissen Grenzen.«

»Das mit der Jugend dachte ich auch, aber es funktioniert leider nicht.«

»Ach so?«

»Weil Jugend vor allem im Kopf stattfindet. Man bekommt die Begeisterung nicht zurück, die Naivität, die Neugier. Und diese ständigen ersten Male. Dieses Gefühl, als ich endlich meine erste eigene Wohnung hatte, als ich zum ersten Mal auf einem Motorrad saß. Als ich zum ersten Mal in New York war. Das alles kommt leider nicht wieder, nur weil ich auf einmal tolle Leberwerte habe.«

Tanja lachte auf. »Wenn ich das richtig sehe, dann hattest du allein in den vergangenen vierundzwanzig Stunden drei ziemlich bedeutende erste Male: Du warst zum ersten Mal auf einem Festival, du hast zum ersten Mal Ecstasy genommen und du hast vermutlich zum ersten Mal in deinem Leben mit einer Frau geschlafen. Viel mehr Jugend geht doch gar nicht, oder?«

Verena überlegte. »Ja, das stimmt, aber das ist doch nur so, weil ich in meiner eigentlichen Jugend so wenig erlebt habe. Ich meine, schau mich an, ich bin offiziell fünfunddreißig und war noch nie wirklich betrunken, habe noch nie eine richtige Dummheit gemacht, war immer brav und diszipliniert.«

»Na, umso besser! Dann bist du doch genau die Richtige für dieses Verjüngungsprogramm. Ich schätze, Gott hat sich da oben hingesetzt und darüber nachgedacht, wer von seinen Schäfchen am meisten verpasst hat in seiner Jugend, und da stand dein Name eben ganz oben auf der Liste. Lucky you!«

Verena griff nach Tanjas Arm. »Es tut gut, mit dir zu reden. Ich bin irgendwie darauf gepolt, vor allem die Probleme zu sehen, alles, was nicht funktioniert.«

»Wahrscheinlich wärst du sonst als Sportlerin nicht so

gut geworden. Ich finde übrigens, du solltest auch jetzt nicht aufgeben, nur weil die anderen dich seltsam finden.«

»Wie meinst du das?«

»Ich meine, du solltest weiter bei Wettkämpfen antreten und denen so richtig den Arsch versohlen. Wenn du mich fragst, ist es das, was du eigentlich am allermeisten willst.«

»Mmhh, ich weiß nicht. Ich merke, dass es mir auf einmal total schwerfällt, mich zu motivieren, gierig zu sein, auf ein Ziel hinzuarbeiten.«

»Weil du es eigentlich viel spannender findest, dich von gut aussehenden Frauen auf Festivals antanzen zu lassen?«

»Ganz klar. Aber ich glaube auch, dass es schwer ist, etwas Außergewöhnliches zu leisten, wenn man es genauso gut auch nächstes Jahr machen könnte. Oder übernächstes.«

»Dir fehlt der Zeitdruck?«

»Uns wurde immer eingebläut, dass wir nur wenige Jahre haben, um wirklich etwas zu reißen. Wir haben ewig an unseren Körpern gearbeitet, um dieses winzige Zeitfenster zu nutzen, in dem alles klappen muss. Olympia findet eben nur alle vier Jahre statt, als Schwimmerin hast du maximal drei Versuche. Eine Grippe im falschen Moment reicht aus, dann sind es nur noch zwei. Ein Missgeschick, und die Chance ist vertan. Das ganze System ist darauf aufgebaut, keine Zeit zu haben, und dann erfahre ich auf einmal, dass Zeit für mich von nun an keine Rolle mehr spielt.«

»Und du lässt dich treiben und wirst ein bisschen bräsig, und dann wird es immer schwieriger, wieder reinzukommen. Kenne ich, auch wenn ich keine Leistungssportlerin bin. Wahrscheinlich ist es dann doch ganz gut so, wie es ist.«

»Was?«

»Na, dass unser Leben so begrenzt ist, dass wir nur eine bestimmte Zeit haben, in der wir es leben müssen. Ein griechischer Philosoph hat mal gesagt: Erst die Sterblichkeit gibt uns Menschen die Möglichkeit, unsterbliche Dinge zu tun.«

»Scheiße, ich will das alles nicht, ich will wieder normal sein!«

»Du kannst doch jetzt beschließen, dich in zehn Jahren umzubringen, das würde den Zeitdruck sofort erhöhen.«

»Super Idee. Kannst du bitte mal kurz ernst bleiben? Ich meine, es geht hier um mein Leben, um mein neues, beschissenes Leben!« Tränen liefen über Verenas Wangen, Tanja sah sie erschrocken an.

»Tut mir leid … ich wollte dich nicht …«

»Ist schon okay. Weißt du, am Anfang dachte ich ja selbst, dass es ein unglaubliches Geschenk ist, einfach mal ein paar Jahre dazuzubekommen. Erst jetzt kapiere ich langsam, was ich alles verliere … Aber lass uns über was anderes reden, erzähl mir was von dir.«

»Was willst du wissen?«

»Na, zum Beispiel, woher du die griechischen Philosophen kennst.«

»Hab ich mal studiert, allerdings nur bis zum zweiten Semester.«

»Und später?«

»Ist nichts Besonderes passiert.«

»Erzähl!«

»Was soll ich erzählen? Ich habe hier und da gejobbt, habe hier und da gelebt, im Grunde habe ich so getan, als wäre ich unsterblich. Nur dass ich das eben nicht bin und auch nicht weiß, wie es weitergehen soll, noch immer keine Frau fürs Leben habe und mich schon von der Endlichkeit überfordert fühle.«

»Du meinst, dass eigentlich *du* hier der Problemfall bist?«, sagte Verena lächelnd.

»Daran besteht kein Zweifel.«

»Und was kann ich tun, um deine Probleme ein wenig zu lindern?«

»Nun, ich hätte da ein paar Vorschläge«, sagte Tanja, setzte sich auf Verenas Schoß und begann, ihre Bluse aufzuknöpfen. »Nur um dir zu zeigen, dass es manchmal auch ganz schön sein kann, etwas zum zweiten Mal zu tun.«

»Verstehe«, sagte Verena und zog den Reißverschluss von Tanjas Jeans auf. »Was war das eigentlich für eine Sprache, mit der du mir beim Festival ins Ohr gesungen hast?«

»Erzähle ich dir später.«

JENNY

Die Untersuchungen fanden in der Klinik für Geburtsmedizin der Charité statt. Seit drei Tagen war Jenny hier, sie hatte ein Einzelzimmer mit Ledercouch und Marmorbad im zwölften Stock. Durch die bodentiefen Fenster konnte sie über die Stadt blicken, sie sah die Lastkähne auf der Spree und die Fahnen auf dem Reichstagsgebäude, die Kupferpferde auf dem Brandenburger Tor galoppierten durch tief hängende Wolken. Die Stationsschwester hatte gesagt, das seien die Zimmer, in denen normalerweise die Privatpatienten aus Saudi-Arabien oder Weißrussland untergebracht wurden. Dass sie jetzt hier lag, war vermutlich kein gutes Zeichen, das schlechte Gewissen der Klinikleitung musste riesig geworden sein.

Wenn Jenny ihr Zimmer verließ, traf sie entweder auf hochschwangere Frauen, die sich wie Walrosse durch die Gänge schleppten, oder auf junge Mütter, die gerade entbunden hatten und völlig entkräftet neben ihren Babybettchen kauerten. Jenny gehörte weder zu den einen noch zu den anderen. Sie hatte zwar einen durchaus vorzeigbaren Schwangerschaftsbauch, den sie zweimal täglich mit Frei-Öl einschmierte, aber ihr Baby war offenbar noch nicht bereit für die Welt, obwohl sie schon zwei Monate über dem errechneten Termin war.

Warum das so war, darüber konnten bisher auch die Ärzte nur mutmaßen. In gynäkologischen Fachkreisen galt sie als »eine ziemliche Sensation«, wie Professor Mosländer es gestern formuliert hatte, wobei sie sich nichts mehr wünschte, als eine von den Frauen auf den Gängen zu sein, die zwar nicht viel davon ausstrahlten, was immer so verheißungsvoll als »Mutterglück« bezeichnet wurde, die aber wenigstens wussten, woran sie waren.

Das war am Anfang der Schwangerschaft eigentlich das Schönste gewesen, dieses Genau-wie-die-anderen-Sein. Im Geburtsvorbereitungskurs hatte sie niemandem von ihrer Zeit als Legehenne erzählt, auch nicht vom Wartezimmer in der Kinderwunschklinik oder dem Fruchtbarkeitskalender-Sex. Sie war ein dicker Bauch unter vielen gewesen, eine ganz normale Mutter. Sie hatte die Gespräche gemocht, in denen es um die Vorteile von breitreifigen Kinderwagen, kneifende Schwangerschafts-BHs und die korrekte Zubereitung eines warmen Lindenblütenwickels ging.

Klar musste sie sich manchmal beherrschen, wenn die anderen sich beschwerten, dass man plötzlich Krampfadern an den Beinen sah, wenn sie jammerten, weil sie nicht mehr richtig schlafen konnten oder an den Hüften etwas Speck zulegten, wenn sie ein morgendliches Schwindelgefühl für eine dramatische Veränderung hielten. Dann hätte sie die eine oder andere schon ganz gerne mal geschüttelt und ihnen gesagt, was für ein verdammtes Glück sie hatten. Aber auch das war letztlich nicht wirklich wichtig, zumal sie irgendwann selbst anfing, die kleinen Leiden für etwas Großes zu halten, weil die Gegenwart dann eben doch meistens wichtiger war als die Vergangenheit.

Sie war Kursbeste im Hecheln und im Beckenbodentraining, sie war mit vierzig die Älteste und wurde von den anderen für ihr festes Bindegewebe, ihren strahlenden

Teint und die makellose Haut bewundert. Sie sagte, es sei vermutlich alles eine Frage der Gene, und genoss die neidischen Blicke. Kurzum, sie hatte das Gefühl, das Leben sei letztlich doch gerecht.

Umso härter war dann der Aufprall gewesen, als plötzlich wieder die richtigen Probleme begannen, als das Kind nicht wachsen wollte und ihre Schwangerschaft kein Ende nahm. Die anderen aus dem Kurs hatten ihre Kinder längst bekommen, sie trafen sich zu PEKiP-Kursen, schwenkten bunte Seidentücher über den rosigen Säuglingsgesichtern und schickten permanent Fotos in die Whatsapp-Gruppe. Nur sie hatte immer noch ihren dicken Bauch, trainierte ihren Beckenboden und wartete, dass etwas passierte.

Pünktlich um zehn betrat Professor Mosländer in Begleitung von zwei Ärztinnen das Zimmer. Er hatte diesen Gesichtsausdruck, den Jenny mittlerweile zur Genüge kannte, diese Mischung aus Bedauern und demonstrativem Mitgefühl. Die Kolleginnen in ihren frisch gebügelten Kitteln versteckten sich hinter ihm.

»Frau Radtke, wie geht es Ihnen?«

»Geht so.«

»Ich hoffe, wir kommen nicht ungelegen?«

»Doch, ich wollte gerade die Fenster putzen, und später kriege ich noch Besuch vom Bundespräsidenten.« Der überraschte Blick des Professors verriet ihr, dass Ironie wohl eher nicht zu seinen Kernkompetenzen zählte.

»Wissen Sie, wir haben Ihren Fall gerade ausführlich diskutiert, und natürlich ist bei der Interpretation große Vorsicht geboten, weil es ja gewissermaßen keine Vorbilder gibt … also Vorbilder im Sinne von …«

»Herr Professor, sagen Sie mir doch bitte klipp und klar, wie die Lage ist, ich kann damit umgehen.«

»In Ordnung. Also, wir haben keinen Zweifel mehr daran, dass die Zellverjüngung auch auf Ihr Kind übergegriffen hat, vermutlich weil Stoffe aus Ihrem Blutkreislauf über die Plazenta in den Körper des Kindes gelangen. Es liegt auf jeden Fall eine Unterentwicklung vor, die mit jeder Schwangerschaftswoche zunimmt.«

»Das heißt, mein Kind wird wieder kleiner?«

»Kleiner wird es nicht, aber einige Organe bilden sich zurück. Wir haben ja gesehen, dass der Fötus sich in den ersten sechs Monaten völlig normal entwickelt hat, dann muss die Reprogrammierung auch im Körper Ihres Kindes begonnen haben, wobei das natürliche Wachstum und die gleichzeitig stattfindende Verjüngung sich zunächst die Waage hielten.«

»Es wurde also weder älter noch jünger?«

»Genau, es stagnierte, etwa anderthalb Monate lang, Sie erinnern sich vermutlich, wir waren damals ziemlich besorgt.«

»Ja, klar erinnere ich mich, aber dann war doch wieder alles gut.«

»Das dachten wir in der Tat, weil das Knochengerüst und das Gehirn weiterwuchsen und auch eine Gewichtszunahme stattfand, die zwar nicht altersgerecht, aber gerade noch akzeptabel war. Sogar das Organwachstum war dann wieder mehr oder weniger normal. Aber seit etwa zwei Wochen scheint eine neue Phase begonnen zu haben, wir beobachten eine Regression des Lungensystems und der großen Blutgefäße, was unter normalen Umständen völlig unerklärlich wäre.«

»Was bedeutet das?«

»Regression bedeutet, dass sich die Organe zurückbilden, was eigentlich völlig unmöglich ist, vor allem in diesem Entwicklungsabschnitt. Die einzige Erklärung, die wir dafür haben, ist, dass die zelluläre Verjüngung stärker geworden ist als das natürliche Wachstum des Kindes.«

Jenny blickte aus dem Fenster, zwei Krähen kreisten am grauen Himmel, sie spürte, wie ihr Körper erschlaffte, ihre Augen wurden schwer. Von wegen sie konnte damit umgehen, gar nichts konnte sie, die Stimme des Professors hallte in ihrem Kopf. Sie streichelte den Bauch, in dem ihr Kind schlummerte, das von alldem hier nichts wusste. Oder es viel besser wusste. Sie hätte es jetzt gerne an sich gedrückt, ihm beruhigend etwas zugeflüstert. Nicht mal ein Zentimeter lag zwischen ihrer Hand hier draußen und dem Köpfchen dadrinnen. Ein bisschen Haut, ein bisschen Gewebe und eine Gebärmutterwand, mehr war doch da gar nicht. Und doch schien ihr Kind gerade sehr weit weg zu sein, so unerreichbar. Als würde es erst zu dieser Welt gehören, wenn es hier draußen angekommen war. Sie blickte Professor Mosländer an.

»Und jetzt?«

»Es gibt nach unserem Ermessen grundsätzlich … zwei Möglichkeiten, beide mit großen Unwägbarkeiten verbunden, aber wenn Sie wollen, können wir uns später darüber unterhalten, wenn Sie vielleicht …«

»Sagen Sie schon, es wird ja später auch nicht leichter, oder?«

»Nein, vermutlich nicht«, sagte der Professor, sein Kinn begann zu zittern, der Rest seines Gesichts versuchte, Haltung zu bewahren. Sie kannte dieses Kinnzittern als erste Stufe des unterdrückten Männerweinens, bei ihrem Vater hatte es so ähnlich ausgesehen, als er mit den Jahren immer weicher geworden war. Seltsamerweise führten die Gefühlsausbrüche anderer Menschen bei ihr oft zu einer emotionalen Abkühlung, es war so, als nähmen ihr die anderen die Gefühle weg. Auch jetzt spürte sie eine große Ruhe in sich aufsteigen. Professor Mosländer fand nach einem kurzen Stocken die Beherrschung wieder.

»Wir könnten einen Kaiserschnitt machen, was allerdings eine große Gefahr für das Kind darstellen würde, weil Lunge und Herz zu schwach ausgebildet sind und eine künstliche Beatmung, wenn sie denn überhaupt funktionieren würde, bleibende Schäden hinterließe.«

»Und die zweite Möglichkeit?«

»Es gibt ein Medikament, ein sehr hoch dosiertes Kombinationspräparat, das die Zellverjüngung verlangsamen könnte, aber eben auch den gesamten Organismus in Mitleidenschaft zieht. Diese Behandlung wäre für Sie sehr gefährlich, um nicht zu sagen ... lebensbedrohlich.«

»Also entweder stirbt mein Kind. Oder ich.«

Professor Mosländer sah sie mit gequältem Blick an. »Wir denken, dass es eine Chance von fünfzig Prozent gibt, dass die Behandlung anschlägt und Ihr Kind überlebt, dreißig Prozent, dass Sie beide überleben.«

»Aber wenn ich sterbe, wie kann mein Kind dann weiterleben?«

»Wir würden Sie in ein künstliches Koma versetzen und maschinell Ihre Vitalfunktionen erhalten, so lange, bis Ihr Kind von sich aus lebensfähig ist.«

»Krass, ein Kind wird von einer Leiche geboren. Und das funktioniert?« Sie hörte sich beim Sprechen zu, war irritiert von der eigenen Teilnahmslosigkeit. Warum war sie nicht verzweifelt? Warum heulte sie nicht? »Und wenn man gar nichts macht?«, fragte Jenny und streichelte ihren Bauch, »vielleicht beginnt irgendwann eine neue Phase, in der das Kleine wieder anfängt zu wachsen.«

Professor Mosländer atmete tief ein. »Ich kann auch das nicht ausschließen, aber es ist sehr unwahrscheinlich. Wenn wir gar nichts tun, wird Ihr Kind höchstwahrscheinlich im Uterus sterben.«

Waren die niederschmetternden Sätze des Professors bisher an Jenny vorbeigeflogen, spürte sie nun einen dumpfen Schmerz, der durch ihren Unterkörper zog. Ihr war völlig klar, dass sie um jeden Preis ihr Kind retten musste, dass nichts anderes in Betracht kam. Sie selbst war nicht wichtig, sie fühlte keine Angst, wenn sie an ihr eigenes Schicksal dachte, ihre Sorge galt dem Kind, und sie begriff auf einmal, was es bedeutete, Mutter zu sein. »Ich nehme das Medikament, wann können wir damit beginnen?«, sagte sie leise.

»Wir sollten nichts überstürzen. Sie müssen sich das alles in Ruhe überlegen, außerdem wollen Sie doch sicher noch mal …«, wieder begann das Kinn des Professors zu zittern, »… mit Ihren Angehörigen und Freunden sprechen.«

Jenny stellte sich vor, wie es wäre, wenn ihre Eltern, ihre Schwester und ihre besten Freundinnen, Ella und Constanze, hier vor ihrem Krankenbett säßen, womöglich musste sie auch noch ihrer Patentante Bescheid sagen, und Thomas. Und Bernd, ihrem Nachbarn, der in den letzten Monaten so oft bei ihr in der Küche gesessen hatte, der so gut zuhören konnte und fantastische Spaghetti Frutti di

Mare kochte. Was für eine grauenhafte Vorstellung, ihnen das alles erzählen zu müssen.

Außerdem war Jenny abergläubisch, sie war überzeugt davon, dass etwas wahrscheinlicher wurde, wenn man es selbst für möglich hielt. Sie bevorzugte es, dem Unglück die Tür vor der Nase zuzuschlagen, es mit Ignoranz zu strafen, es nicht mal im Ansatz in Betracht zu ziehen. Sie klammerte sich an diesen Aberglauben, auch wenn die Erfahrungen der letzten Jahre ihn komplett lächerlich erscheinen ließen. Aber wer ernsthaft davon ausging, dachte Jenny, dass man Fragen des Aberglaubens ausschließlich mit Vernunft begegnen sollte, dem war ja auch nicht mehr zu helfen.

»Ich will mit niemandem sprechen und würde es gerne so schnell wie möglich hinter mich bringen.«

»Sind Sie sicher? Frau Radtke, Sie sollten sich wirklich Zeit zum Nachdenken nehmen.«

»Ich bin mir sicher und ich weiß, ich werde es immer weniger sein, je mehr ich darüber nachdenke.«

Der Professor ging zum Fenster und schaute hinaus. »Es tut mir unglaublich leid, dass ich Sie in diese Lage gebracht habe. Ich werde mir das nie verzeihen.«

»Ich verzeihe Ihnen, ich habe mich freiwillig für diese Medikamentenstudie entschieden, meine Herzprobleme sind verschwunden, niemand hat damit gerechnet, dass ich schwanger werde, Sie müssen sich keine Vorwürfe machen.«

»Das ist freundlich von Ihnen, aber Sie können mir das nicht abnehmen. Außerdem gibt es da noch eine Sache, die Sie wissen sollten, vielleicht hat das einen Einfluss auf Ihre Entscheidung.«

»Was denn?«

»Es geht um den Vater des Kindes. Sie hatten uns seine Blutgruppe mitgeteilt, weil das wichtig sein könnte für die postnatale Behandlung des Kindes. Allerdings kann die von Ihnen angegebene Blutgruppe nicht die des Vaters sein.«

»Kann nicht?«

»Ausgeschlossen.«

Jenny war verwirrt, sie hatte Gregor nach ihrem Seitensprung im Hotel von der Schwangerschaft erzählt und ihn nach seiner Blutgruppe gefragt. Gregor war total durch den Wind gewesen, hatte er ihr aus Versehen den falschen Wert genannt? Oder war er doch nicht der Vater? Jennys Herz pochte schneller, die Gedanken schossen ihr durch den Kopf. Wenn Gregor nicht der Vater war, dann konnte es nur Thomas sein, ihr immer noch rechtmäßig angetrauter Ehemann, den sie seit einem Jahr nicht gesehen hatte, der kein Wort mehr mit ihr gesprochen hatte seit dem Tag, an dem sie ihm den Betrug gebeichtet hatte. Aber war es denn möglich, dass sie einfach so von Thomas schwanger geworden war? Ohne hormonelle Unterstützung? Ohne Absaugschlauch und Embryotransfer?

Gut, sie war zu der Zeit acht Jahre jünger gewesen, als sie dachte, also einunddreißig. In der Kinderwunschklinik hatten sie ihr immer wieder erklärt, wie wichtig das Alter der Mutter bei der ersten Schwangerschaft sei. Die Schallgrenze lag bei fünfunddreißig, darüber wurde es schwieriger. Als sie Thomas von ihrem Ausrutscher erzählt hatte, wusste sie noch nichts von ihrer Verjüngung. Und später, als sie es wusste, war ihr nicht mal der Gedanke gekommen, dass diese Reise durch die Zeit vielleicht auch ihre Karten in der Kinderlotterie neu gemischt hatte.

Sie musste dringend mit Thomas sprechen. Wenn er wirklich der Vater war, dann änderte das alles. Vermutlich wäre dann auch die Frage geklärt, bei wem ihr Kind aufwachsen würde, falls sie bei der Behandlung starb. Sie hatte vorhin kurz an Ella gedacht, die sie in der Kinderwunschklinik kennengelernt hatte und die noch immer versuchte, Mutter zu werden. Irgendwie würde das passen, Ella und ihr Kind. Aber Thomas würde natürlich auch passen. Jenny fiel auf, dass sie schon ewig nicht mehr an ihn gedacht hatte. Wie konnte es sein, dass man so lange mit jemandem zusammen war und ihn dann so schnell vergaß?

»Ich kläre das mit der Blutgruppe … und alles andere«, sagte sie. Der Professor nickte und verließ mit seinen Kolleginnen das Zimmer.

Thomas kam am frühen Abend, kurz nachdem die Beleuchtung der Kupferpferde auf dem Brandenburger Tor angegangen war. Es wirkte erstaunlich normal, wie er da vor ihr auf dem Ledersofa saß. Er trug die karierte Jacke, die er fast immer anhatte, um seinen Hals hingen die schwarzen Bose-Kopfhörer, mit denen er so gerne in andere Sphären verschwand, in Welten, die hauptsächlich von androgynen isländischen Singer-Songwriterinnen bewohnt waren.

Sie dachte daran, wie es gewesen wäre, wenn sie keine Probleme beim Kinderkriegen gehabt hätten, wenn sie heute als Kleinfamilie in ihrer gemütlichen Wohnung lebten, im Sommerurlaub zu ihren Eltern nach Konstanz fahren würden und im Winterurlaub zu seinen Eltern in die Bayerischen Alpen. Sie hätte vermutlich nur noch halbtags gearbeitet, das war ja kein Problem im öffentlichen Schuldienst, außerdem verdiente Thomas gut bei der Bank. Sie hätte am Nachmittag das Kind aus der Kita abgeholt, und nach einer schönen Zeit auf dem Spielplatz, umgeben von anderen erschöpften, aber glücklichen Müttern, hätte sie die Gemüsequiche vorbereitet, die sie am Abend, begleitet von einer halben Flasche Rotwein, auf dem Balkon verzehrt hätten.

Und niemand wäre auf die Idee gekommen, dass es auch anders hätte laufen können, weil man das Leben, das man führte, ja immer für alternativlos hielt. Das zeichnete ein gutes Paar aus, dass es sich eine Geschichte erzählte, die vom großen Glück handelte, dem perfekten Partner begegnet zu sein. Oder auch von dem großen Unglück, das es bedeutet hätte, wenn man sich aus irgendwelchen Gründen nicht begegnet wäre.

Nur dass Jenny blöderweise anders tickte. Statt sich wohlig im eigenen Schicksalsmythos zu wälzen, hatte sie sich immer vorgestellt, was wohl passiert wäre, wenn sie auf dieser einen Studentenparty nicht mit Thomas, sondern mit Mirco getanzt hätte. Sie hatte ständig das Gefühl, das Leben, das eigentlich für sie vorgesehen war, würde gerade von jemand anderem gelebt.

Das hatte auch nicht erst mit Thomas begonnen, schon als Kind hatte sie sich manchmal gefragt, wie es wohl wäre, die Tochter der Eltern ihrer Banknachbarin Melanie Scheidemann zu sein. Dabei war sie weder unglücklich mit ihren Eltern, noch hielt sie die Familie Scheidemann für besonders toll. Sie konnte einfach nicht anders.

Als Thomas am nächsten Tag per Gentest offiziell zum Vater ihres Kindes erklärt wurde, brach er schluchzend zusammen. »Warum ist bei uns alles so schwierig?«, murmelte er immer wieder. Sie redeten bis tief in die Nacht, so nüchtern und ehrlich, wie es nur ein getrenntes Paar tun konnte. Es war erstaunlich und eigentlich auch schade, dachte Jenny, dass man die besten Beziehungsdiskussionen immer erst führte, wenn die Beziehung schon beendet war. Wenn man nichts mehr erwartete und nichts mehr geben musste. Wenn alles nur noch freiwillig war. So hatte sie das auch mit Matthias, ihrem ersten Freund, erlebt, der nach einer ziemlich anstrengenden Beziehung ein wirklich guter Kumpel geworden war, mit dem sie dann auch vortrefflich die Probleme ihrer nächsten Beziehungen besprechen konnte.

»Du kannst das mit unserem Kind … ich meine, du kannst das doch nicht einfach so entscheiden«, sagte Thomas.

»Was würdest du denn tun?«

»Das ist es ja, ich kann nichts tun. Ich würde das Zeug schlucken, wenn ich euch beide damit retten könnte.«

»Das ist die schönste Liebeserklärung, die du mir je gemacht hast.«

»Wir hätten glücklich sein können«, sagte Thomas und sie nickte, obwohl sie wusste, dass es komplizierter war. Thomas gehörte zu den Menschen, die davon ausgingen, dass man ein Gefühl nur lange genug festhalten musste, um es in einen Zustand zu verwandeln. Irgendwann war man dann eben glücklich, und wenn man keine blöden Fehler machte, dann blieb man es für immer. Bei ihr war es eher so ein Flackern, die Gefühle rutschten ihr durch die Finger, waren schon kurz nach dem Auftauchen wieder verschwunden. Sie fand es seltsam, Glück zu erwarten, darauf zu bestehen. Wer ständig mit Glück rechnete, dachte sie, der wurde umso härter vom Unglück überrascht.

»Jenny, du hast das Recht, dich selbst zu retten, du musst dich nicht für das Kind opfern.«

»Ich fände das nicht fair. Wir haben uns entschieden, unser Schicksal nicht zu akzeptieren, und haben alles darangesetzt, ein Kind zu bekommen. Auch wenn das vielleicht ein Fehler war.«

»Warum soll das ein Fehler gewesen sein?«

»Keine Ahnung, vielleicht war das Schicksal schlauer als wir und wusste, dass wir gar nicht zusammengehören, und wollte da nicht noch ein Kind mit reinziehen. Wir wollten es erzwingen und haben uns dabei verloren. Und jetzt soll unser Kind den Preis dafür zahlen, dass wir es unbedingt haben wollten?«

»Nein, natürlich nicht … Ich meine ja nur … Denkst du wirklich, dass wir nicht zusammengehören?«

»Darum geht es doch jetzt gar nicht! Es geht um unser Kind!«

Thomas blickte sie leidend an. »Aber ich ertrage das nicht, du kannst mich doch nicht alleinlassen!«

»Du bist der Vater, das wolltest du doch unbedingt werden.«

»Ich wollte mit dir zusammen sein.«

In diesem Moment wusste Jenny, dass Thomas recht hatte. Es war ihre Sehnsucht gewesen, sie hatte ihn dazu gedrängt, eine Familie zu gründen. Er wäre auch so zufrieden gewesen, er war ja immer irgendwie zufrieden.

Ganz im Gegensatz zu ihr. Sie musste das Unmögliche erzwingen, sie brauchte immer neue Beweise dafür, dass ihr Leben das richtige war. »Durch unser Kind wirst du immer mit mir zusammen sein«, flüsterte sie, und er nickte stumm.

Zwei Tage später bekam sie die Infusion, der Plastikbeutel hing über ihr, sie sah die Tropfen, die durch den Schlauch in ihre Vene liefen. Thomas saß neben ihr, sie taten so, als wäre es nichts Besonderes. Er erzählte von Norwegen, wo er diesen Sommer hingefahren war, ganz alleine, was aber gar nicht schlimm gewesen sei, weil eigentlich jeder in diesem riesigen, leeren Land auf die eine oder andere Art alleine war, wie er meinte. Thomas erzählte ihr von den Barschen und Wildlachsen, die er dort gefangen hatte, von der klaren Luft und den moosbewachsenen Ufern, die sich im Wasser spiegelten.

Es war schön, ihm zuzuhören, sie reiste durch Fjorde und über felsige Berge, deren Gipfel durch die Wolken stießen. Sie fragte sich, ob es beim Sterben so ähnlich war, dass man nur noch Wolken sah, dass man mit ihnen flog und irgendwann verschwand. Sie fragte sich, wie die Stimme ihres Kindes klingen würde und, wenn es ein Mädchen war, ob es so rote Haare haben würde wie sie.

Sie spürte, wie ihr Körper schwerer wurde und ihr Kopf ganz leicht, ihre Gedanken zogen davon, irgendwohin, vielleicht nach Norwegen.

MARTIN

Der Inkubator piepste leise, als die Betriebstemperatur von 37,5 Grad erreicht war. Durch das doppelwandige Glas des Wärmeschranks betrachtete Martin die in der Nährlösung schwimmenden Gewebeproben, die seine Assistenten am Nachmittag aus den Lungenflügeln von acht Mäusen herauspräpariert hatten. Martin gähnte, er sah sein Gesicht in der spiegelnden Tür des Wärmeschranks, die blasse Haut, die Bartstoppeln, die dunklen Ringe unter den Augen. Er nahm einen großen Schluck aus dem Becherglas, das Frau Holzig ihm für die Nacht vorbereitet hatte, eine trübe Mischung aus Koffein- und Vitamintabletten, Ephedringranulat und Traubenzucker, die ihn daran hindern sollte, vor Müdigkeit umzufallen. Es war die dritte Versuchsreihe an diesem Tag, die anderen waren schon lange nach Hause gegangen, aus der Stereoanlage rieselten Strawinskys Klavieretüden in Opus 7, unterbrochen nur von gelegentlichen Schnarchgeräuschen, die aus der Ecke hinter der Abzugshaube kamen, in der Charles seinen wohlverdienten Nachtschlaf hielt.

Seit Wochen hatte Martin das Labor kaum verlassen, sogar auf die Spaziergänge mit Charles musste er verzichten, es war einfach keine Zeit. Alle drei Tage fuhr er kurz nach Hause, duschte und wechselte die Kleidung, nachts schlief er nicht länger als zwei Stunden, auf seiner Campingliege, die neben Charles' Hundekissen stand. Was für ein Glück, dachte Martin jetzt manchmal, dass er selbst auch jünger geworden war, ansonsten würde er das alles gar nicht durchstehen.

Nach wie vor bestand sein größtes Problem darin, dass er zwar ein bahnbrechendes Mittel entdeckt hatte, aber nicht in der Lage war, es zu steuern. Es war so, als hätte man einen Motor in ein Auto eingebaut, ohne zu wissen, wo sich das Gaspedal und die Bremse befanden. Ständig musste er an die zwei Probanden denken, die drüben in der Klinik auf der Intensivstation lagen. Wenn er nicht bald herausfand, wie die zelluläre Reprogrammierung zu stoppen oder gar umzukehren war, dann würden weder der Junge noch die Schwangere die nächsten Wochen überleben.

Martin vermied es, die Namen seiner Probanden auszusprechen oder auch nur zu denken, am liebsten benutzte er ihre Laborkennungen, der Junge hatte die B1C4, die Schwangere die B1C3. Das machte es leichter, denn sobald ein Name ins Spiel kam, wurde aus einem Probanden ein Mensch. Martin war daran gewöhnt, mit Mäusen und Zebrafischen zu arbeiten, mit Menschen hatte er wenig Erfahrung. Er spürte eine große Verunsicherung, wenn er mit seinen Probanden reden musste, auch deshalb, weil ihm selbst auffiel, wie wenig er sie ansonsten als Menschen betrachtete. Für ihn waren sie in erster Linie Organismen, er interessierte sich für ihre Zellstrukturen, für ihre Aminosäureabfolgen und DNA-Sequenzen. Wobei ihm natürlich bewusst war, dass diese Art der Betrachtung anderen Menschen äußerst seltsam erscheinen musste, weshalb er versuchte, in den Gesprächen mit ihnen besonders sensibel und empathisch zu sein.

Am unangenehmsten war dieses ständige Schuldgefühl, das er seinen Probanden gegenüber empfand. Was vermutlich vor allem damit zu tun hatte, dass er wirklich Schuld auf sich geladen hatte. Er hätte nicht mit den klinischen Versuchen beginnen dürfen, ohne Absicherung, ohne Exitstrategie. Es tröstete ihn auch nicht, dass sowohl der Ethikrat der Charité als auch die vom Ministerium eingesetzte Kommission ihn von jeglichem Fehlverhalten freigesprochen hatten. Sicher, es stimmte, dass seine vier Probanden ohne seine Herzmuskelbehandlung kein besonders langes Leben mehr gehabt hätten. Natürlich war er mit großer Vorsicht und Sorgfalt vorgegangen, hatte das Humanexperiment erst in Erwägung gezogen, als die Daten aus den Vorstudien kohärent und vielversprechend waren. Selbstverständlich hatte er seine Forschungsdaten von Kollegen begutachten lassen, die alle der Meinung waren, die Studie am Menschen sei der nächste logische Schritt.

Aber zur Wahrheit gehörte auch, dass er es unbedingt gewollt hatte. Er hatte seine Ungeduld gespürt, seinen Willen zum Erfolg. Nicht irgendein Erfolg, ein richtiger Knaller, der auch an der Harvard Medical School, seiner alten Wirkungsstätte, für Aufsehen sorgen würde. Er wollte die Kollegen beeindrucken, vor allem diejenigen, die nicht mehr mit ihm gerechnet hatten, die dachten: Ach, der Mosländer, war eigentlich mal ein ziemlich talentierter Wissenschaftler, aber leider hat er dann doch nichts wirklich Großes geschafft. Schade um ihn, schade um sein Talent.

Ja, er sprach nicht viel mit anderen Menschen, dafür dachte er umso mehr über ihre möglichen Gedanken nach, die er dann wiederum mit eigenen Gedanken parierte. Er mochte diese stummen Gespräche, die vor allem in den langen, einsamen Stunden im Labor stattfanden, während er Mäuselungenflügel in Nährlösungen tauchte.

Das Gespräch mit Jakobs Mutter, das vor ein paar Tagen ganz real stattgefunden hatte, hatte ihn zusätzlich verunsichert. Denn obwohl er mit Hochdruck daran arbeitete, seine Probanden aus der Herzmuskelstudie zu retten, floss doch auch immer mehr Zeit in die Entwicklung des Verjüngungsmedikaments, das allenthalben so sehnlich erwartet wurde. Und natürlich stimmte es, dass beide Aufgaben eng miteinander verbunden waren, er konnte Jakob und Frau Radtke nur retten, wenn er es schaffte, den Verjüngungsprozess zu kontrollieren. Was wiederum die Voraussetzung für das neue Medikament war. Aber letztlich war es vor allem der Ehrgeiz, der Martin immer weitertrieb, der nichts mit seinen Probanden, seinem wissenschaftlichen Arbeitsethos oder anderen edlen Motiven zu tun hatte, sondern einzig und allein mit der Gier nach Erfolg. Ja, es klang herzlos und schlimm, aber es stimmte leider, es war diese Gier, die ihn stärker beflügelte als sein schlechtes Gewissen oder seine ärztliche Verantwortung. Auch deshalb arbeitete Martin gerade so hart, er musste es irgendwie schaffen, Gewissen und Ehrgeiz gleichermaßen zu befriedigen.

Martin hörte Schritte hinter sich, drehte sich um, sah zwei junge Männer hereinkommen.

»Sind Sie Professor Mosländer?«, fragte der eine.

»Ja, was gibt es denn?«

Einer der Männer sprang auf ihn zu, presste ihm ein feuchtes Tuch auf das Gesicht, strenger Chloroformgeruch stieg Martin in die Nase, er hielt sofort die Luft an. Er wusste, ein einziger Atemzug würde ausreichen, um das Chloroform in seine Lunge zu befördern, von dort würde es in den Blutkreislauf gelangen und zum Gehirn transportiert werden, wo es die Neurotransmitter der für die Reizweiterleitung zuständigen Synapsen blockierte. Er wäre kurz benommen, seine Schmerzsensorik wäre herabgesetzt, schließlich träte nach etwa zwei Sekunden die Bewusstlosigkeit ein. »Schön tief einatmen«, sagte einer der Männer und schlug ihm auf den Rücken, Martin rang erschrocken nach Luft, spürte eine warme Welle in sich hochschlagen, bevor er in die Dunkelheit fiel.

Als er wieder aufwachte, saß er auf dem Fußboden des Labors, seine Arme waren hinter dem Rücken gefesselt, sein Blick schwankte. Einer der Männer schnipste mit den Fingern vor seinen Augen herum. »So, Herr Professor, wo sind denn die Medikamente?« Martin wollte etwas antworten, aber seine Zunge gehorchte ihm nicht. Der Mann beugte sich zu ihm herunter. »Professorchen, das Zeug, mit dem man wieder jung wird, wo ist es?« Martin schüttelte den Kopf, sein Schädel schmerzte, seine Kehle war trocken und schmeckte nach Chemie. »Pass auf, wir würden das hier gerne gewaltfrei und so nett wie möglich gestalten, das geht aber nur, wenn du mitspielst«, sagte der andere Mann, der einen roten Kapuzenpullover trug.

»Es gibt keine fertigen Medikamente«, flüsterte Martin.

»Ach so, was denn sonst?«

»Wasser!«

»Häh?«

»Ich brauche einen Schluck Wasser.«

Der Mann mit dem roten Kapuzenpullover tröpfelte ihm Wasser in den Mund, Martin schluckte, kam langsam zu sich. »Der Wirkstoff liegt in Pulverform vor und muss vor der Verabreichung in Kapseln verpackt werden.«

»Dann nehmen wir doch das Pulver und die Kapseln mit und verpacken es später«, sagte der erste Mann, der eine Tätowierung auf dem Handrücken trug.

»Das geht nicht, die Kapseln bestehen aus fettbasierten Nanopartikeln und müssen in komplizierten Verfahren mit speziellen Geräten hergestellt werden.«

»Mmhhh, kannst du das?«

»Ja, sicher.«

»Dann nehmen wir dich auch mit und du sagst uns, welche Geräte wir einpacken müssen, mach hin, wir haben nicht viel Zeit!«

»Was soll das denn alles? Wer sind Sie und was wollen Sie überhaupt mit dem Medikament anfangen?«

»So viele Fragen, Professorchen, das wirst du schon alles noch erfahren, jetzt packen wir erst mal dein Zeug ein und dann machen wir eine kleine Reise.«

»Und wenn ich mich weigere?«

»Oho, das ist aber ein mutiger Professor«, sagte der Mann mit dem roten Kapuzenpullover, trat auf Martin zu und packte ihn am Kragen. In diesem Moment hörte Martin ein Knurren und erblickte Charles, der auf den Mann zusprang und sich in dessen Ärmel verbiss. Der Typ mit der Tätowierung zog das Chloroform-Tuch hervor und presste es Charles auf die Schnauze, der winselnd verstummte. »Blödes Vieh!«, rief der Kapuzenpullover-Mann und riss ein Messer aus der Tasche.

»Tun Sie ihm nichts!«, rief Martin. »Bitte, er wollte mich doch nur verteidigen!«

»Dann zeig uns jetzt endlich, was wir mitnehmen müssen, ich schwöre dir, wenn du weiter Probleme machst, schlitze ich die Töle auf!«

Martin führte die beiden zum Medikamentenlager, der Wirkstoff war in Vakuumkisten verpackt, sie hatten vor Monaten größere Mengen des Small Molecule Cocktails herstellen lassen, in der Hoffnung, schon bald eine klinische Studie mit weitaus mehr Teilnehmern starten zu können.

Die Männer trugen die Kisten in den Hof, wo zwei weiße Kastenwagen standen. Martin überlegte, ob er um Hilfe rufen sollte, aber wer würde ihn jetzt, mitten in der Nacht, hören? Martin verspürte kaum Angst, vielleicht lag es an dem Chloroform oder an seiner Müdigkeit, er betrachtete die Männer, die seine Apparate die Treppe runterschleppten, mit erstaunlicher Teilnahmslosigkeit. Womöglich war es auch der Schock, er hatte mal eine Studie über Ratten gelesen, die ab einem bestimmten Stresslevel in eine Art Starre verfallen waren. Martin überlegte, was diese Männer wohl mit dem Medikament anstellen wollten. Gehörten sie zu einer Drogenbande? Würden sie die Verjüngungspillen meistbietend im Internet verkaufen?

»Wie sind Sie überhaupt hereingekommen?«, fragte er den Tätowierten.

»War nicht schwer. Es gibt keine Kameras, der Wachschutz fand es normal, dass nachts die Toiletten repariert werden, und hat uns gleich die Schlüssel mitgegeben.«

Martin schüttelte verzweifelt den Kopf, neben ihm saß Charles und sah ihn mit fragenden Augen an. Das konnte doch nicht wahr sein, dachte Martin, dass er hier nicht besser geschützt wurde, es musste doch klar sein, dass so ein Überfall passieren konnte. Frau Holzig hatte ihm von den Anfragen erzählt, die beinahe täglich im Institut eingingen. Amerikanische Milliardäre, russische Oligarchen, saudische Prinzen, afrikanische Diktatoren und auch der eine oder andere Unternehmensvorstand aus Deutschland hatten hohe Summen für Verjüngungskuren geboten. Bis vor Kurzem hatten die Leute ja sogar noch Schlange an der Charité gestanden, zum Glück nicht vor seiner Tür, sondern vor dem Zentralgebäude in Mitte. Viele Schwerkranke waren dabei gewesen, aber auch Leute, die es einfach ganz schön gefunden hätten, ein paar Jahre jünger zu werden.

Die Institutsleitung hatte wohl mal darüber diskutiert, ob die Sicherheitsmaßnahmen im Hause verstärkt werden sollten, aber offenbar war dann doch nichts passiert. Nach den Meldungen über die Komplikationen bei seinen Probanden waren dann ja auch die Schlangen kürzer geworden, und sogar in den Diktatoren- und Milliardärskreisen schien sich herumgesprochen zu haben, dass die Verjüngungskur noch mit dem einen oder anderen Risiko behaftet war.

»Hören Sie, dieses Medikament ist noch lange nicht einsatzbereit, es ist sinnlos, es zu stehlen«, sagte Martin, als die Männer mit der Zentrifuge und dem Hochdruck-Homogenisator im Arm an ihm vorbeiliefen.

»Du kannst das gleich alles den anderen erzählen«, sagte der Tätowierte.

»Ich komme nicht mit!«, rief Martin.

Die Männer lachten und stießen ihn in den Laderaum

eines Kastenwagens. Martins Schulter schmerzte, erst jetzt begriff er, dass er diesen Typen wirklich ausgeliefert war.

»Charles muss auch mitkommen«, sagte Martin.

»Der Hund bleibt hier, der hat uns schon genug Probleme gemacht.«

»Ich bin der Einzige, der weiß, wie das hier alles funktioniert. Und ich sage: Charles kommt mit!«

Die Männer sahen sich fragend an und hoben schließlich Charles zu Martin in den Wagen. Nachdem die Ladetür geschlossen worden war, saßen sie aneinandergekauert in der Dunkelheit. Martin hätte jetzt gerne Charles' weiches Nackenfell gestreichelt, auch weil ihn das selbst immer so beruhigte, aber seine Arme waren noch immer gefesselt. Als ob Charles die Wünsche seines Herrchens gespürt hätte, rieb er seinen Kopf an Martins Schulter und leckte ihm anschließend gründlich das Gesicht ab.

Sie waren lange unterwegs, mindestens zwei Stunden, schätzte Martin. Erst fuhren sie langsam durch die Stadt, dann beschleunigte der Wagen, weil sie vermutlich die Autobahn oder eine Landstraße erreicht hatten, erst ganz am Ende wurde es wieder holpriger, vielleicht ein Feldweg. Schließlich hielten sie, die Ladeklappe ging auf, Martin sah eine große Halle, grauen Betonboden, Wände aus rotem Backstein, Matratzen und Decken, die auf dem Boden lagen, und eine Gruppe von jungen Leuten, die um eine Feuerschale herumsaß. Eine Frau mit Lederjacke und Palästinensertuch erhob sich und kam auf ihn zu. »Was macht der denn hier?«, rief sie. Der Mann mit dem roten Kapuzenpulli zog sie zur Seite, erklärte flüsternd die Lage. Die Frau rief: »Mist! Verdammt! Verdammter Mist!«

Das ging eine ganze Weile so, bis die Frau sich ihm erneut zuwandte. »Okay, Professor, wie es aussieht, werden wir hier ein bisschen Zeit miteinander verbringen, wie viel Zeit genau, das hängt eigentlich nur von dir ab. Sobald du genug von deinem Zeug hergestellt hast, lassen wir dich frei.«

»Was soll das alles? Wer sind Sie?«

»Wir sind Menschen, die sich nicht alles gefallen lassen, Menschen, die ihr Schicksal und das Schicksal der Erde nicht irgendwelchen größenwahnsinnigen Arschlöchern überlassen wollen.«

»Was für … Arschlöcher?«

Die Frau, die vielleicht Mitte zwanzig war, lachte auf, sah ihn kopfschüttelnd an. »Du fühlst dich also nicht angesprochen?«

»Nein, worum geht es?«

»Kameraden«, rief die Frau in die Halle, »er weiß nicht, worum es geht!« Die anderen erhoben sich und kamen näher, etwa dreißig Leute, ziemlich jung, Ringe in den Augenbrauen, tätowierte Gesichter, Männer mit nach oben gebundenen Haarknäueln, Frauen mit rasierten Schläfen und Rastazöpfen, umkreist von Schäferhunden, die knurrten, als sie Charles erblickten.

»Du sorgst dafür, dass die Mächtigen und Reichen nicht mehr sterben müssen und damit für immer mächtig und reich bleiben«, sagte die Frau mit dem Palästinensertuch. »Typen wie Elon Musk, dem es scheißegal ist, ob er mit seinen lächerlichen Männerfantasien die Erde ruiniert, weil er selbst ja dann zusammen mit seinen Kumpels in riesigen Penisattrappen auf den Mars fliegen kann. Typen wie Jeff Bezos, der die Leute ausbeutet und uns alle zu Konsumjunkies macht. Diktatoren, die Homosexuelle und Transpersonen am liebsten in Lager sperren würden.«

Die anderen pfiffen und buhten, Martin war verwirrt. »Okay, es scheint da ein Missverständnis zu geben«, sagte er leise. »Ich bin Forscher, ich versuche herauszubekommen, wie man Menschen vor tödlichen Krankheiten schützen kann. Was hat das mit Größenwahn zu tun?«

»Na klar, du bist ja nur Forscher. Du haust hier ein Ding raus, das die Welt auf den Kopf stellt, aber dich interessiert natürlich nur die Bekämpfung von tödlichen Krankheiten. So wie sich Robert Oppenheimer nur für die Kernspaltung interessiert hat und gar keine Atombomben entwickeln wollte.«

»Was soll dieser Vergleich?«

Die Augen der Frau funkelten zornig. »Das Medikament, das du entwickelst, ist eine Bombe. Statt Atomkerne wird sie die Welt spalten, in diejenigen, die sich ewige Gesundheit und Jugend leisten können, und die anderen, die davon ausgeschlossen sind.«

»Okay, ganz langsam. Stand jetzt gibt es vier Probanden, die ein Medikament eingenommen haben, weil sie große Probleme mit ihrem Herzmuskel hatten. Dieses Medikament hat völlig anders funktioniert, als ich es mir vorgestellt habe, ich weiß nicht, inwiefern Sie mit den fachlichen Hintergründen vertraut sind …«

»Interessiert mich nicht.«

»Verstehe. Vielleicht kann ich es trotzdem kurz erklären: Wir sind momentan in der frühen klinischen Erprobungsphase. Die allgemein verjüngende Wirkung war nicht bezweckt und hat bei einigen Probanden zu großen

Problemen geführt. Ob wir je ein Mittel finden werden, das Menschen gefahrlos verjüngt, ist völlig offen.«

Die Frau warf resigniert die Arme in die Luft. »Ich fasse es nicht, bist du wirklich so naiv? Die sind längst dabei, das Zeug zu verticken, mehrere Hundert Personen in Europa und den USA, hauptsächlich Vertreter der Machteliten aus Wirtschaft und Politik, haben dein Medikament bereits verabreicht bekommen, gegen ordentliche Zahlung, versteht sich.«

Martin fuhr erschrocken zusammen. »Wie kommen Sie auf solchen Blödsinn? Wer erzählt so was?«

»Wir haben unsere Quellen. Es würde mich auch nicht wundern, wenn sie dir davon nichts erzählt haben. Du bist ja nur der Forscher.«

»Das kann nicht stimmen, der Wirkstoff wird momentan ausschließlich an Mäusen getestet, weitere Versuche am Menschen sind nicht geplant.«

»Habt ihr gehört, Kameraden? Entweder checkt unser Professor hier echt nicht so viel von dem, was gerade abgeht, oder er verstellt sich.« Der Mann mit dem roten Kapuzenpullover rief: »Heuchler! Heuchler!« Die anderen stimmten ihm lauthals zu. Die Frau mit dem Palästinensertuch sah Martin böse an. »Deshalb liegt das Zeug ja auch kiloweise bei euch herum, weil eigentlich gar keine Versuche mehr geplant sind!«

Martin verstand, dass es sinnlos war, hier noch irgendwelche Argumente vorzubringen. »Wenn ich das richtig verstehe, soll ich hier fertige Kapseln herstellen. Warum?«

»Aha, die erste halbwegs schlaue Frage«, sagte die Frau. »Wir haben entschieden, so viele arme, kranke Menschen wie möglich mit dem Medikament zu versorgen und eine

Herstellungsanleitung im Internet zu veröffentlichen, damit es kein Herrschaftswissen gibt und jeder, der will, das Zeug nehmen kann. Wir wissen, dass dadurch andere Probleme entstehen werden, Slash Überbevölkerung, Slash Klimawandel, aber dafür wird es gerecht zugehen, weil alle mit im Boot sein können.«

»Das wäre ein riesiger Irrsinn!«, rief Martin. »In diesem Moment liegen zwei meiner Probanden auf der Intensivstation und kämpfen um ihr Leben. Ein siebzehnjähriger Gymnasiast und eine schwangere Lehrerin, also nicht unbedingt Vertreter der internationalen Machtelite. Und wenn ich nicht so schnell wie möglich in mein Labor zurückkomme, werden sie sterben.«

Die Frau mit dem Palästinensertuch sah Martin überrascht an, er meinte sogar so etwas wie Mitleid in ihren Augen gesehen zu haben. »Aber du hast doch das Medikament auch genommen, oder?«

»Ja, das stimmt«, murmelte Martin.

»Du siehst zwar ein bisschen fertig aus, aber ansonsten scheint es dir gut zu gehen. Wir werden auf unsere Listen schauen und alle, die unter dreißig sind, und auch alle Schwangeren rausnehmen.«

»Welche Listen?«

»Die Aktivistinnen unserer Community haben zweitausend Leute ausgewählt, die genau wie deine beiden Patienten dringend Hilfe brauchen, weil sie sonst bald sterben werden. Schwere Diabetiker, Menschen mit fortgeschrittener Demenz, Dialysepatienten, die keine Niere bekommen, und viele andere, die auf den Transplantationslisten stehen, aber keine Chance auf ein Spenderorgan haben, weil Geld ja auch in diesem Bereich eine Rolle spielt. Deshalb gehst du jetzt nicht in dein Labor zurück, sondern stellst zuerst hier genug von deinen Kapseln her.«

»Weil eure Patienten wichtiger sind als meine?«

»Weil zweitausend mehr sind als zwei. Weil unter unseren Patienten viele sind, denen sonst niemand hilft. Obdachlose, Geflüchtete, Leute, die in den Containern der Supermärkte wühlen, die irgendwo krepieren, weil sie nicht wichtig sind, weil niemand ihre Namen kennt.«

»Ich bin Arzt, ich kann so etwas nicht machen, das Medikament ist nicht ausgereift, es ist nur eine Zwischenstufe, ihr bringt zweitausend Menschen in Lebensgefahr.«

»Zweitausend Menschen, die ziemlich sicher in den nächsten Wochen sterben werden, wenn du sie nicht rettest.« Die Frau mit dem Palästinensertuch sah Martin direkt in die Augen, er wich ihrem Blick aus. »Mach dich frei von deinen Regeln und Denkverboten und kapier vor allem endlich, welche Auswirkungen deine Erfindung auf die Menschheit haben wird. Wir bieten dir hier an, zu den Guten zu gehören, vielleicht hilft dir das später vorm Jüngsten Gericht oder wo auch immer du am Ende landen wirst.«

»Ich wusste gar nicht, dass man gleichzeitig Guerillakämpfer und Katholik sein kann.«

»Du scheinst eine ganze Menge nicht zu wissen, jedenfalls von dem Teil der Welt, der nicht in deinem Labor liegt.« Ihre Blicke begegneten sich, und zum ersten Mal hatte Martin das Gefühl, dass diese Frau nicht völlig Unrecht hatte. »Wir werden dich ordentlich behandeln, wenn du dich ordentlich verhältst«, sagte sie beschwichtigend, dann hoben sie Martin aus dem Kastenwagen, entfernten die Fesseln von seinen Händen und ließen Charles an einen der Fressnäpfe, die eigentlich den Schäferhunden gehörten.

Sie brachten Martin in einen fensterlosen Raum, in dem eine fleckige Matratze lag. In der Ecke stand ein Eimer, den er als Toilette benutzen sollte. Er lag lange wach in dieser ersten Nacht und überlegte, wie er sich verhalten sollte. Es war klar, dass er auf keinen Fall mit diesen Leuten kooperieren würde.

Am geschicktesten wäre es, dachte Martin, so zu tun, als würde er mitmachen, aber eigentlich das Unternehmen zu sabotieren. Es war nicht schwer, den Lipidmantel, aus dem die Kapseln bestanden, eine fragile Nanopartikelstruktur, gar nicht erst entstehen zu lassen. Es genügte, ein Reagenz wegzulassen oder eine falsche Herstellungstemperatur zu wählen, und schon würde das flüssige Lipid nicht auskristallisieren und der Small Molecule Cocktail könnte nie verabreicht werden. Würde ihn die Gruppe bestrafen, wenn es mit der Herstellung nicht klappte? Vermutlich nicht, dachte Martin, diese jungen Leute waren Träumer, keine Terroristen.

Außerdem hatte keiner von ihnen auch nur die leiseste Vorstellung davon, was bei diesem im Grunde recht simplen Herstellungsprozess vor sich ging. Eine Zeit lang würde er seine Entführer problemlos hinhalten können, irgendwann würde ihn die Polizei dann schon finden. Er musste jetzt einfach nur durchhalten.

Die nächsten Tage verbrachten sie damit, die Apparaturen aufzubauen, die Nick (der Mann mit dem roten Kapuzenpullover) und Rob (der Mann mit der Tätowierung auf dem Handrücken) aus Martins Labor entwendet hatten. Die Frau mit dem Palästinensertuch, die Lena hieß und auf keinen Fall als Chefin der Gruppe bezeichnet werden wollte, weil Hierarchien der Anfang vom Ende der Gerechtigkeit seien, ging Martin zur Hand. Er erklärte ihr die Grundlagen der Biochemie, sie erklärte ihm die Grundlagen des politischen Kampfes, dabei schraubten sie Vakuumleitungen an Erlenmeyerkolben und versuchten, die Zentrifuge mit dem örtlichen Stromnetz zu verbinden.

Sie sprachen auch über die Lage der Welt im Allgemeinen und der deutschen Gesellschaft im Besonderen (wobei vor allem Lena sprach und Martin zuhörte). Und ihm fiel auf, dass er diese ganzen Themen und Probleme noch nie besonders ernst genommen hatte. Der Kapitalismus zum Beispiel war ihm bisher herzlich egal gewesen, er konnte sich weder für noch gegen ihn entscheiden. Aber er fand, dass Lena in vielem recht hatte, vor allem darin, dass er mit seiner Entdeckung etwas angestoßen hatte, das man vermutlich nicht mehr rückgängig machen konnte.

Martin war es gewohnt, die Welt als einen Ort des Wissens und der Möglichkeiten zu betrachten. Wie einzelne Menschen auf dieser Welt lebten, wie privilegiert oder diskriminiert sie waren, interessierte ihn nicht sonderlich. Was sicher auch damit zusammenhing, dass er sich kaum für sein eigenes Leben interessierte, jedenfalls nicht für das Leben, das außerhalb seines Labors stattfand. Es war schon verrückt, dachte er, dass eine Sechsundzwanzigjährige ihn zum ersten Mal ernsthaft über all das nachsinnen ließ.

Lena kam aus einer Hamburger Chefarztfamilie, hatte vier Semester Medizin studiert, sich dann aber für Politikwissenschaften entschieden, da ihr das Engagement für eine bessere Welt wichtiger war als eine bereits vorgezeichnete Ärztinnenkarriere. Trotzdem blühte sie förmlich auf in diesem hastig improvisierten Labor, erwies sich als geschickt, begriff sehr schnell. Martin, der normalerweise viel zu ungeduldig war, anderen seine Arbeit zu erklären, stellte verwundert fest, welche Freude es ihm bereitete, Lena die komplizierten Prozesse der zellulären Reprogrammierung zu erläutern. Sie stellte ungewöhnlich kluge Fragen, was Martin spontan dazu bewog, ihr ein wissenschaftliches Studium nahezulegen, was Lena erschrocken abwehrte. Sogar Martin, der in der Deutung anderer Menschen weder erfahren noch talentiert war, begriff, dass diese junge Frau nicht nur für eine bessere Welt kämpfte, sondern auch gegen ihre eigene Bestimmung.

Einmal stieß Lena aus Versehen ein Becherglas um, die Nährlösung ergoss sich über Charles, der empört flüchtete, was sie beide zum Lachen brachte und Martin erstaunt feststellen ließ, dass sie schon nach kurzer Zeit ein ziemlich normales Arbeitsteam geworden waren.

Die Gruppe entwarf eine Erklärung, die an die Deutsche Presse-Agentur verschickt wurde, in der sie als »Generation Gerechtigkeit« die Verantwortung für Martins Entführung übernahm. Es ging in der Erklärung um gesellschaftliche Unterdrückung, internationale Solidarität und aktiven Widerstand. Martin erinnerte der Text an Botschaften der RAF, aber als er etwas beunruhigt die anderen darauf ansprach, stellte er fest, dass die keine Ahnung hatten, wovon er sprach. Trotzdem beschäftigte ihn die Frage, ob diese Leute ihm Gewalt antun würden, wenn sie es irgendwann für nötig halten sollten.

Er schlief jetzt in einem anderen Raum, der von der großen Halle abging, die früher mal ein Getreidespeicher gewesen war. Neben ihm schlief Rob, der sein persönlicher Aufpasser war. Schon am zweiten Tag hatte sich Rob bei ihm entschuldigt, für die Sache mit dem Chloroform und vor allem die Sache mit dem Messer, das Nick gezogen hatte, was eindeutig nicht so verabredet gewesen war. Rob führte als Erklärung die Weisheit aller großen Revolutionäre an, wonach beim Hobeln eben manchmal Späne fielen.

Wobei Rob sich wesentlich friedlicher ausdrückte. Er stammte aus einer protestantischen Rostocker Lehrerfamilie, wie er Martin gestern vor dem Einschlafen erzählt hatte. Von Rob wusste Martin auch, dass die Gruppe sich über ein Internetforum gegründet hatte, das eigentlich Hilfe für Bootsflüchtlinge im Mittelmeer organisierte. Lena hatte die Idee mit den Patientenlisten gehabt, die von Aktivisten aus der ganzen Welt zusammengestellt worden waren. Das Medikament sollte hier in der Halle verpackt und dann in die verschiedenen Länder verschickt werden, wo Ortsgruppen die Verteilung organisieren würden.

Die Arbeit ging nur schleppend voran, allerdings nicht, weil Martin so ein geschickter Saboteur war, sondern weil Chemikalien fehlten und erst umständlich besorgt werden mussten. Es war für die Aktivisten nicht mehr ganz ungefährlich, die Halle zu verlassen, da eine Großfahndung nach Martin begonnen hatte, wie Rob ihm erzählte, der ihm stolz und auch ein wenig beklommen die Meldungen auf seinem Telefon zeigte, denen zufolge Hunderte Polizisten im Einsatz waren, um »den berühmtesten

Forscher Deutschlands« aus den Händen seiner Entführer zu befreien.

»Hast du gar keine Angst?«, fragte Martin.

»Doch«, sagte Rob, »aber unsere Aufgabe ist wichtiger.«

Nach zehn Tagen waren die Apparate eingerichtet, die nötigen Ausgangsstoffe standen bereit und Martin begann mit den ersten Kristallisierungsversuchen. Wobei es ihm erstaunlich schwerfiel, absichtlich Fehler in die Arbeit einzubauen. Es widerstrebte ihm, sehenden Auges ein Experiment scheitern zu lassen, es widersprach im Grunde allem, woran er normalerweise glaubte. Außerdem stand die ganze Zeit Lena neben ihm, die hoch konzentriert seine Arbeit verfolgte, mit ihm mitfieberte und fast körperlich zu leiden schien, wenn die Lipid-Dispersion nach stundenlangen Vorbereitungen am Ende wieder nicht ausgeflockt war.

Natürlich war es lächerlich, aber Martin war sein selbst inszeniertes Scheitern peinlich, es ging ihm gegen die Wissenschaftlerehre. Was musste Lena, was mussten all die anderen von ihm denken? Dass er nicht in der Lage war, diese nicht mal mittelschwere Laborprozedur zum Erfolg zu führen? Er fühlte sich immer mehr wie der Versager, den er doch eigentlich nur spielen wollte, fand alle möglichen Entschuldigungen und Erklärungen, erwähnte seine Assistenten und Doktoranden, die normalerweise den Routinekram im Labor erledigten, schimpfte auf das zu feuchte Raumklima in der Halle, das den Kristallisationsprozess beeinflusse, auf die Chemikalien, die vermutlich nicht die von ihm gewohnte Qualität hätten.

Wenn er dann aber in Lenas enttäuschte Augen sah, hätte er am liebsten alles sofort noch einmal neu und richtig gemacht. Es fiel ihm immer schwerer, die Fehlerkette aufrechtzuerhalten. Zumal Lena, die offenbar mit einer beeindruckenden wissenschaftlichen Intuition gesegnet war, ihn immer wieder auf Dinge hinwies, die ihr als mögliche Fehlerquellen erschienen, was sie zuweilen auch wirklich waren.

Hinzu kamen die Gedanken, die ihm keine Ruhe ließen, die ihn vor allem nachts verfolgten, wenn er aufwachte, weil links von ihm Rob schnarchte und rechts von ihm Charles. War es richtig, die Produktion hier zu boykottieren? Müsste er nicht im Gegenteil so schnell wie möglich fertig werden, damit er endlich wieder in sein Labor in der Charité zurückkehren konnte, um das Leben seiner Probanden auf der Intensivstation zu retten? Jeder Tag, den er hier verplemperte, war ein Verrat an ihnen. Und ein Verrat an der Wissenschaft!

Außerdem hatte Lena erwähnt, dass demnächst zwei Kameraden aus Freiburg zu ihnen stoßen würden, ein diplomierter Verfahrenstechniker und ein Biochemiker, die ihn unterstützen sollten. Vielleicht ahnte Lena, dass er mit falschen Karten spielte. Den beiden könnte er jedenfalls nicht so leicht etwas vormachen, die wären vielleicht sogar in der Lage, es ohne ihn zu schaffen. Wie eine Lipid-Kristallisation grundsätzlich ablief, konnte man in jedem Laborhandbuch nachlesen. Und schlecht produzierte Medikamente wären noch viel gefährlicher als korrekt hergestellte. Wenn er es also sowieso nicht verhindern konnte, dass demnächst Tausende Dosen seines Mittels in den Verkehr gelangten, musste er dann nicht mindestens dafür sorgen, dass die Qualität stimmte?

Wenn Martin ganz ehrlich war, und manchmal war er

das, dann musste er allerdings zugeben, dass es da noch etwas anderes gab, das ihn beschäftigte. Ein Gedanke, der im Kern in der Frage bestand, wann er wohl das nächste Mal die unglaubliche Möglichkeit haben würde, eine Studiengruppe von zweitausend Probanden verteilt über alle Altersklassen und Kontinente zu bekommen. Martin wusste, wie falsch dieser Gedanke war, wie unethisch, wie niederträchtig, aber er konnte nichts gegen ihn tun.

Abends saßen alle zusammen um die Feuerschale, tranken Rotwein und sangen Lieder, die von mutigen Kämpfern und einem besseren Morgen handelten. Martin saß dabei, hörte zu, genoss die Wärme des Feuers. Er kannte diese Form von Zusammengehörigkeit und Nähe nicht, er konnte sich nicht erinnern, wann er zum letzten Mal an einem Feuer gesessen hatte, vielleicht zu seiner Konfirmandenzeit in Hamburg, als sie an den Wochenenden manchmal zum Elbufer gefahren waren und selbst gefangene Fische über der Glut abgebrochener Kiefernzweige gebraten hatten. Er fragte sich, wann er eigentlich das Interesse daran verloren hatte, mit anderen Menschen zusammen zu sein.

Ziemlich genau drei Wochen nach seiner Entführung gelang Martin in seinem Feldlabor erstmals die Herstellung einer Lipid-Dispersion bei einer Temperatur von 100 Grad und einem Druck von 900 Bar. Zwei Tage später kullerten die ersten fertigen Kapseln aus dem Hochdruck-Homogenisator und weitere fünf Tage später lagen exakt 1721 Dosen des Medikaments in den Vakuumkisten.

Die Gruppe feierte den Erfolg mit einer Party, bei der Martin den ersten Joint seines Lebens rauchte, weshalb seine Erinnerung an diesen Abend eher nebulös blieb.

Wesentlich genauer erinnerte er sich an den Tag danach, als Rob und Nick ihm anboten, ihn zum nächsten Bahnhof zu fahren, von dem aus er selbstständig nach Berlin zurückkehren sollte. Er erinnerte sich an das merkwürdige Gefühl, das ihn beschlich, als er plötzlich wieder frei war. Er erinnerte sich an Lenas Blick, als sie ihn fragte, ob er sie verraten werde. Er erinnerte sich an das Jaulen von Charles, nachdem der festgestellt hatte, dass seine neuen Freunde, die Schäferhunde Ernie und Bert, nicht mit ins Auto durften. Vor allem aber erinnerte er sich daran, wie es war, wenn man mal kurz eine Möglichkeit von sich selbst erblickte, die einem schon Tage später kaum noch möglich erschien.

MIRIAM

Eines der Privilegien von wissenschaftlichen Beratern der Bundesregierung war es, die Fahrbereitschaft des Ministeriums zu jeder Tages- und Nachtzeit nutzen zu dürfen. Es genügte ein Anruf und zehn Minuten später stand eine schwarze Limousine vor der Haustür. Miriam fand das nicht nur praktisch, es gab ihr auch das Gefühl, ernst genommen zu werden. Wenn sie am Portal vorfuhr und der Fahrer ihr die Tür öffnete, dann spürte sie eine Bedeutung, die sie normalerweise nicht spürte. Es war nicht so, dass sie an ihrer Eignung oder Kompetenz zweifelte, sondern eher an der Wirkung, die sie auf andere hatte. Was sahen diese Ministerialdirektoren und Staatssekretäre, die zu fünfundneunzig Prozent mittelalte Männer waren, in ihr? Eine gut aussehende Frau? Eine hervorragend ausgebildete Expertin? Hatten sie Respekt vor ihr? Oder nur Angst vor ihren zwei Doktortiteln, der Universitätsprofessur, dem Vorsitz im Deutschen Ethikrat?

Männer, die Angst hatten, waren die unangenehmsten. Man tat, wenn man mit ihnen zu tun hatte, gut daran, die eigene Expertise ein wenig herunterzudimmen, ihnen immer wieder mal bewundernd zuzunicken, ihnen kurzum zu verstehen zu geben, dass keine Gefahr drohte. Es war so ähnlich wie mit knurrenden Hunden, die sich entspannten, sobald man sich klein machte und beruhigend mit den Augen blinzelte. Miriam mochte dieses Spiel nicht, sie betrieb es allein aus Gründen der Effizienz. Am meisten störte sie, dass die anderen offenbar kaum an sich zweifelten, obwohl es mit ihrer Kompetenz oft nicht weit her war.

Es geschah also auch aus selbsttherapeutischen Gründen, dass sie an diesem Morgen statt in die Limousine in die Straßenbahn stieg, um zum Kanzleramt zu fahren, wo eine Tagung zur »Causa Jungbrunnen« stattfinden sollte, wie der Vorgang mittlerweile etwas spöttisch behördenintern genannt wurde. In der Straßenbahn setzte sie sich auf einen der Fensterplätze und betrachtete die vorbeiziehenden Häuser, Autos und Menschen. Eine Reihe hinter ihr saßen zwei Frauen, die betont leise miteinander sprachen, was Miriam neugierig mithören ließ. Es ging um irgendeinen Mann, vielleicht den Ehemann der einen, der diese offenbar bitter enttäuscht hatte. Die Frau wirkte traurig, ja frustriert, während die andere immer nur beschwichtigend »Das wird schon wieder« murmelte. Als es zwei Stationen später endlich zu der Frage kam, was die eine Frau denn nun so enttäuscht hatte, machte die Straßenbahn eine lange Linkskurve und die Erklärungen gingen im Schienengekreische unter. Kurz danach stiegen die beiden aus.

Am liebsten wäre Miriam ihnen hinterhergerannt, um doch noch zu erfahren, was dieser Ehemann, »der blöde Sack«, wie die Frau ihn genannt hatte, denn nun eigentlich verbrochen hatte, aber leider war so etwas ja nur in Filmen möglich. Miriam sah, wie die beiden Frauen die Straße überquerten, und fragte sich, wie hoch wohl die Wahrscheinlichkeit wäre, dass sie ihnen während ihrer gemeinsamen Lebenszeit noch einmal begegnete. Vielleicht 0,5 Prozent?

Miriam liebte solche Gedankenspiele, genauso, wie sie es genoss, fremde Menschen bei intimen Gesprächen zu belauschen. Tobias hatte sogar mal damit gedroht, nicht mehr mit ihr ins Restaurant zu gehen, weil sie mehr den Tuscheleien an den Nachbartischen folgte, als sich auf seine Worte zu konzentrieren. Was nichts mit Tobias oder der Qualität seiner Gedanken zu tun hatte, sondern ausschließlich mit der Faszination, die für Miriam darin bestand, für ein paar Sekunden in das Leben anderer Menschen einzutauchen. Am besten war es, wenn sie mit dem Rücken zu den Belauschten saß, dann waren die Leute am leichtsinnigsten, erzählten quasi alles, obwohl sie doch nur Zentimeter von ihnen entfernt war. Solange kein Augenkontakt bestand, fühlten sich die Leute sicher. Als ob man zum Hören etwas sehen müsste.

Miriam lehnte sich in ihrem Sitz zurück, die kleine Ablenkung hatte gutgetan, weil sie so mal kurz nicht an ihren Job gedacht hatte, an das Krisentreffen im Kanzleramt, an die Ereignisse der letzten Wochen und Monate, die immer seltsamer und dramatischer geworden waren. Erst waren Professor Mosländer und seine halbe Laborausstattung verschwunden, dann war das krude Bekennervideo dieser Juniorterroristen eingetroffen, das innerhalb weniger Stunden weltweit millionenfach angesehen wurde. Zwischendurch hatte noch die deutsche Anti-Doping-Agentur NADA bekannt gegeben, dass die Blutproben der Schwimmerin Verena Schlink gestohlen worden waren. Dann war der Professor zurückgekommen, sichtlich verwirrt und mit erschreckenden Neuigkeiten. Schließlich waren die Diebe gefasst worden, die in das Probenarchiv der NADA in Bonn eingebrochen waren und die aussagten, das Blut von Verena Schlink an einen Kunden verkauft zu haben, der es sich injizieren wollte, weil in der Fachpresse zuvor die Rede davon gewesen war, dass eine Blutübertragung eine verjüngende Wirkung haben könnte. Die »Bild«-Zeitung schrieb vom »Tanz der Vampire«, auch die seriösen Medien hatten sichtlich Spaß an der Geschichte, und alle warteten gespannt darauf, was wohl als Nächstes passieren würde.

Der Druck auf die politischen Entscheidungsträger wurde immer größer. Hatten sie vor ein paar Wochen noch gedacht, sie könnten vorgeben, in welche Richtung sich die Dinge entwickelten, so rannten sie jetzt nur noch den Ereignissen hinterher. Allein der Umstand, dass mittlerweile Hunderte, wenn nicht gar Tausende Menschen da draußen herumliefen, die das von Professor Mosländer unter Zwang hergestellte Verjüngungsmittel im Körper hatten, machte die Frage obsolet, ob man den unheimlichen Geist dieser medizintechnischen Revolution wieder in die Flasche zurückdrängen konnte.

Im Grunde, dachte Miriam, war der schlimmste anzunehmende Fall eingetreten, weil ohne ausreichende gesellschaftliche Reflexion und wissenschaftliche Reife ein Prozess losgetreten worden war, der die Welt für immer verändern würde. Waren die Menschen bereit dafür? Ahnten sie überhaupt, worauf sie sich einließen? Waren sie in der Lage, die Konsequenzen zu ertragen? Miriam blickte sich in der Straßenbahn um, die an diesem Morgen dicht besetzt war, sie sah Schulkinder, die aufgeregt schnatterten, Männer und Frauen, die müde zur Arbeit fuhren, ein Rentnerpaar, das vom frühen Einkauf mit halb gefüllten Beuteln wiederkam. Hatte auch nur einer der Passagiere in diesem Straßenbahnwaggon von einem längeren Leben geträumt, bevor diese ganze Sache losgegangen war?

Das aktuelle Meinungsbild war eindeutig, in den bundesweiten Umfragen war der Anteil derer, die sich vorstellen konnten, selbst eines Tages ein Verjüngungsmedikament einzunehmen, deutlich gestiegen und lag jetzt bei 81 Prozent. Diese Zunahme war vermutlich vor allem damit zu erklären, dass es den Probanden aus Professor Mosländers klinischer Studie seit etwa zwei Wochen besser ging. Sowohl der Schüler als auch die schwangere Frau, die kurz vor der Entbindung stand, schwebten nicht mehr in Lebensgefahr, weil es Mosländers Team endlich gelungen war, den Verjüngungsprozess zu stoppen. Die Genesung der beiden, an der das ganze Land regen Anteil nahm, hatte offenbar das Vertrauen der Menschen in eine medikamentöse Verjüngung gesteigert. Wobei die Zustimmungswerte sehr vom Alter der Befragten abhingen. Bei den über siebzigjährigen Deutschen sprachen sich 92 Prozent für eine Verjüngung aus. Bei den unter vierzigjährigen waren es lediglich 67 Prozent.

Miriam selbst war in der Sache unentschlossen, rein privat fand sie ein flexibel verlängerbares Leben durchaus attraktiv, was vor allem mit ihrer Neugier zu tun hatte. Sie wollte immer wissen, wie die Dinge ausgingen, und das nicht nur bei heimlich belauschten Gesprächen in der Straßenbahn. Die Vorstellung, etwas zu verpassen, was sie unter Umständen noch erleben könnte, machte sie nervös. Sie sah das Leben wie eine Geschichte, die immer weitererzählt wurde. Als Kind hatte sie es gehasst, wenn ihre Mutter abends vor dem Einschlafen das Märchenbuch zur Seite gelegt hatte mit den Worten: »Und wenn es am schönsten ist, dann soll man aufhören.« Vermutlich konnte sie deshalb schon mit vier Jahren lesen, so durfte sie selbst entscheiden, wann sie aufhören wollte, und zwar ganz sicher nicht dann, wenn es gerade am schönsten war.

Andererseits befürchtete sie, dass es das Land und die ganze Welt ins Unglück stürzen würde, wenn keiner mehr bereit war, den Tod zu akzeptieren. Der Tod, der alle Menschen gleich machte, egal wie reich, talentiert, arm oder ungeschickt sie zu Lebzeiten waren. Der Tod, der die Karten neu mischte und das Lebensspiel immer wieder von Neuem beginnen ließ.

Denn natürlich klang es toll, wovon einige ihrer Kollegen jetzt schwärmten, die eine selbstbestimmte Gesellschaft heraufbeschworen, in der jeder so lange leben konnte, wie er wollte. In der das Sterben kein auferlegtes Schicksal mehr war, sondern eine letzte selbstbestimmte Tat. Doch wer wäre wirklich in der Lage, mit dieser Freiheit umzugehen? Wer hätte die Kraft, ein unbegrenztes Leben mit Sinn zu füllen und dann auch noch mit reifer Einsicht der eigenen Existenz ein Ende zu setzen? Die Menschen waren nicht ideal, sie waren manchmal auch faul, schwach und dumm.

Zudem glaubte Miriam fest daran, dass einem Traum nichts Schlimmeres passieren konnte, als eines Tages Wirklichkeit zu werden. Der Mensch hatte schon immer vom ewigen Leben geträumt, in seiner Angst vor dem Tod hatte er sich Götter geschaffen, die ihn vor dem Unausweichlichen bewahren sollten. Aber hatte nicht der wahre Trost immer darin bestanden, die Unendlichkeit ins Später zu verlegen? Ein Später, das luftig und vage genug blieb, um die Sehnsucht zu befeuern?

Am Alexanderplatz stieg Miriam aus der Straßenbahn, nahm die U-Bahn bis zum Brandenburger Tor und lief von dort aus zu Fuß durch den Tiergarten Richtung Kanzleramt. Die Luft war warm an diesem Spätsommermorgen, die Blätter der Eichen und Kastanien, die den Weg säumten, hatten sich vermutlich wegen der Trockenheit schon vor der Zeit herbstlich verfärbt, was den Park in eine seltsame Übergangsstimmung versetzte.

Miriam versuchte, sich auf die bevorstehende Tagung zu konzentrieren, bei der neben dem Kanzler und dem halben Regierungskabinett auch viele Experten anwesend sein würden. Das Treffen war recht lapidar als »Diskussionsforum zur Forschung an lebensverlängernden Medikamenten« angekündigt worden, aber es war klar, dass im Kanzleramt nicht nur diskutiert werden würde, dass man so bald wie möglich entscheiden musste, ob man für die nun anstehende finale Entwicklung eines Verjüngungsmedikaments grünes Licht geben würde oder nicht. Denn seitdem es Professor Mosländer und seinem Team gelungen war, die Verjüngung zu stoppen und damit den Prozess zu kontrollieren, stand einer klinischen Großstudie und dem damit verbundenen Zulassungsverfahren nichts mehr im Wege.

Die Anwesenheit etlicher europäischer Minister, zweier amerikanischer Senatoren und hochrangiger Abgesandter aus Asien, Australien und Lateinamerika machte zudem deutlich, dass die Angelegenheit schon lange kein deutsches Thema mehr war, denn falls Berlin sich entscheiden sollte, die Forschung fortzusetzen, hätte das Auswirkungen für alle. Miriam wusste von den Gesprächen, die seit Monaten in den EU-Gremien in Brüssel geführt wurden, sie war zwar nicht direkt an den Beratungen beteiligt, aber dass die Expertisen, die das Ministerium bei ihr einholte, neuerdings auch in sämtliche Amtssprachen der Europäischen Union übersetzt wurden, machte deutlich, welche Bedeutung das Thema nun auch international hatte. Was nicht überraschend war, weil die Zulassung eines solchen Medikaments natürlich nicht nur für Deutschland beantragt werden würde, sondern für die gesamte Europäische Union, die USA und alle weiteren potenziellen Absatzgebiete.

Das Kanzleramt war weiträumig abgesperrt, was vermutlich mit den Demonstrationen zusammenhing, die von Umweltverbänden und Menschenrechtsorganisationen angekündigt worden waren. Miriam musste zu Fuß mehrere Sperren passieren und bedauerte es bereits, auf die Limousine verzichtet zu haben. Vor dem Kanzleramt war ein Zelt aufgebaut, in dem Fernsehteams aus der ganzen Welt auf Nachrichten warteten, die Reporter standen in langen Reihen mit dem Rücken zum Kanzleramt und berichteten live im grellen Scheinwerferlicht.

An der Sicherheitsschleuse wurde Miriam bereits von Bettina Heusgen, der Leiterin des Kanzlerbüros, erwartet. Sie flüsterte: »Der Bundeskanzler würde sich gerne mit Ihnen unter vier Augen unterhalten.« Miriam versuchte, mit der Frau im anthrazitfarbenen Hosenanzug Schritt zu halten, die mit erstaunlicher Geschwindigkeit durch die Gänge hastete. Sie stiegen in einen Fahrstuhl, fuhren in die siebte Etage, liefen über graue Auslegware, die jedes Geräusch schluckte, an Panoramafenstern und moderner Kunst vorbei bis zu einer getäfelten Tür aus rötlichem Holz.

Der Kanzler kam Miriam entgegen, er sah blass aus, begrüßte sie zerstreut und ließ sich ächzend in einer Sitzgruppe nieder. »Frau Professor, schön, dass Sie da sind, bitte helfen Sie einem alten Mann, etwas Ordnung in seine Gedanken zu bringen.«

»Gerne. Wobei, wenn ich mir die Bemerkung erlauben darf, Herr Bundeskanzler, ein alter Mann sind Sie noch lange nicht.«

»Ach so?«

»Nach der biologischen Definition gilt ein Mensch als alt, wenn die Hälfte seiner Geburtskohorte verstorben ist. Bei der heutigen Lebenserwartung sind das die über Achtzigjährigen.«

»Das ist ja mal eine gute Neuigkeit!«, rief der Kanzler. »Da hat sich unser Gespräch ja schon für mich gelohnt. Aber was bin ich dann? Ein alternder Mensch?«

»Das sind wir fast alle, die Alterung beginnt mit etwa fünfzehn Jahren. Gerontologen haben nachgewiesen, dass die Augenlinse bereits in diesem Alter an Elastizität verliert. Mit zwanzig nimmt die Spannkraft der Haut ab und der Testosteronspiegel der Männer beginnt zu sinken, mit dreißig beginnen wir zu schrumpfen, weil die Bandscheiben dünner werden.«

»Stopp! Jetzt verderben Sie mir meine gute Laune doch nicht gleich wieder. Das heißt, es gibt sie eigentlich gar nicht, die unbeschwerte Zeit bis Ende zwanzig, in der alles nur größer, kräftiger und schöner wird?«

Miriam betrachtete amüsiert den Bundeskanzler, dem die viele Arbeit, der wenige Schlaf und die falsche Ernährung deutlich anzusehen waren. Wobei er zu den Männern gehörte, die aufgrund ihrer massigen Statur nicht dick, sondern eher kräftig wirkten. Oder war das auch wieder nur so ein schmeichelhaftes Erklärmuster, mit dem Frauen traditionell die Männer beruhigten? Es war doch immer wieder interessant, dachte Miriam, wie unterschiedlich Männer und Frauen in den mittleren Jahren mit dem Älterwerden umgingen. Während Frauen dazu neigten, sich selbst überkritisch zu betrachten, nahmen Männer ihren Verfall eher als Reifeprozess wahr. Die Frau verlor ihre Jugend, der Mann gewann an Prestige und Erfahrung. Seltsam war allerdings, dass viele Frauen bei dieser Deutung mitmachten, sich selbst sehenden Auges in den Wahnsinn trieben und gleichzeitig ihre Männer im tröstenden Weichzeichner baden ließen. »Doch, natürlich gibt es die unbeschwerte Jugend«, sagte Miriam, »zumindest in unserer Erinnerung.«

Der Kanzler nippte an seiner Kaffeetasse und blickte auf ein großformatiges Adenauer-Porträt, das gegenüber seinem Schreibtisch hing. »Er war dreiundsiebzig, als er ins Amt kam, aber ich schätze, wenn man Konrad Adenauer angeboten hätte, wieder jünger zu werden, er hätte verständnislos gelächelt und weiter seine Rosen beschnitten.«

»Na ja, wenn man gerade den Krieg überlebt hat und froh ist, nicht mehr hungern zu müssen, dann betrachtet man es vermutlich eher als Geschenk, so alt werden zu dürfen.«

»Genau so ist es! Wir vergessen leider viel zu oft, wie gut es uns geht. Alles muss immer besser werden, immer perfekter. Nichts darf der Selbstoptimierung im Wege stehen.«

»Ich glaube, unsere Eltern hatten weniger Probleme damit, alt zu werden, als wir. Sie wären nicht auf die Idee gekommen, sich mit fünfzig in hautenge Jeans zu zwängen oder mit modisch verwuscheltem Resthaar durch die Gegend zu rennen.«

Der Kanzler lachte laut auf. »Nein, das hätten sie nicht getan, nie im Leben hätten sie das getan!«

Es war nicht das erste Mal, dass Miriam mit dem Kanzler unter vier Augen sprach. Seit sie im Deutschen Ethikrat saß, bat er sie von Zeit zu Zeit zu sich, um seine Gedanken mit ihren abzustimmen. Meistens wusste er vorher schon, wie er später entscheiden würde, manchmal ließ er sich aber auch auf neue Ideen ein. Diesmal nahm er das Thema offenbar sehr persönlich, was meistens keine gute Ausgangsbasis war, um sich eine ausgeruhte Meinung zu bilden. Andererseits, wer dachte nicht über das ewige Leben nach, ohne zumindest ein bisschen an sich selbst zu denken?

»Frau Professor, ich habe, glaube ich, so ziemlich alles gelesen, was Sie zum Thema Verjüngung gesagt und geschrieben haben, in sozialer, ökonomischer, demografischer Hinsicht. Auch in Bezug auf Fragen der Gerechtigkeit und des gesellschaftlichen Zusammenhalts. Mir gefällt wie immer Ihre sachliche Analyse, Aufregung und Übertreibung haben wir ja reichlich da draußen. Aber bevor ich da jetzt rausgehe, habe ich eine einzige Frage an Sie: Dürfen wir das?«

»Sie meinen, ob es ethisch und moralisch vertretbar wäre, unser Leben zu verlängern?«, fragte Miriam.

»Ja. Ich möchte wissen, ob wir Menschen das Recht haben, Gott zu spielen. Ob ich als politisch Verantwortlicher dem Druck der Bürger nachgeben soll. Oder ihm widerstehen muss. Rein ethisch gesehen. Ich würde mich da gerne absichern, verstehen Sie?«

»Das verstehe ich gut, aber ich fürchte, es gibt da keine letztgültige Bewertung, keine Sicherheit. Die Ethik hat ihre Gesetze, aber viel hängt auch von der Betrachtung und den Umständen ab.«

»Erklären Sie es mir.«

Miriam überlegte. Wo sollte sie anfangen? Am besten wahrscheinlich ganz am Anfang. »Grundlage des moralischen Denkens«, begann sie, »war es seit jeher, das Wohl des anderen mitzuberücksichtigen, sich in die Position desjenigen zu versetzen, der meine Meinung nicht teilt oder der von meinen Handlungen Nachteile erleiden könnte. Die Bergpredigt, die Reden des Buddhas, der Kant'sche Imperativ verkörpern diese Grundidee des Rollentauschs. Wir stellen uns die Frage, wie wir selbst es finden würden, wenn man so mit uns umginge. Dieser Perspektivwechsel ermöglicht Unparteilichkeit, die eine Voraussetzung für ethisches Handeln ist.«

Der Kanzler nickte. »Ich verstehe, es geht darum, nach Regeln für das Zusammenleben zu suchen, die aus einer unparteiischen Perspektive für alle akzeptabel sind.«

»Ganz genau«, sagte Miriam.

»Wenn also eine erdrückende Mehrheit der Menschen den Wunsch hat, länger zu leben, dann wäre es auch moralisch angeraten, diesem Wunsch nachzukommen?«

»Im Prinzip schon, allerdings unter zwei Bedingungen: Erstens, der Wunsch darf an sich nicht unmoralisch sein, er darf also nicht bereits anerkannte moralische Prinzipien verletzen. Und, zweitens, er darf nicht der Erfüllung wichtigerer Wünsche im Wege stehen.«

»Woran denken Sie? Was könnte wichtiger sein?«

»Zum Beispiel der Wunsch, sich fortzupflanzen. Oder der Wunsch, in einem bestimmten Alter in Rente zu gehen, auch das wäre nicht mehr möglich. Wer ewig leben will, der muss auch ewig arbeiten.«

»Meinen Sie ernsthaft«, sagte der Kanzler, »die Menschen würden auf ein Weiterleben verzichten, um pünktlich in Rente gehen zu können?«

»Vermutlich nicht, aber keine Kinder mehr bekommen zu dürfen, um eine Überbevölkerung zu verhindern, wäre schon ein großes Opfer. Doch auch das würden wohl viele in Kauf nehmen. Vor allem die, deren Familienplanung bereits abgeschlossen ist.«

»Okay, dann haben wir eine riesige Mehrheit und keine gleichgewichtigen Konkurrenzwünsche. Ist die Sache damit entschieden?«

Miriam fand es seltsam, wie ungeduldig der Kanzler war. Wollte er sich wirklich ernsthaft mit dem Thema beschäftigen? »Es wäre, glaube ich, noch wichtig, zu verstehen, warum die Menschen nicht sterben wollen.«

»Ist das nicht so eine Art Urinstinkt?«

»Sicher, aber was ist das Ziel? Was wollen wir erreichen? Unsterblichkeit?«

Der Kanzler überlegte. »Warum nicht? Wenn ich die Wahl habe, nehme ich doch das All-inclusive-Angebot. Sie nicht?«

»Mir würde es genügen, zu sehen, was aus meinen Enkelkindern wird«, sagte Miriam und war selbst überrascht von diesem Satz, der ihr einfach so herausgerutscht war. »Ich glaube, den meisten anderen Menschen geht es ähnlich, sie wollen den nächsten Frühling erleben, das Haus fertig bauen.«

»Sie meinen, die Leute wollen gar nicht für immer da sein, sondern nur ein bisschen länger?«

»Genau, wir haben Befragungen durchführen lassen, in denen mehr als zwei Drittel der Teilnehmer angaben, dass ein paar Jahre mehr ihnen eigentlich reichen würden.«

»Und wenn das Haus fertig ist, wenn der Frühling noch mal da war, dann sind sie bereit zu sterben?«

»Angst vor dem Tod werden sie trotzdem haben, aber die Bereitschaft zu gehen wird möglicherweise größer sein.«

Der Kanzler blickte sie ungläubig an. »Ich glaube, mit dem Leben ist es wie mit einem politischen Mandat: Man geht nicht, wenn man nicht gehen muss. Ihre Untersuchungen, Frau Professor, in allen Ehren, aber ich glaube kein Wort von dem, was Menschen, die nicht akut vom Tode bedroht sind, über das Sterben zu sagen haben. Auch mir selbst würde ich da nicht trauen. Ich sehe das gerade bei meinem Vater, der immer gesagt hat, älter als fünfundsechzig würde er auf gar keinen Fall werden wollen. Der gute Mann ist vor zwei Monaten achtundneunzig geworden.«

Miriam lächelte. »Dann haben Sie doch gute Gene und bräuchten so ein Medikament überhaupt nicht.«

»Wer weiß, wer weiß«, murmelte der Kanzler. »Aber falls Sie recht haben, Frau Professor, würde das nicht bedeuten, dass so ein Verjüngungsmedikament gar nicht die radikalen Folgen hätte, die wir uns heute ausmalen?«

»Ja, aber auch nur, falls ich recht habe. Denn ehrlich gesagt, wenn ich so darüber nachdenke, klingt Ihre Einschätzung realistischer als meine.«

»Weil der Mensch gierig und maßlos ist.«

»Und zugleich ängstlich und klein.«

»Fatale Mischung«, seufzte der Kanzler, erhob sich und ging schweigend vor Miriam auf und ab. »Ich hatte gehofft, diese Diskussion würde mir mehr Klarheit bringen, aber es wird immer verworrener.«

»Tut mir leid.«

»Nein, das ist doch nicht Ihre Schuld. Ich meine, es ist vermutlich eine der komplexesten Fragen, die es gibt. Das ewige Leben! Meine Güte, als hätten wir nicht genug Probleme! Meine Vorgänger mussten entscheiden, ob wir aus der Atomenergie aussteigen oder die Vermögenssteuer wieder einführen, kompliziert genug, wenn Sie mich fragen. Und ausgerechnet in meiner Amtszeit muss jetzt diese Sache auftauchen!«

»Aber Herr Bundeskanzler, nur weil dieser Durchbruch in der Forschung in Deutschland passiert ist, müssen Sie das doch nicht entscheiden. Die Möglichkeit einer medizinischen Verjüngung würde meiner Meinung nach ein solch grundlegendes Gut darstellen, dass jedem Bürger der Erde ein Zugang gesichert werden müsste. Auch um zu verhindern, dass Teile der Menschheit nur die negativen Auswirkungen ertragen, ohne von den Möglichkeiten zu profitieren.«

Der Kanzler wirkte erleichtert. »Selbstverständlich, das können wir gar nicht alleine entscheiden, die gesamte Welt muss dabei sein, vermutlich im Rahmen der Vereinten Nationen und der WHO, genau das wollte ich heute unseren internationalen Gästen vorschlagen.«

Die Büroleiterin öffnete die Tür, näherte sich lautlos dem Kanzler und flüsterte ihm etwas ins Ohr. Der Kanzler nickte. »Sie sehen, Frau Professor, die Pflicht ruft. Haben Sie vielen Dank, Sie haben mir sehr geholfen.«

Kurz darauf stand Miriam wieder auf der anderen Seite der getäfelten Holztür und eilte der wieselflinken Büroleiterin hinterher, dem Aufzug entgegen. Wahrscheinlich konnte die Büroleiterin gar nicht mehr langsam laufen, dachte Miriam, die Hast ihres Amtes war mit den Jahren so tief in sie eingedrungen, dass sie sogar an einem Sonntagmorgen bei sich zu Hause im Laufschritt zum Frühstückstisch eilen würde. Falls sie nicht auch die Sonntagmorgen im Amt verbrachte und ihr Frühstück im Gehen verschlang.

Im Aufzug blickte Miriam auf ihr Handy und sah, dass eine Nachricht des Gesundheitsministeriums in ihrem Mail-Postfach eingegangen war. Sie wurde vertraulich darüber informiert, dass Professor Mosländers vier Probanden heute Morgen auf eine besonders gesicherte Station der Charité gebracht worden waren. Als rechtliche Grundlage dafür wurde ein Paragraf aus dem Infektionsschutzgesetz angeführt, der dazu bestimmt war, im Falle des Verdachts einer gesundheitlichen Bedrohung einzelner Bürger oder ganzer Bevölkerungsgruppen eine »Sicherheitsquarantäne« verhängen zu dürfen, die das Bewegungs- und Freiheitsrecht der betroffenen Personen einschränkte beziehungsweise komplett aussetzte.

Zur näheren Erläuterung führte das Ministerium an, dass die Probanden auf diese Weise vor möglichen Angriffen geschützt seien und ihnen eine ständige medizinische Betreuung zur Verfügung stehe. Miriam war überrascht von der Rigorosität dieser Maßnahme, im Grunde sperrte man die Probanden ein. Ähnliches kannte sie nur aus geschlossenen Abteilungen der Psychiatrie und von Seuchenstationen, und auch wenn sie nachvollziehen konnte, dass man sich seit der Entführung des Professors und dem Blutraub in der Bonner Dopingagentur Sorgen um die Sicherheit der Probanden machte, fand sie die jetzt verordnete Quarantäne doch reichlich übertrieben.

Professor Mosländer war offenbar nicht von der Quarantäne betroffen, wurde aber von Personenschützern des Bundeskriminalamts bewacht. Vermutlich, dachte Miriam, brauchte man ihn weiterhin dringend als Forschungsleiter im Labor. Miriam dachte an das Gespräch zurück, das sie mit Professor Mosländer kurz nach seiner Freilassung geführt hatte. Er war ihr seltsam verändert erschienen, erstaunlich beschwingt für jemanden, der gerade von verrückten Aktivisten entführt worden war. Er hatte sich weder ausruhen noch psychologisch beraten lassen wollen, sein einziger Wunsch hatte darin bestanden, so schnell wie möglich in sein Labor zurückzukehren und mit der Arbeit fortzufahren. Auf Miriams Frage, ob er während der Entführung Angst gehabt habe, hatte er grinsend gesagt: »Doch, ich hatte Angst, dass die Apparate nicht funktionieren.«

Diese Kaltblütigkeit hatte sie verwundert und auch die Frage, die er ihr gestellt hatte, ob es stimme, dass weiteren Probanden, »Vertretern der Machtelite«, wie er es ausdrückte, das Medikament bereits verabreicht worden sei. Sie hatte es erstaunlich gefunden, wie sehr er sie mit seinen Fragen ins Vertrauen gezogen hatte, abgesehen davon fand sie die Annahme, dass »Vertreter der Machtelite« (wer auch immer das sein sollte) ein weitgehend unerprobtes Medikament einnahmen, ziemlich absurd. Wenn man Interesse an einer solchen Behandlung hatte und nicht akut von einer Krankheit betroffen war, dann konnte man doch so lange warten, bis die Sache einigermaßen sicher geworden war, oder etwa nicht?

Für die Rückfahrt stieg Miriam in eine Limousine der Fahrbereitschaft, die vor dem Kanzleramt wartete. Sie ließ sich in die Polster sinken, strich mit den Fingern über das weiche Sitzleder und betrachtete müde die Stadt, die hinter den getönten Scheiben vorbeiglitt. Sie sah zwei Frauen, die ins Gespräch vertieft mit ihren Pudeln spazieren gingen, sie sah ein Pärchen, das Händchen haltend vor einem Eisstand wartete, einen Gemüseverkäufer, der vorbeilaufenden Kindern Weintrauben zusteckte. Sie würde nie erfahren, worüber die Pudelfrauen gesprochen hatten, wie lange das Pärchen zusammenbleiben würde und ob den Kindern die Weintrauben schmeckten. Vermutlich war es sowieso interessanter, das alles nicht zu wissen, weil Geheimnisse meistens schillernder waren als ihre Enthüllung.

STATION 17

DIESE TÜR ZUM BEISPIEL, der man begegnete, wenn man den Gang hinunterlief, sah aus wie eine stinknormale Glastür, aber das war sie ganz offensichtlich nicht. Wenger hatte es ausprobiert, er hatte erst mit der Faust auf sie eingeschlagen, sich dann mit der Schulter dagegengeworfen und schließlich einen Feuerlöscher hineingeschleudert. Kein Kratzer, nicht die winzigste Spur, nur eine blutige Hand, eine taube Schulter und ein verbeulter Feuerlöscher.

Oder das abgerundete Plastikbesteck, das sie zu den ungenießbaren Mahlzeiten gereicht bekamen. Oder der in die Wand eingelassene, mit Plexiglas verblendete Fernseher im Aufenthaltsraum. Oder das Fenster in seinem Zimmer, das sich nur ankippen, aber nicht öffnen ließ. Oder das Bett, das am Boden festgeschweißt war. Oder das Telefon, das sie ihm abgenommen hatten. Oder der Kamillentee, von dem man müde wurde.

Nach drei Tagen hatte Wenger aufgehört zu kämpfen, war im Bett liegen geblieben. Er musste anerkennen, dass hier an alles gedacht worden war, und auch wenn ihm dieses Gefühl gerade komplett absurd erschien, so konnte er sich doch eines gewissen Respekts nicht erwehren, den er schon immer für professionelle Leistungen jeglicher Art empfunden hatte.

Die anderen hatten schneller aufgegeben, der Teenager und die gerade niedergekommene Mutter, die ihre Zimmer links von ihm hatten, waren wahrscheinlich noch zu geschwächt, um sich zu wehren. Von der Schwimmerin, die rechts hinten im Gang untergebracht war, hörte man auch nichts mehr. Er selbst hatte beschlossen, jetzt erst einmal ruhig zu bleiben, Kräfte zu sparen, zu beobachten, nachzudenken, auf den richtigen Moment zu warten.

Das tat ihm gut, es war auf jeden Fall besser als die Hilflosigkeit, die ihn befallen hatte, nachdem die Männer in den weißen Kitteln in sein Haus gekommen waren. Von Gefahren für seine Gesundheit und dringenden Untersuchungen hatten sie gesprochen und ihn gleich in die Charité mitgenommen. Als er abends nach Hause gehen wollte, hieß es, er müsse noch über Nacht zur Beobachtung bleiben, um kein Risiko einzugehen. Am nächsten Morgen war dann von einer Woche die Rede gewesen, um wirklich jede Gefahr auszuschließen.

Kein Problem, hatte er da noch gedacht, er würde sich nach Rücksprache mit Professor Mosländer selbst entlassen, ein Taxi rufen und zum Frühstück ins »Café Einstein« fahren, aber schon als er seinen Anzug und seine Schuhe nicht mehr fand, als die Pfleger ihn auf einmal so seltsam ansahen, als sie anfingen, ihn wie ein Kind zu behandeln, mit ihm in diesem erniedrigenden Krankenhausplural sprachen (»So, wir machen jetzt einen kleinen Piks in den Arm und dann wird es uns gleich viel besser gehen«), da wurde ihm klar, dass irgendwas nicht stimmte.

Das heißt, wirklich klar wurde es ihm erst mal nicht, weil Klarheit in diesem Fall ja auch bedeutet hätte, sich einer Situation bewusst zu werden, die er eigentlich für undenkbar hielt. Eine Situation, die im Kern darin bestand, dass er, Karl Nikolaus Wenger, nicht mehr Herr seiner Geschicke war. Weshalb er die erste Zeit damit verbrachte, sich nicht nur gegen seinen Aufenthalt auf dieser Station zu wehren, sondern auch gegen die Einsicht, dass es überhaupt möglich war, einen Mann wie ihn gegen seinen Willen festzuhalten. Denn, davon war Wenger überzeugt, solange man eine Realität nicht akzeptierte, wurde sie auch nicht real.

Das war auch damals so gewesen, als Wengers Vater wegen eines Lungenleidens plötzlich verschwunden war. Jahrelang hatte der Vater ihm Postkarten aus dieser Tuberkuloseklinik in den Schweizer Bergen geschickt, in der niemand Besuch empfangen durfte und in der es zumindest für seinen Vater kaum Heilungsfortschritte gab. Erst als Wenger dreizehn war, hatte er kapiert, dass die Handschrift auf den Postkarten die seiner Mutter war. Sie hatten nie darüber gesprochen, seine Mutter und er, auch nicht, als der Vater irgendwann verstorben war, ohne dass Wenger je erfahren hatte, wo er begraben lag. Und wenn Wenger später manchmal an seinen Vater gedacht hatte, dann hatte er ihn auf der Terrasse eines prächtigen Schweizer Kurhotels gesehen, in Decken gewickelt, die frische Bergluft atmend.

Insofern war die Situation hier in der Charité für Wenger in mehrfacher Hinsicht verwirrend. Konnte es ein Zufall sein, dass der Sohn eines vermeintlich in einer Klinik Verschwundenen selbst in einer Klinik verschwand? Womöglich lag es an diesen biografischen Verwirrungen, dass er zwischenzeitlich fest davon ausging, seine Kinder würden hinter dem Zwangsaufenthalt stecken. Hatten sich Selma und Philipp nicht gerade darüber beschwert, wie sehr er sie in ihrer unternehmerischen und auch sonstigen Freiheit einschränkte? Hatten sie ihm nicht gerade mehr oder weniger deutlich zu verstehen gegeben, dass er störte?

Was allerdings mit diesem Erklärungsansatz nicht zusammenpasste, war der Umstand, dass auch die anderen Probanden hier auf der Station versammelt waren, offenbar ebenfalls nicht freiwillig, wie er zumindest den anfänglich lauten Protesten der Schwimmerin hatte entnehmen können. Was steckte also hinter diesem ganzen Zirkus?

Wenger drehte sich auf die Seite, vergrub das Gesicht in der Bettdecke, die nach Desinfektionsmittel roch. Wichtig war, dass er die Nerven behielt, sich nicht verrückt machen ließ. Durch die Wand, die sein Zimmer von dem des Teenagers trennte, war Musik zu hören. Wenger schrie: »Ruhe, verdammt!«, und die Musik verstummte.

DER ALTE VON NEBENAN nervte. Hatte Jakob sich etwa beschwert, als der Typ immer wieder am Fenster gerüttelt und sich gegen die Tür geworfen hatte? Als er nachts nach irgendeiner Mathilde gerufen hatte? Keinen Mucks hatte Jakob da von sich gegeben, weil ihm der Alte, der offenbar immer noch nicht checkte, was hier abging, leidtat. Aber dass der dann gleich rummaulte, nur weil Jakob mal kurz in das neue »Happy Elephants«-Album reinhörte, das ja immerhin ihm gewidmet war, das fand er dann doch übertrieben. Er konnte ja nichts dafür, dass sie ihm die Kopfhörer abgenommen hatten, weil Kabel jeglicher Art aus Sicherheitsgründen verboten waren, wie der Pfleger gesagt hatte. Keine Ahnung, welchen Sinn diese Regel haben sollte. Hatten die Angst, dass er sich eine Strickleiter baute? Dass er sich erhängte? Mit einem Kopfhörerkabel?

Jakob schlug die Decke zur Seite, setzte sich auf, ließ die Beine über den Bettrand gleiten, suchte mit den nackten Zehen nach den Hausschuhen, verlagerte behutsam sein Gewicht, hielt sich mit der linken Hand am Bettgestell fest, stand langsam auf. Ignorierte seine weichen Knie, das mulmige Gefühl im Magen, den brummenden Schädel, lief in kleinen Schritten zum Fenster hinüber, das vom fahlen Mondlicht erleuchtet war. Vor zwei Wochen hatte er die ersten Schritte gemacht, anfangs noch von den Pflegern gestützt, später mit Krücken, schließlich ohne jede Hilfe. Es war ein tolles Gefühl gewesen, seinen Körper wieder zu spüren, ihn im Gleichgewicht zu halten, sich durch den Raum zu bewegen. Manchmal dachte er, dass es vielleicht gar nicht so schlecht war, etwas so Selbstverständliches eine Zeit lang nicht mehr tun zu können, um es danach umso mehr zu feiern. Manchmal dachte er aber auch, dass diese Art von Logik nur armen Schweinen wie ihm logisch erscheinen konnte.

Was letztlich aber auch total egal war, denn die Freude über seine neuen Bewegungsmöglichkeiten, die war geblieben, wie auch die Freude darüber, dass sein Körper wieder ansehnlicher wurde, die Dellen an seinen Beinen waren verschwunden, die Beulen am Bauch waren weniger geworden. Seine Biomarker zeigten wieder messbare Alterungsdaten an, auch wenn die letzten Befunde ihm lediglich bescheinigten, dass er rein biologisch gesehen gerade im besten Kindergartenalter war.

Jakob blickte aus dem Fenster, sah die Umrisse eines Baumes, sah zugemauerte Fenster im Gebäude gegenüber. Es war schon seltsam, dass er gerade jetzt, wo es ihm so viel besser ging, hierher verlegt worden war, auf diese Station, die eindeutig keine normale Krankenhausstation war. Aber da auch die anderen Patienten hier waren, hatte es wohl nichts mit ihm persönlich zu tun. Vielleicht hatten die Ärzte eine neue Behandlungsmöglichkeit entdeckt, die sie hier an allen ausprobieren wollten, irgendein Mittel, das schon bald dafür sorgen würde, dass er wieder ganz normal aussah, wieder ganz normal draußen herumlaufen durfte, wieder ganz normal bei sich zu Hause wohnen konnte. Und natürlich, das Allerwichtigste, endlich wieder mit Marie zusammen sein durfte.

Jakob lief zu seinem Bett zurück, setzte sich, ließ sich seitlich auf die Matratze sinken. Normalerweise besuchte Marie ihn alle zwei Tage, seine Eltern kamen einmal die Woche. Hier war Besuch nicht erlaubt, aus »hygienischen Gründen«, hatten die Pfleger gesagt, was auch immer das bedeuten sollte. Er war jetzt schon acht Tage auf der neuen Station, was bedeutete, dass Marie mindestens vier Mal versucht haben musste, ihn zu besuchen. Er kannte Marie mittlerweile gut genug, um zu wissen, dass sie nicht aufgeben würde, zumal sie ihm gerade den letzten Harry-Potter-Band vorlas, »Harry Potter und die Heiligtümer des Todes«, in dem es schon bald zum großen Finale zwischen Harry und dem dunklen Lord kommen würde.

Jeden Tag löcherte Jakob die Pfleger mit seinen Fragen. Wann er Marie sehen dürfe? Wann er mit Professor Mosländer sprechen könne? Aber die Pfleger sagten immer nur das Gleiche: dass er hier gut aufgehoben und in Sicherheit sei. Wovor man ihn beschützte, sagte niemand.

Vielleicht hatte es mit den Demonstrationen und Protesten zu tun, von denen Marie ihm erzählt hatte, oder mit den Leuten, die hinter Professor Mosländers Entführung steckten. Marie hatte ihm das Video der Entführer gezeigt, sie hatte gesagt, es gebe immer mehr junge Leute, die bereit seien, sich mit allen Mitteln gegen die Verjüngungsexperimente zu wehren. Vielleicht war er ja wirklich in Gefahr, weil er das Zeug in seinem Körper hatte, das die einen als größte Bedrohung und die anderen als größten Segen betrachteten.

ETWA ZEHN METER WEITER den Gang hinunter saß Jenny auf einem grauen Plastikstuhl und stillte zum dritten Mal an diesem Abend ihr Baby. Oder war es schon das vierte oder fünfte Mal? Jenny war zu müde zum Mitzählen, auch das Baby schien erschöpft zu sein, nuckelte immer nur kurz an ihrer Brust und schlief dabei ein. Sobald aber Jenny das Baby von der Brust nahm, erwachte es und schrie. Mittlerweile ahnte sie, woher das Wort »stillen« kam, weil dieses Kind wirklich nur dann Ruhe gab, wenn es an ihr hängen durfte. Durch das ständige Stillen waren Jennys Brustwarzen wund geworden, und obwohl sie seit gestern ein Hütchen aus Silikon benutzte, war das Anlegen so schmerzhaft, dass sie zusammenzuckte, sobald die Lippen des Säuglings sie berührten.

Dabei war das Kind doch gerade mal fünf Tage alt, viele Frauen stillten monate-, gar jahrelang, wie sollte sie das bloß durchhalten? Die Hebamme, die zweimal am Tag in ihr Zimmer kam, mahnte zu Geduld und Disziplin. »Sie schaffen das, alle schaffen das«, sagte sie.

Das Baby hatte noch keinen Namen, weil Jenny diese Entscheidung zusammen mit Thomas treffen wollte. Im Moment nannte sie es »das Kind«. Wegen des Umzugs auf die neue Station hatte Thomas es noch nicht gesehen, die Frage war, ob er überhaupt von der Geburt erfahren hatte. Die Pfleger sagten, der Vater sei informiert worden, aber die Pfleger sagten viel, wenn der Tag lang war.

Jenny betrachtete das Köpfchen, das an ihrer Brust klebte, der Schädel sah auf der einen Seite ein bisschen eingedrückt aus, was nach Aussage der Hebamme anfangs völlig normal war. Auf der Stirn hatte das Kind einen roten Fleck, der sich beim Schreien tiefblau färbte. Bis auf eine einzige Haarsträhne über dem linken Ohr war das Kind komplett kahl, wodurch das kleine Gesicht seltsam greisenhaft wirkte. In den Geburtsvorbereitungsbüchern, die Jenny gelesen hatte, stand, dass sich Mütter in der Regel nach der Geburt sofort in ihr Baby verliebten. Das konnte Jenny, bisher jedenfalls, so nicht bestätigen, obwohl sie sich wirklich Mühe gab.

Alles war so anders, als sie es erwartet hatte. Es war schon damit losgegangen, dass das von ihr erträumte Mädchen dann doch ein Junge gewesen war, was die Namensfindung nicht gerade erleichterte, weil Jenny sich während der Schwangerschaft ausschließlich mit Mädchennamen beschäftigt hatte. Außerdem erschien ihr das Kind wie eine Miniaturausgabe von Thomas, vor allem dieser altkluge Blick. Natürlich wusste sie, wie unpassend, ja geradezu dämlich diese ganzen Gedanken waren. Sie versuchte, sich dagegen zu wehren oder sie zumindest nicht so ernst zu nehmen, vermutlich hatte sie eine kleine Wochenbettdepression, auch darüber hatte sie gelesen.

Sobald ihr Hormonspiegel wieder normal war, würden auch die richtigen Gedanken kommen.

Nachts weinte sie viel, möglichst lautlos, um das Kind nicht zu wecken, aber manchmal brach es aus ihr heraus, so heftig, dass sie selbst erschrak. Sie kapierte nicht, was mit ihr los war, sie hatte sich doch so gefreut auf das Kind, hatte sogar ihr Leben für das ungeborene Baby riskiert. Sie versuchte, sich an die Tagträume zu erinnern, die sie hatte, als sie in den Wartezimmern der Fruchtbarkeitskliniken gesessen hatte. Es war vor allem dieser eine Traum gewesen, in dem sie auf der Seite lag, ihr Baby dicht am Leib, die Wärme spürend, die von dem kleinen Körper auf sie überschwappte. Warum konnte sie das jetzt nicht fühlen? Ging das Glück verloren, wenn man es sich vorher zu oft ausgemalt hatte?

Sie empfand sich selbst als undankbar. Auf gerade mal dreißig Prozent hatte Professor Mosländer die Wahrscheinlichkeit geschätzt, dass sie beide überlebten. Sie war eingeschlafen und hatte gewusst, dass sie vermutlich nicht mehr aufwachen würde, hatte gehofft, dass zumindest ihr Baby es schaffte. Und jetzt? Hatte sie dem Tod ein Schnippchen geschlagen, hatte sie mehr bekommen, als sie zu hoffen gewagt hatte, war sie vom Schicksal reich beschenkt worden – und war trotzdem unglücklich wie nie.

Nur einmal hatte sie eine halbwegs angemessene Dankbarkeit gespürt, als sie langsam aus dem künstlichen Koma aufgewacht war, das erste Licht sah, die ersten Töne hörte, die trockene Zunge am Gaumen spürte, den Zeigefinger bewegen konnte. Die Stimme von Professor Mosländer war aus der Ferne zu ihr gedrungen, hatte sie getragen.

Als sie später ihren Bauch sah, der zwischenzeitlich gewachsen war, als sie erfuhr, dass auch das Kind in ihrem Bauch bei guter Gesundheit war, als irgendwann Thomas lachend vor ihr saß, da war für einen Moment lang alles gut gewesen. Bevor die sogenannte Normalität wieder begonnen hatte und die kleinen Probleme den Platz einnahmen, der gerade noch von den großen Problemen besetzt gewesen war.

Im Moment hatte sie noch nicht mal die Energie, um sich mit der Frage zu beschäftigen, warum man sie eigentlich hierhergebracht hatte. Sie registrierte Seltsamkeiten, aber es war ihr egal, vielleicht weil sie spürte, dass sie gerade überall genauso unglücklich wäre wie hier. Das Kind bewegte den Kopf, die Brustwarze rutschte aus seinem Mund. Fünf, vier, drei, zwei, eins … zählte Jenny in Gedanken, dann begann erneut das Gebrüll.

NORMALERWEISE FAND VERENA Babygeschrei furchtbar. Wenn sie zum Beispiel im Flugzeug saß und eine Familie mit Kleinkindern nach ihren Plätzen suchend durch den Gang tapste, dann kam es vor, dass sie diskret ein kleines Stoßgebet absandte, damit der Flugzeug-Gott, oder wer auch immer, die Kinder möglichst weit von ihr entfernt platzierte. Hier auf dieser stillen Krankenhausstation aber wirkte das Babygeschrei, das sie vor allem abends den Gang heraufschallen hörte, beruhigend. Es gab den Tagen einen Rhythmus, es durchschnitt die Einsamkeit, die wie ein schwerer Mantel an ihr hing.

Sie war nicht gerne alleine, sie wusste einfach nichts mit sich anzufangen, konnte sich weder konzentrieren noch entspannen, wenn niemand sonst im Raum war.

Von klein auf war das so gewesen, die Tür ihres Kinderzimmers hatte immer offen gestanden, auch als sie gar kein Kind mehr gewesen war, ihre Hausaufgaben hatte sie am liebsten am großen Küchentisch erledigt, dem Ort des elterlichen Hauses, an dem der Durchgangsverkehr am größten gewesen war. Sogar Bücherlesen und Fernsehgucken, Dinge also, die man eigentlich wunderbar alleine betreiben konnte, waren für sie bis heute nur wirklich zu genießen, wenn noch jemand anderes in der Nähe war.

Meistens hatte sie sowieso keine Zeit für solche Sachen gehabt, mit täglich sechs Stunden Schwimmtraining waren die einsamen Minuten rar gewesen. Wobei sie sich schon manchmal fragte, ob sie aus Angst vor der Einsamkeit mit dem Leistungssport angefangen hatte. Oder ob sie, umgekehrt, erst durch den Sport verlernt hatte, sich selbst auszuhalten. Schon diese Grübeleien wusste Verena als eindeutige Zeichen fortgeschrittenen Sozialmangels zu deuten. Deshalb hatte sie bereits kurz nach ihrer Ankunft auf Station 17 damit begonnen, ein Trainingsprogramm für sich zu entwickeln. Ein Work-out, das ihren Tag strukturierte, ihren Körper in Schuss hielt und sie vor zu vielen Grübeleien bewahrte. Morgens um sieben ging es los mit einem halbstündigen Yogaprogramm, das hauptsächlich aus Dehnübungen bestand, aber auch zur Rückenkräftigung beitrug. Es folgte, ebenfalls eine halbe Stunde lang, das Bauch-Beine-Po-Programm. Den Nachmittag begann sie mit hundertzwanzig Liegestützen und zweihundert Kniebeugen, bevor sie am Abend ein weiteres Yogaprogramm anhängte, das vor allem die tiefen Muskelstrukturen ansprach.

Die Übungen aus dem zweiten Yogaprogramm hatte sie auch Tanja beigebracht, die vor zwei Monaten bei ihr eingezogen war. Tanja, die dabei gewesen war, als die Pfleger sie vor einer Woche zu Hause abgeholt hatten, die sofort gespürt hatte, dass etwas nicht in Ordnung war. »Bleib hier«, hatte Tanja ihr zugeflüstert, kurz bevor sie gegangen war. Aber Verena hatte nur gelacht über das Misstrauen ihrer Freundin, was sollte ihr denn schon passieren?

Tja, das hatte sie gedacht. Und dann war sie ausgerastet, als sie am dritten Abend immer noch nicht nach Hause durfte, weil sie es schlicht nicht mehr ertrug, wenn irgendjemand Pläne für sie machte. Auch das hatte sie wahrscheinlich von Tanja gelernt, die nur auf sich hörte und keinen Zwang von niemandem duldete. Verena hatte diesen Pfleger mit der Topffrisur gewarnt, sie hatte gesagt: »Fass mich nicht an!«, sie hatte geschrien: »Fass mich nicht an!!«, aber der Arsch hatte nur gelacht und weiter versucht, ihr diesen blöden Tee mit der Schnabeltasse einzuflößen. Was der Typ nicht wusste, war, dass Verena im Schwimmverein jahrelang einen Taekwondo-Lehrer gehabt hatte, für Koordination, Stabilität und Beweglichkeit. Und als dieser Trottel allen Ernstes meinte, bei ihr einen Armhebel ansetzen zu können, hatte sie ihm erst einen Frontkick in die Eier verabreicht und dann mit einem Ellbogenschlag das Jochbein lädiert. Okay, da hatte sie ein bisschen überreagiert, das sah sie jetzt auch, ein leichter Fauststoß auf die Nase hätte gereicht, aber sie war nun mal so verdammt wütend gewesen.

Und dann waren die Pfleger natürlich wiedergekommen, zu viert. Sie wurde am Bett fixiert, zwei Tage lang, bekam ein Beruhigungsmittel gespritzt und durfte erst wieder aufstehen, nachdem sie sich bei der Topffrisur entschuldigt und Besserung gelobt hatte.

Weil sie dann wirklich sehr brav gewesen war, durfte sie heute zum ersten Mal mit in den Fernsehraum, wo sich die Patienten jeden Nachmittag versammelten, um gemeinsam eine Quizshow oder anderen Quatsch zu gucken. Der Pfleger mit dem Stiernacken, der die Topffrisur ersetzt hatte, wollte sie um drei abholen. Sie überlegte, wie sie wohl gerade aussah, es gab hier keinen Spiegel. Sie fuhr sich mit den Fingern durchs Haar, ihre Fingernägel waren dreckig und sie roch nach altem Schweiß. Normalerweise dürfe man hier jeden Tag duschen, hatte der Stiernacken gesagt, vorausgesetzt natürlich, dass man sich ordentlich verhielt. Ob sie ihm das versprechen könne, hatte er gefragt und sie hatte genickt.

Es war erstaunlich, wie schnell man sich an so eine Situation gewöhnte, wie flugs man sich mit einem Schicksal abfand. Könnte sie jetzt noch so wütend werden wie am Anfang? Wahrscheinlich nicht, dachte Verena, sie fühlte keine Entrüstung mehr, die Würde hing nicht mehr so hoch. Vielleicht hatten sie ihr Tranquilizer ins Essen gemischt. Hatte sie es vor wenigen Tagen noch als ihr Recht angesehen, umgehend aus dieser Klinik entlassen zu werden, hoffte sie jetzt nur noch auf einen Nachmittag im Fernsehzimmer. Sich anpassen, dachte Verena, das war es, was Menschen taten, wenn sie überleben wollten.

Pünktlich um drei Uhr stand der Stiernacken in ihrem Zimmer, wiederholte noch einmal die goldenen Fernsehzimmer-Regeln: Nicht den Platz verlassen. Schön den Tee trinken. Ruhig bleiben. Sie gingen den Gang hinunter und bogen links in einen Raum, in dem vier Stühle vor einem in die Wand eingelassenen Fernseher standen. Verena sah die Frau mit ihrem Baby, einen alten Mann, der selbst hier eine gewisse Würde ausstrahlte, und einen Jungen, der blass und schmal auf seinem Stuhl hockte. Sie nickte den anderen zu, die anderen nickten zurück, der Blick des alten Mannes war direkt und prüfend, aber nicht unfreundlich. Sie wusste, dass der Typ ein reicher Immobilienunternehmer war, der Junge machte irgendwas mit Computern, das hatte sie in der Zeitung gelesen. Über die Frau mit dem Kind wusste sie nichts, aber sie sah ziemlich fertig aus.

Sie setzte sich auf den freien Stuhl, im Fernsehen lief eine Gerichtsshow, einmal ging der Stiernacken kurz aus dem Raum und der Alte, der einen Meter neben ihr saß, flüsterte:

»Bist du klar im Kopf?«

Sie nickte.

»Willst du raus?«

Sie nickte erneut, wollte noch etwas sagen, aber der Alte schüttelte warnend den Kopf, der Stiernacken kam zurück. Eine Stunde lang saßen sie schweigend nebeneinander, die Blicke auf den Fernseher gerichtet. Dann fing das Baby an zu schreien, die Mutter sprang von ihrem Stuhl auf, versuchte hektisch, das Kind zu beruhigen. Der Stiernacken schaltete den Fernseher aus.

Mitten in der Nacht wachte Verena auf, weil irgendwas an ihrem Arm rüttelte. Als sie die Augen öffnete, hätte sie vor Schreck beinahe aufgeschrien, denn an ihrem Bett saß der Alte. »Nicht so viel von dem Tee trinken, sonst wachst du irgendwann gar nicht mehr auf«, sagte er.

»Wie sind Sie hier hereingekommen?«

»Egal. Sprechen wir über unsere Flucht. Wir haben zwei Problemfälle an Bord, das Baby und den Jungen, der kaum laufen kann. Bist du körperlich so weit fit?«

»Ja, aber …«

»Hör einfach nur zu. Kannst du den Jungen tragen?«

»Denke schon.«

»Auch etwas länger und wenn du schnell laufen musst?«

»Kann ich trainieren.«

»Okay, arbeite daran, verhalte dich unauffällig.« Und schon war der Alte wieder weg, war wie ein Geist in der Dunkelheit verschwunden. Am nächsten Morgen fragte sich Verena sogar kurz, ob sie das alles nur geträumt hatte, begann aber sofort mit dem Training.

MARTIN

Der Kongress der Internationalen Gesellschaft für Stammzellforschung fand im Hotel Maritim in Berlin-Mitte statt, was bei vielen Teilnehmern für Verwirrung sorgte, weil das Jahrestreffen normalerweise am Hauptsitz der Gesellschaft in Illinois, USA, abgehalten wurde. Dass es diesmal anders war, hatte ausschließlich mit Martin zu tun, der den Eröffnungsvortrag halten sollte, aber schlicht nicht die Zeit gehabt hätte, die weite Reise über den Atlantik anzutreten. »Wenn der Prophet nicht zum Berg kommt, dann kommt eben der Berg zum Propheten«, hatte der Vorsitzende der Gesellschaft irgendwann geseufzt und mit einer fast dreißigjährigen Tradition gebrochen, was für Martin im Grunde genommen eine noch größere Ehre war als die, der erste Redner auf der wichtigsten Veranstaltung seiner Zunft zu sein.

Schon bevor der Kongress überhaupt losging, hatte Martin alle möglichen Huldigungen und Preisungen von Kollegen aus dem In- und Ausland empfangen. Auf einmal wollten sie alle mit ihm zusammenarbeiten, hatten sie schon immer von seinem außergewöhnlichen Talent gewusst.

Seltsamerweise löste das alles bei Martin nicht die Gemütsstimmung aus, die er selbst erwartet hätte, er fühlte sich natürlich wahnsinnig geschmeichelt und stolz und auch ein bisschen glücklich, vor allem aber fühlte er sich heillos überfordert. Es war vermutlich wie immer, wenn etwas passierte, von dem man lange heimlich geträumt hatte, am Ende konnte die Realität nicht mit dem Traum mithalten. Es war erstaunlich, wie furchtbar anstrengend das Glück sein konnte. Seit Wochen war Martin wie im Rausch, selbst in der Abgeschiedenheit seines Labors konnte er keine Ruhe mehr finden, und ganz tief im Inneren seines Forscherherzens wünschte er sich, möglichst bald wieder in Frieden gelassen zu werden.

Außerdem machte sich Martin keine Illusionen über die Flüchtigkeit seines Ruhms, es genügte, wenn nur ein paar von den Leuten, die illegal den alten Wirkstoff verabreicht bekommen hatten, plötzlich starben. Es genügte, wenn die klinischen Studien zum gerade neu entwickelten Medikament, die nun bald mit mehr als achtzig Probanden beginnen würden, zu keinem Abschluss kamen, wenn das Medikament nicht zugelassen wurde. Dann würde man sich seiner auch später noch erinnern, aber wohl eher als den Mann, der mal ganz kurz ganz nahe an etwas Bahnbrechendem dran gewesen war. Von den sechshundertvierzig Kongressteilnehmern wären sechshundertneununddreißig ganz sicher nicht traurig über eine solche Entwicklung. Martin wusste das aus eigener Erfahrung, ihm selbst hatte das spektakuläre Scheitern berühmter Kollegen oft mehr Befriedigung verschafft als die Lorbeeren, die er sich mit dem eigenen Schaffen verdient hatte. Das hatte nichts mit Schadenfreude oder übertriebenem Neid zu tun, es war eher eine Art Beruhigung. Denn auch wenn es richtig war, dass Wissenschaftler im Allgemeinen und Zellforscher im Besonderen nicht sonderlich gefühlsduselig waren, so einte ein Gefühl sie doch alle: die Angst davor, dass ein anderer das schaffte, was man selbst ein ganzes Leben lang versucht hatte.

Diese Angst war ein verlässlicher Motor. Was sollte einem denn sonst die Kraft geben, jahrelang mit der Pipette im Labor zu hocken? Die üblichen Triebmittel wie Geld und Statussymbole zogen bei echten Wissenschaftlern nicht. Auch die Meinung der meisten anderen Menschen war ihnen ziemlich egal. Was zählte, war die Meinung der wenigen, die überhaupt verstanden, woran man arbeitete. Die Angst, von denen überholt zu werden, trieb einen an. Und deren Angst zu spüren, war gerade das Beste überhaupt.

Insofern war es so eine Art Vollbad des guten Gefühls, in das Martin tauchte, als er den Tagungssaal des Maritim-Hotels betrat. Das verhaltene Raunen, die vorsichtigen Blicke, die linkischen Umarmungen, all das gefiel ihm dann doch mehr, als er gedacht hätte. Nach seinem Vortrag begann direkt das Abendessen, bei dem bereits die ersten unangenehmen Fragen kamen, vor allem von den Harvard-Kollegen, die sich scheinbar unschuldig nach dem Gesundheitszustand seiner Probanden erkundigten. »Ich meine, zwei Problemfälle sind ja nicht viel in einer Studie, es sei denn, die Studie hat nur vier Teilnehmer«, bemerkte Elisabeth Turner, die neue Leiterin der Medical School. Neben Martin saß Josh Haberman, eine Koryphäe der Biomedizin aus Stanford, der nach dem Dessert laut genug, sodass jeder am Tisch es hören konnte, sagte: »Und dann auch noch entführt zu werden und gezwungen zu sein, quasi illegal Medikamente unters Volk zu bringen, das kann einen Arzt schon an die Grenze der Selbstachtung bringen. Wenn nicht darüber hinaus!«

Aber Martin ließ sich nicht aus der Ruhe bringen, er betrachtete die Giftpfeile als Komplimente, ließ sich nach dem Essen einen doppelten Whisky servieren und genoss die rauchige Wärme, die sich in ihm ausbreitete. Bis diese Frau auf ihn zukam, die ihm irgendwie bekannt vorkam, die aber ganz offensichtlich keine Kollegin war, dafür war sie viel zu elegant gekleidet. »Guten Abend, Miriam Holstein, Sie erinnern sich vielleicht an mich, wir haben vor ein paar Wochen im Ministerium miteinander gesprochen.« Martin spürte eine dumpfe Spannung in sich aufsteigen, natürlich erinnerte er sich an das Gespräch mit ihr, das kurz nach seiner Freilassung stattgefunden hatte und eher so eine Art Verhör gewesen war. Diese Frau gehörte zum Expertenrat der Bundesregierung und war ziemlich einflussreich.

»Frau Holstein, guten Abend, schön, dass Sie die Zeit gefunden haben, sich meinen Vortrag anzuhören.«

»Ehrlich gesagt bin ich aus einem anderen Grund gekommen. Könnte ich Sie kurz unter vier Augen sprechen?«

»Jetzt gleich?«

»Wenn das möglich wäre.«

Sie gingen in den gelben Salon, der an den Tagungssaal grenzte, die beiden Personenschützer, die ihn seit einer Woche begleiteten, kamen mit. Martin war nervös, die Anwesenheit von Miriam Holstein an diesem Abend konnte nichts Gutes bedeuten, etwas Wichtiges musste passiert sein. Sie setzten sich in eine Ecke, Miriam Holstein schlug die Beine übereinander und betrachtete ihn aufmerksam.

»Herr Professor, ich bin hier heute Abend nicht in offizieller Funktion, eher als Privatperson, und alles, was ich Ihnen jetzt sage, habe ich Ihnen nie gesagt.«

»Verstanden.«

»Wann haben Sie Ihre Probanden zuletzt gesehen?«

»Die beiden klinischen Fälle vor zehn Tagen, nach der Entbindung, die glücklicherweise für Mutter und Kind unauffällig verlaufen ist. Auch dem Jungen geht es jetzt schon viel besser.«

»Das freut mich zu hören. Wissen Sie, dass die vier Probanden kurz danach auf eine Isolationsstation der Charité gebracht wurden?«

Martin erschrak. »Wie bitte?«

»Sie wissen also nichts davon?«

»Nein, ich hatte die behandelnden Ärzte gebeten, mich auf dem Laufenden zu halten, falls es neue Komplikationen geben sollte, ansonsten war ich, wie Sie sicher wissen, sehr beschäftigt.«

»Es gab eine Anweisung des Ministeriums, die Verlegung erfolgte auf Grundlage des Infektionsschutzgesetzes. Ihre Probanden befinden sich in Quarantänestufe vier, was bedeutet, dass jeder Kontakt zur Außenwelt unterbunden wird.«

»Jeder Kontakt? Man kann nicht mal mit ihnen telefonieren?«

»Kein Mailkontakt, keine Nachrichten, nichts.«

»Warum?«

»Genau das würde ich gerne wissen, deshalb bin ich hier. Es wäre verständlich, die Probanden besser schützen zu wollen, nach allem, was passiert ist. Aber was jetzt geschieht, das muss andere Gründe haben.«

Martin überlegte. Es war eine Ungeheuerlichkeit, seine

Probanden in Quarantäne zu sperren, ohne ihn zu informieren. Das waren immerhin seine Patienten, für die er verantwortlich war. »Haben Sie irgendeine Idee, welche Gründe das sein könnten?«, fragte er nun selbst.

»Ich weiß, dass im Ministerium entschieden wurde, Ihrem Forschungsprojekt höchste Priorität einzuräumen, dabei geht es sicherlich nicht nur um wissenschaftliche Ziele. Mittlerweile haben vermutlich alle verstanden, wie viel Geld in dieser Sache steckt. Wenn Ihr Verjüngungsmedikament zugelassen wird, dann wird das einer der größten Pharmadeals der Geschichte. Entsprechend groß ist vermutlich die Angst, dass jetzt noch irgendwas dazwischenkommt.«

»Das erklärt aber immer noch nicht, warum man meine Probanden weggesperrt hat.«

»Ich nehme an«, sagte Miriam Holstein, »der Wirkstoff des neuen Verjüngungsmedikaments unterscheidet sich nicht grundlegend von dem des Herzmuskelmedikaments?«

»Nein. Wir haben ein paar Modifikationen vorgenommen, die vor allem die Geschwindigkeit der Zellverjüngung betreffen. Wir können den Prozess jetzt viel besser steuern und, wenn nötig, sogar unterbrechen. Aber der Wirkstoffcocktail an sich ist derselbe.«

Miriam Holstein dachte nach. »Halten Sie es trotzdem für möglich, dass neue Komplikationen erst jetzt eingesetzt haben?«

Martin war plötzlich wie elektrisiert. »Sie denken, meine Probanden haben neue Symptome entwickelt, die nicht bekannt werden dürfen, weil sie das gesamte Projekt infrage stellen würden?«

»Möglich.«

»Vielleicht ist es eher eine Präventionsmaßnahme, damit man sofort reagieren kann, falls irgendetwas mit den Probanden passiert, und es nicht an die Öffentlichkeit kommt.«

»Ja, Kontrolle«, sagte Miriam Holstein. »Nachdem so viel Unkontrolliertes passiert ist, will man jetzt vermutlich jedes Risiko ausschließen.«

»Aber warum«, sagte Martin, »haben sich die Angehörigen der Probanden nicht bei mir gemeldet?«

»Sind Sie sicher, dass sie es nicht versucht haben? Wie fand die Kommunikation mit den Angehörigen bisher statt?«

»Über die Klinik.«

»Na, dann haben Sie doch Ihre Antwort. Wenn die Klinik Sie nicht über die Verlegung informiert, warum sollten dann die Nachrichten der Angehörigen weitergeleitet werden?« Miriam beugte sich zu Martin vor und flüsterte: »Haben Sie mal darüber nachgedacht, ob Ihre beiden Bodyguards hier Sie nur beschützen oder vielleicht auch ein kleines bisschen überwachen?«

Martin blickte zu seinen Personenschützern, die ein paar Meter entfernt an einem anderen Tisch saßen und gelangweilt ins Nichts starrten. Er rutschte nervös auf seinem Stuhl hin und her und dachte an den Jungen, der so mutig und gefasst gewesen war, als er ihn das letzte Mal gesehen hatte. Er dachte an die flatternden Pupillen der jungen Mutter, kurz bevor sie aus dem künstlichen Koma erwacht war. Er durfte auf keinen Fall untätig bleiben, er musste ihnen helfen. »Ist das überhaupt legal? Man kann Menschen doch nicht einfach so einsperren!«

»Das in der Coronazeit novellierte Infektionsschutzgesetz erlaubt eine strenge Isolation, wenn von Einzelnen eine signifikante gesundheitliche Gefahr für die Allgemeinheit ausgeht.«

»Welche Gefahr denn?«

»Das zentrale Argument des Ministeriums ist die Möglichkeit einer Übertragung des Wirkstoffes durch Blut.«

»Das ist doch lächerlich, da draußen laufen gerade Hunderte, wenn nicht Tausende rum, die denselben Wirkstoff im Blut haben, dann müsste man die doch alle einsperren.«

»Anders als bei Ihren Probanden, lieber Professor Mosländer, ist die Identität dieser Leute nicht bekannt. Außerdem würde ich an Ihrer Stelle diese illegal Behandelten so wenig wie möglich erwähnen, das ist immer noch etwas, das leicht auf Sie zurückfallen kann.«

»Aber ich muss doch irgendwas tun, oder? Ich kann doch nicht tatenlos dabei zusehen, wie Menschen, die mir vertraut haben, um ihre Freiheit gebracht werden!«

Miriam Holstein legte ihm besänftigend die Hand auf den Arm. »Sprechen Sie bitte etwas leiser und vergessen Sie nicht, dass ich hier gerade ein erhebliches Risiko eingehe, indem ich Ihnen vertrauliche Informationen zukommen lasse. Tun Sie also bitte nichts Unbedachtes.«

»Ja, schon gut, alles klar.«

»Wissen Sie, das sind genau die Sachen, die ich von Anfang an befürchtet habe. Und es ist nur ein kleiner Vorgeschmack auf das, was später kommen wird. Die Regeln unseres Zusammenlebens werden sich ändern, die neue Freiheit werden wir mit der alten Freiheit bezahlen.«

»Wie meinen Sie das?«

»Wir können nicht länger leben und gleichzeitig alles so beibehalten wie bisher. Es wird erhebliche staatliche Eingriffe geben müssen, bislang unvorstellbare Zwangsmaßnahmen, immense Einschränkungen dessen, was wir bisher als unser Privatleben betrachtet haben. Wenn Menschen nicht mehr sterben, wird alles neu definiert, auch die Demokratie, die Bürgerrechte, die Beteiligungsmöglichkeiten. Der Kampf um die Plätze an Bord hat begonnen, verstehen Sie?«

Martin hörte erschrocken zu, so hatte er das Ganze noch nicht betrachtet. Dass eine Revolution in den menschlichen Zellen auch die menschliche Gesellschaft revolutionieren würde. »Und am Ende bin ich an alldem schuld«, murmelte er.

»Nicht wirklich. Sie haben der Menschheit ja nur eine Tür geöffnet. Ob wir da durchgehen, müssen wir selbst entscheiden. Aber wenn wir die Entscheidung treffen, dann sind wir auch alle verantwortlich dafür.«

Plötzlich schlich sich eine dunkle Ahnung in Martins Gedanken. »Kann es sein, Frau Holstein, dass dieses Gespräch nur ein Test ist? Um herauszufinden, wie loyal ich bin? Ob man mir vertrauen kann?«

Miriam Holstein sah ihn amüsiert an. »Herr Professor, wenn das hier ein Test wäre, meinen Sie wirklich, ich würde Ihnen das sagen?«

»Okay, vergessen Sie es.«

»Ich wollte nur, dass Sie Bescheid wissen. Sie sind der medizinische Leiter des Projekts, Sie haben vermutlich von uns allen die besten Chancen, gehört zu werden. Und jetzt gehen Sie zu Ihren Kollegen zurück und genießen Sie den Abend.«

Martin stand auf, wusste nicht, wie er sich am besten verabschieden sollte. Hände schütteln? Leichtes Nicken? Lässiges Winken mit der rechten Hand? Es wurde dann eine Mischung aus allem, die vermutlich ähnlich hilflos wirkte wie seine Frage zuvor. Miriam Holstein lächelte gütig.

STATION 17

WOHER ER GEWUSST HATTE, dass der Pfleger mit dem Stiernacken sein Mann war? Man hätte es Instinkt nennen können. Oder Erfahrung. Wenger hatte lange genug Menschen beobachtet, es war wichtig, sein Gegenüber zu verstehen, zu wissen, wie verführbar, wie risikobereit, wie eitel jemand war. In schwierigen Verhandlungen, und davon hatte er weiß Gott eine Menge gehabt, ging es nicht nur um Geld, sondern auch um Schwachstellen, um Ängste, um Sehnsüchte. Seine leitenden Manager hatte er immer selbst ausgewählt, kein Personalberater, kein Assessment-Center konnte sein Gespür ersetzen. Oft genügte es schon, wenn er jemanden zur Tür hereinkommen sah, es gab so viele Signale, die man nur bemerken musste.

Einmal hatte er sich trotzdem geirrt, hatte einem fünfunddreißigjährigen Schnösel die Leitung der Niederlassung in Köln überlassen, weil der in seiner Schnöseligkeit so überzeugend und entspannt gewirkt hatte, dass er das ideale Verhandlungsmonster hätte sein können. Wenger hatte allerdings übersehen, dass der Mann vermutlich nur aus Furcht überheblich war, dass ihn seine Blasiertheit unglaubliche Anstrengung kostete. Was immer ein Nachteil war, weil man seine Kraft eigentlich für andere Sachen brauchte und weil niemand gerne Geschäfte machte mit einem, der sich verstellte. Man konnte ein Kotzbrocken, ein Aufschneider, ein Vabanquespieler sein, aber dann musste man das auch wirklich sein. Es nur zu behaupten, zeugte von Schwäche und provozierte einen wie Wenger dazu, herauszufinden, wer derjenige wirklich war.

Bei der Auswahl des Pflegers ging es natürlich vor allem um Gier, die musste ordentlich ausgeprägt sein. Außerdem war eine gewisse geistige Schlichtheit vonnöten, damit der Mann gar nicht erst in Versuchung geriet, aus Wengers Spiel sein eigenes Spiel zu machen. Zu schlicht durfte er dann aber auch nicht sein, weil er ja im richtigen Moment das Richtige tun sollte und sich auch nicht verplappern durfte.

Als Erstes war Wenger aufgefallen, dass der Stiernacken während der Arbeit auf seinem Handy Onlinepoker spielte, offenbar nicht besonders erfolgreich, immer wieder sah Wenger ihn enttäuscht aufstöhnen und neues Geld nachladen. Hinzu kamen die riesigen Tattoos am Hals und an den Unterarmen. Wengers Erfahrung nach waren es oft unsichere Menschen, die sich so stark tätowierten. Menschen, die mit ihren grellen Körperbildern um Aufmerksamkeit bettelten. Und noch eine dritte Sache überzeugte ihn. Er hörte den Stiernacken fast täglich mit seiner Mutter telefonieren, mit einer Unterwürfigkeit, die für einen erwachsenen Mann überraschend war. Er war es also gewohnt zu gehorchen, hatte kein großes Ego und vermutlich Geldprobleme – keine schlechte Ausgangsbasis für einen ersten Versuch.

Wenger hatte die Nachricht so platziert, dass der Stiernacken sie beim Abräumen des Abendbrottabletts nicht übersehen konnte. Ein kleiner weißer Zettel, auf dem geschrieben stand: »150 000 Euro?« Wenger war gespannt, was passieren würde, und als der Pfleger zehn Minuten später wieder in seinem Zimmer stand, war er sicher, dass die Nachricht verstanden worden war. »Ist das Ihr Zettel?«, hatte der Stiernacken gefragt, und Wenger hatte geantwortet: »Jetzt ist es Ihrer.« Dann hatten sie sich eine Weile lang angeschaut. Der Pfleger war neugierig, wollte wissen, was die Nachricht bedeutete. »Was meinen Sie?«, fragte Wenger, und der Stiernacken schlug beschämt die Augen nieder. »Was soll ich tun?«, hatte er gefragt, ohne aufzuschauen. Er war der perfekte Mann für den Job.

Die erste Aufgabe des Pflegers hatte darin bestanden, Wengers Tennisfreund und Notar, Hubert, einen Brief zu übergeben und auf dem Rückweg die Antwort abzuliefern. Dafür bekam der Stiernacken von Hubert zehntausend Euro bar in die Hand gezählt, als kleinen Vorgeschmack sozusagen. In dem Brief hatte Wenger dem Notar seine Situation geschildert und um eine Einschätzung der rechtlichen Lage gebeten. Außerdem hatte er ihn angewiesen, weder Mathilde noch sonst jemandem etwas zu erzählen. Hubert hatte geantwortet, die Lage sei komplex, er könne versuchen, ihn rauszuklagen, aber das werde dauern. Daraufhin hatte Wenger entschieden, die Station auf eigene Faust zu verlassen, mit den anderen zusammen, ein Wenger ließ schließlich niemanden zurück.

Auf seiner zweiten Tour brachte der Stiernacken wieder einen Brief zu Hubert, in dem detaillierte Anweisungen zur Vorbereitung der Flucht enthalten waren. Wenger hatte lange überlegt, wie es am besten klappen könnte, es gab diese Sicherheitstür vorne im Gang, an der er sich am ersten Tag die Schulter geprellt hatte. Vom Stiernacken wusste Wenger, dass hinter der Tür rund um die Uhr ein Wachmann saß, der alle sechs Stunden abgelöst wurde. Da er selbst keinen Kontakt zu diesen Leuten aufnehmen konnte, war es schwierig für ihn, einzuschätzen, ob einer von denen für sein kleines Geschenkprogramm empfänglich wäre. Die Idee mit dem Notausgang kam dann vom Stiernacken, der eifriger bei der Sache war, als Wenger gedacht hätte. Der Notausgang öffnete sich nur, wenn der Wachmann vorne einen Schalter betätigte oder die Rauchmelder einen Feueralarm auslösten.

Was zum dritten Brief führte, den der Stiernacken Thorsten Meixner überbrachte, einem sympathischen Kleinkriminellen, dessen Dienste Wenger schon des Öfteren in Anspruch genommen hatte, wenn es zum Beispiel darum gegangen war, unliebsame Mieter aus einer Wohnung zu vergraulen. Meixner war verschwiegen, zuverlässig und ehrenamtlich bei der Freiwilligen Feuerwehr tätig, weshalb Wenger sicher gewesen war, dass ihm wegen des Feueralarms etwas einfallen würde.

Einen Generalschlüssel für die Patientenzimmer hatte der Stiernacken ihm bereits ausgehändigt. Die Idee war, sich kurz vor dem geplanten Feueralarm im Gang zu versammeln und, sobald der Notausgang aufgesprungen war, über die Feuertreppe die sechs Etagen in den Wirtschaftshof hinabzusteigen, wo bereits einer von Meixners Leuten mit laufendem Motor auf sie warten sollte. Wenger hatte entschieden, die Aktion in der Nacht stattfinden zu lassen, natürlich, wenn der Stiernacken Dienst hatte. Sie würden ihn in seinem Pausenraum einschließen, damit kein Verdacht auf ihn fallen konnte.

Blieb eigentlich nur noch die Kommunikation mit den anderen Patienten und die Frage, ob man ihnen vertrauen konnte. Wenger hatte dazu verschiedene Einzelgespräche geführt. Die Schwimmerin machte einen patenten Eindruck, diszipliniert, fokussiert und körperlich in der Lage, den Jungen die Treppe hinunterzutragen. Der Junge selbst erschien ihm ruhig und beherrscht, er wollte vor allem seine Freundin wiedersehen, was Wenger zwar potenziell für gefährlich hielt, aber das würde man später klären. Das größte Fragezeichen war die Mutter, nett, aber komplett überfordert. Bei ihrem ersten Gespräch hatte sie sehr aufgeregt und erschreckend unkontrolliert gewirkt. Sie war sich auch nicht sicher gewesen, ob sie wirklich hier wegwollte, sie machte sich Sorgen um das Baby und um die ärztliche Betreuung.

Wenger hatte schon überlegt, Mutter und Kind hierzulassen, aber da sie in den Fluchtplan eingeweiht war und beim zweiten Gespräch bereits entspannter gewirkt hatte, hielt er dann doch an der ursprünglichen Idee fest. Ihm war klar, dass bei seinem Plan jede Menge schiefgehen konnte, dass jede zusätzliche Person die Sache noch schwieriger machte. Aber Wenger war es gewohnt, sich um alles und um alle zu kümmern, so war es immer gewesen und daran würde sich auch nichts mehr ändern.

AM ABEND BEGANN JAKOB gegen einundzwanzig Uhr damit, seine Tasche zu packen, obwohl das eigentlich viel zu früh war. Es gab ja auch nicht viel zu packen, nur die paar Sachen, die er schon im Krankenhaus bei sich gehabt hatte, zwei Harry-Potter-Bände, das rote Handtuch, einen gestreiften Schlafanzug, die Hausschuhe, die Waschtasche, ein paar Jeans, Unterhosen, T-Shirts und den blauen Kapuzenpullover, den Marie ihm geliehen hatte. Ansonsten waren da nur noch der kleine Lautsprecher und sein iPad. Den Computer mit den Soundprogrammen, den Kopfhörer und das Handy hatte er ja abgeben müssen.

Um dreiundzwanzig Uhr sollte es losgehen, hatte der Alte gesagt, ganz schön auf Zack, der Typ, sah selbst in seinem Bademantel aus wie ein General, wollte alles Mögliche wissen, aber erzählte nicht viel. War voll beruhigend, wie der die Sache hier durchzog, auch wenn Jakob immer noch nicht wusste, was eigentlich passieren würde, wenn sie draußen waren. Darüber wollte der Alte nicht reden, sagte nur, es wäre alles vorbereitet. War ja im Grunde auch egal, dachte Jakob, Hauptsache weg aus dieser muffigen Bude, die nach Krankheit und Langeweile roch.

Er war schon ewig nicht mehr an der frischen Luft gewesen, die Fenster hier waren verrammelt, die anderen Räume rochen genau wie sein Zimmer nach Klinikessen und Putzmitteln. Maries Pullover hatte er unter die Bettdecke gesteckt, damit der Muff nicht in den Stoff zog und ihren Duft vertrieb. Mindestens zweimal am Tag (vielleicht auch zehnmal) kroch er unter die Decke, hielt den Pullover an sein Gesicht gepresst, atmete ihren verblassenden Jasmin-Zigaretten-Duft ein und hörte zum zweitausendsten Mal das New Yorker »Happy Elephants«-Konzert. Was ihn manchmal tröstete und manchmal noch trauriger machte.

Klar, er wusste, dass sie hier nicht reinkam, dass sie ihm nicht schreiben und ihn auch nicht anrufen durfte. Und gleichzeitig beschlich ihn jetzt immer öfter das Gefühl, dass sie ihn vielleicht längst vergessen hatte. Je länger er darüber nachdachte, desto logischer erschien es ihm, dass sie vermutlich nicht auf ihn warten würde.

Kaltes Wasser und Liegestütze waren die einzigen Mittel, sich von diesen Gedanken zu befreien. Wobei das Wasser nicht richtig kalt war und es auch eher Hockstütze als Liegestütze waren, aber egal, vor drei Tagen hatte er gerade mal fünf davon geschafft, mittlerweile waren es schon zwölf. Der Alte hatte gesagt, er müsse trainieren, sich in Form bringen, dabei hatte er ihn angeschaut wie der Drill-Sergeant in »Call of Duty« kurz vor der entscheidenden Schlacht. »Nicht hängen lassen, kämpfen«, hatte der Alte geflüstert, beeindruckend, dieser Typ, wirklich.

KURZ VOR ZWEIUNDZWANZIG UHR schlief das Kind ein, Jenny hatte es wie Herr Wenger gemacht, und es hatte prompt funktioniert. Schon bei seinem ersten Besuch hatte er ihr das Kind nach einer Weile abgenommen, es auf seinen Schoß gesetzt und das Kranich-Spiel gespielt. Der Kranich, das war seine rechte Hand, die er, mit den Fingern kreisend, durch die Luft flattern ließ. Immer hin und her, während das Kind dem Kranich nachblickte, bis es irgendwann müde wurde und schließlich mit letzter Kraft die Augen schloss. Auf dem Schoß von Herrn Wenger hatte das Kind so dermaßen entspannt gewirkt, endlich hatte sie es mal in Ruhe betrachten können, ohne Angst vor den saugenden Lippen, vor dem gellenden Schrei.

Im Schlaf schien das Kind sogar zu lächeln, und Jenny hatte verstanden, dass es vor allem ihre Verspannung war, die das Baby nicht schlafen ließ. »Da spürt man die Erfahrung des Vaters und Großvaters«, hatte sie anerkennend zu Herrn Wenger gesagt, der aber nur traurig gelächelt hatte. »Kinder zum Schweigen bringen, das kann ich«, hatte er erwidert.

Jenny musste an ihren Vater denken, der sicher auch ein guter Großvater wäre, wenn er denn sein Enkelkind je zu Gesicht bekommen würde. Erst jetzt realisierte sie, wie seltsam es war, Mutter zu sein und niemandem aus ihrer Familie davon erzählen zu können. Ihre Eltern, die in einem Dorf in der Nähe von Kassel lebten, wussten ja nicht mal von ihrer Schwangerschaft, geschweige denn von all dem, was sie in den letzten Monaten durchgemacht hatte. Es war mindestens zwei Jahre her, dass sie mit ihrer Mutter am Telefon gesprochen hatte, noch nicht mal zu ihrer Hochzeit waren sie gekommen, weil die Trauung nicht in der Kirche stattfand und somit, wie der Vater enttäuscht bemerkt hatte, eigentlich gar keine Hochzeit war. Es hatte kein Zerwürfnis gegeben, sie waren kampflos auseinandergegangen. Ihre Familie, dachte Jenny, war wie ein hohler Baum, der viele Jahre lang gesund aussah und irgendwann einfach umfiel.

Das alles hatte sie auch Herrn Wenger erzählt, zu ihrem eigenen Erstaunen, denn normalerweise erzählte sie solche Sachen nicht. Herr Wenger hatte geschwiegen, sie wusste nicht, ob er überhaupt zugehört hatte, was allerdings nichts an dem beruhigenden Gefühl änderte, das sie umgab, sobald er in ihrer Nähe war. Er hatte diese Art, die keinen Zweifel kannte, die jedes Problem lösbar erscheinen ließ, es war ganz offensichtlich, dass ihr nichts Besseres passieren konnte, als sich in seine Obhut zu begeben. Egal, wohin dieser Mann sie bringen würde, es wäre vermutlich der beste Ort für sie. Vielleicht, dachte Jenny, brauchte sie gerade viel dringender einen Vater als einen Mann.

UM HALB ELF begann Verena ihre letzte Übung, dynamische Handstände an der Wand, die sowohl Bizeps als auch Trizeps trainierten. Früher, im Leistungszentrum, hatte sie diese Übung gehasst, weil sie so irre anstrengend war, jetzt hatte sie das Gefühl, sie mit Leichtigkeit zu erledigen. Sie spürte das Blut in ihrem Kopf pulsieren, sie spürte die Muskelstränge, die wie Stahlbänder über die Schultern in den Rücken liefen. Sie hätte ewig weitermachen können, wobei sie es nicht übertreiben durfte, schließlich sollte sie in einer halben Stunde den Jungen samt seinem und ihrem Gepäck die Treppen runterschleppen. Verena rollte sich langsam ab, spürte jeden Wirbel, jede Rippe, jede Faser.

Sie zog ihr T-Shirt aus, schlüpfte in das Hemd, das sie getragen hatte, als sie hier angekommen war. Sie ließ ihren Blick ein letztes Mal durch den Raum wandern, das machte sie immer so, wenn sie einen Ort verließ, sogar in den Hotelzimmern, in denen sie nur eine Nacht verbrachte. Es war erstaunlich, wie schnell so ein Raum zu einem Zuhause wurde, selbst wenn man ihn sich nicht freiwillig ausgesucht hatte.

Kurz nach elf hörte sie den Schlüssel ins Schloss gleiten, die Tür öffnete sich, die anderen standen vor ihr. Kein Wort, nur kurze Blicke, der Alte ging voran, den in schummriges Licht getauchten Flur hinunter, bis zum Notausgang. Der Alte blickte auf die Uhr, sie horchten in die Stille, hörten das Summen der Klimaanlage und das leise Schmatzen des Babys, das an Jennys Brust schlief. Keine Ahnung, wie lange sie da standen, die Minuten kamen ihnen ewig vor, aber es passiert nichts.

Der Alte blickte wieder auf die Uhr, der Junge lehnte

sich an die Wand, Verena stellte sich neben ihn. »Wie geht es mit dem Laufen?«, flüsterte sie. »Mal sehen«, sagte der Junge.

»Wenn es losgeht, steigst du auf meinen Rücken und klammerst dich mit den Beinen an mir fest, okay?«

Der Junge nickte, sie wollte ihm beruhigend die Hand auf die Schulter legen, ließ es aber sein.

»Verdammt, der Feueralarm hätte längst losgehen müssen!«, flüsterte der Alte. »Was ist denn da los?«

Es vergingen weitere lange Minuten, in denen keiner von ihnen etwas sagte, bis es irgendwann anfing, nach verschmortem Plastik zu stinken, ganz süßlich, wie verbrannter Apfelkuchen. Verena rannte den Flur hinunter zum Haupteingang, da sah sie den Rauch unter der Tür durchkriechen. Sie versuchte, ein Fenster im Gang zu öffnen, aber es war verriegelt, so wie ja alle verdammten Fenster auf dieser Station verriegelt waren. Sie rannte zu den anderen zurück. »Wir müssen hier raus, sonst ersticken wir!« Der Alte blickte sie erstaunt an. »Aber die Tür sollte doch aufgehen, sobald die Rauchentwicklung einsetzt«, murmelte er. »Tut sie aber nicht!«, rief Verena und warf sich gegen die Metalltür, die keinen Millimeter nachgab.

Verena nahm Anlauf, atmete tief ein, das Wichtigste am beidbeinigen Jump-Frontkick waren der Absprung und die perfekte Bündelung der Kräfte auf eine möglichst kleine Fläche. Im Training hatte sie mal eine Betonplatte zertreten, aber ob das auch mit Metalltüren funktionierte? Sie rannte los, zählte die Schritte, fünf, sechs, sieben … Sprung. Sie landete lehrbuchmäßig mit beiden Füßen gleichzeitig am Türblatt, von dem sie abprallte, als wäre sie ein Fliegenschiss. »Keine Chance«, stöhnte Verena, am Boden liegend, mit schmerzenden Knien.

Der Gestank wurde stärker, Jenny deckte eine Stoffwindel über das Gesicht ihres Kindes und schrie. Der Alte hustete und stand wie angewurzelt da. Bis der Junge vortrat, den Türrahmen abtastete, eine Vertiefung fand und einen Knopf drückte, woraufhin die Tür aufsprang. Sie stürzten ins Treppenhaus, hetzten die Stufen hinunter, Verena mit dem Jungen auf dem Rücken und zwei Taschen in den Händen, wobei sie weder ihre Knie noch sonst etwas spürte, bis sie im Erdgeschoss angekommen waren, an einer zweiten Tür, die ebenfalls verschlossen war.

Diesmal gab es keine Vertiefung und auch keinen Knopf, die Tür schien mindestens so massiv zu sein wie die erste. Durch ein Fenster neben der Tür sahen sie einen VW-Bus, in dem jemand saß, vermutlich einer von Meixners Leuten, der auf sie wartete. Auch dieses Fenster war verriegelt, Verena zog ein Handtuch aus der Tasche, hielt es an die Scheibe und zertrümmerte das Glas mit einem energischen Ellbogenkick. Das Fenster war zu klein zum Durchkriechen, Verena steckte ihren Arm nach draußen und wedelte mit dem Handtuch. Eine Ewigkeit verging, bevor der Typ im VW-Bus sie bemerkte und zum Fenster eilte. »Kannst du die Tür aufmachen?«, rief Verena. Der Mann, ein schmaler Jüngling mit Oberlippenbart, zwinkerte ihr zu: »Schnecke, ich kann alles aufmachen.« Er zog zwei Eisendrähte aus der Tasche, ruckelte damit im Schloss herum, und nur Sekunden später war die Tür offen.

Sie sprangen in den VW-Bus, der Jüngling mit dem Oberlippenbart gab Gas. Als sie das Klinikgelände verließen, kamen ihnen bereits die ersten Feuerwehrautos entgegen. »Wo fahren wir hin?«, fragte der Junge. »Ihr werdet schon sehen«, sagte der Alte. Verena lehnte sich in ihrem Sitz zurück, sie sah die vielen Autos, Fahrräder und Fußgänger, die trotz der späten Stunde draußen unterwegs waren. Erst jetzt wurde ihr klar, wie abgeschnitten, wie einsam sie in den vergangenen Tagen gewesen war. Aus irgendeinem Grund, dachte Verena, vergaß man so schnell, dass die Welt sich immer weiterdrehte, egal was einem selbst gerade passierte. Ihr gegenüber saß die Mutter, auf dem Schoß das Baby, das die ganze Zeit geschlafen hatte, als gebe es nichts Beruhigenderes als eine Flucht aus einem Krankenhaus.

Der Junge saß neben ihr, auch er blickte in die Nacht hinaus, sein blasses Gesicht schimmerte im Licht der Straßenlaternen.

»Woher wusstest du das mit dem Knopf an der Tür?«, fragte Verena.

»Ich spiele oft ›Mystery View‹.«

»Was ist das?«

»Ein Computerspiel, in dem man ständig irgendwelche geheimen Wege finden muss.«

»Und ich dachte, Computerspiele machen dumm.«

»Nur, wenn es dumme Spiele sind. Aber meine Mutter versteht das auch nicht.«

»Vergleichst du mich gerade mit deiner Mutter? Ich bin sechzehn, also rein biologisch gesehen.«

»Aha, okay, ich war sechzehn, als das alles losging, jetzt bin ich vier.«

Verena betrachtete den Jungen, der verletzlich wirkte, aber gleichzeitig eine robuste Gelassenheit ausstrahlte, wie einer, der für sein Alter schon zu viel erlebt hatte. »Auf jeden Fall danke, du hast uns gerettet«, sagte sie, die anderen murmelten zustimmend. »Und auch Ihnen müssen wir danken, Herr Wenger«, fügte Verena hinzu und sah den Alten an. »Wie Sie das alles geschafft haben, das ist wirklich unglaublich!« Die anderen klatschten, Wenger winkte ab. »Ihr müsst mir nicht danken. Und nennt mich bitte Karl.«

Eine Stunde später fuhren sie auf einen Feldweg, kamen an einer eingestürzten Feldsteinmauer vorbei und hielten vor dem Gutshaus, das Wenger seit seinem missglückten Maurereinsatz nicht mehr besucht hatte. Auch hier war schon alles vorbereitet, Hubert hatte eingekauft und die Heizung angestellt, auf dem Herd stand Wengers Lieblingsessen, Rindergulasch mit Pellkartoffeln. Sie deckten den Tisch, öffneten eine Flasche Côtes du Rhône und genossen überwiegend schweigend dieses erste gemeinsame Essen in Freiheit.

MARTIN

Die Wände des Treppenhauses waren von Ruß geschwärzt, Löschwasser floss in kleinen Bächen die Stufen hinunter, es roch nach verbranntem Kunststoff. Ein Geruch, der Martin an die Matchbox-Autos erinnerte, die er zusammen mit seinem Schulfreund Sven mit Klebstoff befüllt und angezündet hatte. Ganze Nachmittage hatten sie damit zugebracht, im Hobbykeller von Svens Eltern, der Klebstoff hatte in der Hitze Blasen geschlagen, in der stickigen Luft hatten ihnen die Köpfe gedröhnt, und trotzdem hatten sie immer weitergemacht. Martin blieb stehen, schloss kurz die Augen, als könnte er so die alten Bilder vertreiben, die ihn daran hinderten, zu begreifen, was gerade in diesem Krankenhausgebäude passiert war.

Er war noch nie in diesem Teil der Charité gewesen, die Station hier war während der Coronajahre eingerichtet worden und diente als Isolationsraum für den Fall einer »epidemischen Lage nationaler Tragweite«. Der technische Direktor der Charité hatte ihn heute Morgen von dem Brand unterrichtet, nachdem Martin mehrere Tage lang erfolglos versucht hatte, herauszubekommen, wo man seine Patienten untergebracht hatte. Die Klinikleitung hatte sich bedeckt gehalten, von vertraulichen Dienstanweisungen war die Rede gewesen, die nur autorisiertem Personal zugänglich gemacht werden dürften, und wie die Sache aussah, hatte er nicht zu diesem Personenkreis gehört.

Er war deshalb extra im Ministerium vorstellig geworden, das die Dienstanweisungen ausgegeben hatte. Und jetzt? War plötzlich dieser Brand ausgebrochen und seine Patienten waren auf mysteriöse Weise verschwunden. Er war wirklich der Letzte, der an Verschwörungstheorien glaubte, aber war es nicht ein enormer Zufall, dass genau dann, wenn er im Ministerium den Zugang zu seinen Patienten forderte, diese ganz plötzlich nicht mehr da waren?

Die Leute von der Feuerwehr sagten, der Brand sei in einem Sicherungskasten auf Station 17 ausgebrochen, weshalb weder der Feueralarm noch die Sprinkleranlage angesprungen waren. Unerklärlich war, wie die Patienten es geschafft hatten, die Station zu verlassen, und wer den Pfleger in seinem Pausenraum eingeschlossen hatte.

Der technische Direktor führte Martin den Gang der Station 17 hinunter, bis hierher waren die Flammen nicht gekommen, aber der Brandgeruch lag noch immer schwer in der Luft. Die Zimmer der Patienten seien nachts abgeschlossen, sagte der Direktor, als die Feuerwehrleute angekommen seien, hätten aber alle Türen offen gestanden. »Ich verstehe das alles nicht«, fügte er hinzu.

»Da sind Sie nicht der Einzige«, sagte eine Frauenstimme, und Martin erblickte Miriam Holstein, die aus einem der Patientenzimmer trat. »Wo sind denn die persönlichen Sachen der Patienten geblieben?«

»Keine Ahnung«, sagte der sichtlich verwirrte Direktor, »als wir ankamen, war alles ausgeräumt.«

»Interessant«, sagte Miriam Holstein, »es gibt also einen Brand auf der Station, und nicht nur die Türen öffnen sich wie durch Geisterhand, sondern die Patienten haben auch noch Zeit, in Ruhe ihre Sachen zu packen, bevor sie ins Nirgendwo verschwinden. Wenn ich das so in meinen Bericht schreibe, dann haben Sie hier ein ziemliches Problem.«

»Was für ein Bericht? Wer sind Sie überhaupt?«

»Das ist Frau Professor Holstein«, sagte Martin.

»Vom Expertenrat des Bundesgesundheitsministeriums. Ich schreibe ein Gutachten. Also, was ist heute Nacht passiert?«

»Ich weiß es wirklich nicht«, sagte der Direktor.

»Dann schlage ich vor, Sie informieren sich mal ein wenig, und dann treffen wir uns wieder hier, in einer Stunde.«

»Sehr wohl«, sagte der Direktor und verschwand.

Martin sah Miriam Holstein fragend an. »Sie schreiben ein Gutachten für das Ministerium?«

»Das habe ich nie behauptet. Ich habe lediglich gesagt, dass ich für den Expertenrat des Ministeriums tätig bin. Und dass ich ein Gutachten schreibe. Das waren zwei voneinander völlig unabhängige Informationen.«

»Das klang aber anders.«

»Das sollte es auch.«

»Okay, das ist ja wirklich … also ich meine … Sie sind ja noch raffinierter, als ich dachte.«

»Ich habe einfach keine Lust mehr, mich für dumm verkaufen zu lassen. Ich will wissen, was hier passiert.«

»Sie glauben, dass es da irgendwelche … Machenschaften gibt?«

»Ich versuche lediglich, eine logische Erklärung zu finden, aber es stimmt, es ist seltsam, solche Vermutungen zu haben, es für möglich zu halten, dass mitten in unserem friedlichen, demokratischen Deutschland Menschen verschwinden, um die Vermarktungschancen eines Medikaments zu erhöhen.«

»Sie haben doch neulich selbst gesagt, dass sich die Regeln unseres Zusammenlebens ändern werden, dass die neue Freiheit mit der alten Freiheit bezahlt wird.«

»Das haben Sie sich gemerkt?«

»Ich habe lange darüber nachgedacht. Wissen Sie, als ich von diesen jungen Leuten entführt wurde, hat eine von denen zu mir gesagt, ich sei wie Oppenheimer, der sich immer nur als Physiker, aber nie als Mörder betrachtet hat. Ich fand das eine ziemliche Frechheit, aber mittlerweile verstehe ich besser, was sie meinte.«

»Mmhh, interessant, aber ich kann Sie beruhigen, Herr Professor, moralisch gesehen macht es schon noch einen kleinen Unterschied, ob man Waffen oder Medikamente entwickelt.«

»Kann ich das als Absolution betrachten?«

»Kommt darauf an, wie sich die Dinge entwickeln, Sie haben doch sicher von dieser Geschichte in Brasilien gehört?«

»Welche Geschichte?«

»Eine an schwerer Leberzirrhose erkrankte Frau aus São Paulo, die offenbar von diesen Aktivisten mit dem Medikament versorgt wurde, hat nicht nur ihre Krankheit besiegt, sondern auch noch eine Organisation gegründet, die sich ›Zweites Leben‹ nennt und mit der sie Heime für Straßenkinder bauen will. Diese Frau sagt, sie wolle jede Minute ihres neu geschenkten Lebens dazu nutzen, anderen zu helfen.«

»Klingt wie eine Heiligengeschichte. Haben Sie sich das gerade ausgedacht, um mich zu beruhigen?«

»Nein. Stellen Sie sich vor, noch ein paar andere, die vor dem Tod gerettet wurden, würden ähnliche Dinge tun.

Das könnte wiederum andere inspirieren und alle pessimistischen Szenarien über den Haufen werfen.«

Sie hörten Schritte im Gang, eine Gruppe von Leuten kam auf sie zu. »Da ist er!«, schrie eine junge Frau, die Martin als die Freundin des Jungen aus seiner Probandengruppe erkannte. Neben ihr lief die Mutter des Jungen, und auch der Mann der Frau, die gerade entbunden hatte, sowie die Kinder und die Ehefrau des Unternehmers Wenger waren dabei. »Was haben Sie mit meinem Freund gemacht?«, schrie die junge Frau, die anderen blickten Martin wütend an.

»Nichts, ich habe gar nichts gemacht«, stammelte Martin, »wir sind genauso ratlos wie Sie.«

»Herr Professor, wo sind unsere Angehörigen?«, fragte Wengers Frau, die sich sichtlich darum bemühte, nicht die Beherrschung zu verlieren.

»Wir wissen es nicht, sie sind verschwunden«, murmelte Martin.

»Verschwunden?« Die Mutter des Jungen kämpfte mit den Tränen. »Seit mehr als einer Woche weiß ich nicht, wo mein Sohn ist, aus Sicherheitsgründen, wie es hieß. Und jetzt erfahren wir aus dem Fernsehen, dass es in der Charité einen Brand gab. Mein Sohn ist verschwunden und keiner weiß etwas, das kann doch nicht wahr sein!«

Martin fühlte sich elend. Die wichtigste Aufgabe eines Arztes war es, für das Wohl seiner Patienten zu sorgen, das hatte er in mehrfacher Hinsicht nicht vermocht, sein Ehrgeiz als Forscher und sein Kuschen vor den Leuten im Ministerium hatten ihn auf ganzer Linie versagen lassen. Er sah Miriam Holsteins betroffenes Gesicht, auch sie wusste, dass diese Leute recht hatten. Auf einmal tauchte ein Fernsehteam auf, der Kameramann umtänzelte Martin, ein anderer Mann hielt ihm ein Mikrofon entgegen, ein Scheinwerfer tauchte den Gang in gleißend helles Licht und der Mann mit dem Mikrofon rief: »Herr Professor Mosländer, eine kurze Stellungnahme für die Tagesschau bitte.«

Er schaute Miriam Holstein an, die den Kopf schüttelte. Und natürlich hatte sie recht, das Vernünftigste wäre es, jetzt gar nichts zu sagen. Andererseits hatte er ja gesehen, wohin ihn Vernunft und Eigennutz gebracht hatten. Er war es sich und allen anderen schuldig, sich diesmal nicht zu verstecken. Martin schaute in die Kamera und hörte sich selbst beim Sprechen zu: »Ich bin schockiert darüber, wie meine Patienten in unserer Klinik behandelt wurden. Aus Gründen, die für mich nicht nachvollziehbar sind, wurden sie hier in Isolationsquarantäne gehalten. Ich wurde nicht darüber informiert und hatte auch keinen Zugang zu ihnen. Diejenigen, die diese Maßnahmen angeordnet haben, sind verantwortlich für alles, was hier geschehen ist. Und auch ich trage eine große Verantwortung, weil es meine Patienten sind, deren Wohl mir in diesen Stunden die allergrößten Sorgen bereitet.«

BRANDENBURG

JAKOB RECKTE SEINEN LINKEN ARM in die Höhe und verharrte auf den rechten Arm gestützt, die Beine parallel zum Boden gestreckt. »So, jetzt noch zehn Sekunden!«, rief Verena, sein Arm zitterte. »Fünf, vier, drei, zwei, eins und geschafft!« Er ließ sich erschöpft zur Seite sinken, Verena applaudierte. »Das war Weltklasse! In drei Wochen bist du fit für den Ironman auf Hawaii!« Jakob grinste, Verena konnte einen wirklich anspornen. Sie schaffte es sogar, ihm Hockstrecksprünge und Kniehebelauf schmackhaft zu machen, Übungen, die er in der Schule gehasst hatte.

Ansonsten ging es hier draußen auf dem Land eher unentspannt zu, das hatte schon am ersten Abend angefangen, da hatte der Alte, der beim Essen obermackermäßig am Kopfende gesessen hatte (während Jakob und die beiden Frauen mit ordentlichem Abstand am hinteren Teil des Tisches Platz nehmen durften), diese ganzen Regeln aufgestellt: Keine Anrufe! Keine Nachricht an niemanden! Auf keinen Fall das Haus verlassen! Sich nicht am Fenster blicken lassen! Nicht mal in die Nähe des Fensters gehen! Im Grunde war es hier nicht viel anders als in der beschissenen Klinik, und obwohl Jakob natürlich den Sinn der Maßnahmen verstand (er war ja auch nicht scharf darauf, in die Charité zurückgebracht zu werden), nervte es total.

Und wie der Alte sich aufspielte, als ob nur er in der Lage wäre, die richtigen Entscheidungen zu treffen, als ob sie ohne ihn komplett verloren wären. Okay, vermutlich wären sie ohne ihn komplett verloren, aber das lag doch nicht daran, dass der Alte so ein krasses Superhirn war. Er hatte vor allem Kohle und gute Beziehungen. Musste er das immer so raushängen lassen?

Klar war Jakob dem Alten dankbar dafür, dass er sie alle aus diesem Klinikknast gebracht hatte, aber das hieß ja wohl nicht, dass er jetzt alles bestimmen konnte (schließlich sollte man nicht vergessen, wessen Geistesblitz es zu verdanken war, dass sie diesen blöden Notausgang aufbekommen hatten). Die beiden Frauen schienen kein Problem mit der Diktatur zu haben, sie himmelten den Alten an (Karl hier und Karl da), als wäre er Superman oder zumindest Markus Lanz.

Jakob hatte ein Zimmer unterm Dach bekommen, ein schönes Zimmer, es gab dicke Holzbalken in den Wänden, ein Kuhfell auf dem Boden, es gab sogar einen offenen Kamin (den man auf keinen Fall benutzen durfte!), und alles war so bauernmäßig eingerichtet, echt gemütlich, seiner Mutter hätte es hier wahrscheinlich total gefallen. In der Ecke stand eine Leiter, über die man hoch zu einem der Dachfenster klettern konnte, was Jakob dann auch gleich mal ausprobiert hatte, weil ihn durch das Dachfenster ja höchstens die Vögel sehen konnten. Er hatte das Fenster aufgeklappt und über das Land geschaut, überall nur Felder und Wälder, kein einziges Haus zu sehen, sie waren echt am Arsch der Welt.

Zum Glück war Verena da, die fand er cool, sie sah zwar nicht aus wie sechzehn, aber sie hatte einen extremst trainierten Körper, der manchmal fast ein bisschen unheimlich wirkte. Vor ein paar Tagen, als sie zum ersten Mal die

Morgenübungen machten (Verena meinte, so werde man am besten wach), hatte er ihre Bauchmuskeln gesehen. Und ohne Scheiß, das war kein Sixpack mehr, das war ein muskulöses Mittelgebirge. Sie wollte dann unbedingt, dass er ihr mal in den Bauch boxte, was für eine Frau ja eher ungewöhnlich war. Deshalb hatte er auch erst mal nicht so doll geboxt, aber sie hatte gerufen: »Schlag richtig zu, so fest du kannst!«, also hatte er draufgehalten, volle Kanne, es hatte sich wie Beton angefühlt und sie hatte gelacht wie eine Irre.

Verena hatte ihm geraten, die Einstellung zu seinem Körper zu ändern. Sie hatte gesagt: »Du bist daran gewöhnt, schwach zu sein, aber das bist du nicht mehr, du hast jetzt einen neuen Body, den du gestalten kannst, wie du willst.« Für ihn war das wirklich neu gewesen, weil er seinen Körper ja immer nur so mitgeschleppt hatte. Sie hatte ihm alle möglichen Übungen gezeigt, den Unterarmstand zum Beispiel, oder das Butterfly, oder einfach nur Kniebeugen, und schon nach einer Woche waren da auf einmal Muskeln, wo vorher gar nichts gewesen war.

Er geriet auch nicht mehr so schnell außer Atem, eigentlich überhaupt nicht mehr, es war, als hätte man in ein altes Apple-Notebook den neuen, superschnellen M1-Pro-Chip eingebaut. Es war komplett irre, was er plötzlich alles machen konnte, wie magisch es sich anfühlte, diese innere Festigkeit, diese Spannung in den Armen, diese schnellen und präzisen Bewegungen. Am liebsten hätte er Tag und Nacht mit Verena trainiert und dann Marie mit seinem neuen Spiderman-Körper überrascht.

Apropos Marie, gestern hatte er unten in der Waschküche ein altes Nokia-Tastenhandy gefunden, das in dem

Schrank mit den Putzmitteln gelegen hatte, leider ohne Ladekabel. Er hatte das Handy mitgenommen, vielleicht schaffte er es, den Akku mit der Ladestation seiner elektrischen Zahnbürste zu verbinden. Im Grunde müsste er nur eine Art Adapter basteln, die Gerätespannung sollte dieselbe sein. Und falls die SIM-Karte, die im Handy steckte, aktiviert war, könnte er heimlich mit Marie sprechen, unter der Bettdecke oder auf dem Dach, wo auch immer.

Sicher, das war gegen die Regeln, der Alte würde ausflippen, wenn er davon erfuhr. Andererseits kannte er Marie gut genug, um zu wissen, dass sie Geheimnisse für sich behalten konnte. Wie herrlich das wäre, ihre raue Stimme zu hören, ihren Atem, ihr Lachen. So viel war passiert, was er ihr unbedingt erzählen musste, vielleicht könnte sie ihm sogar vorlesen, am Telefon. Sie könnten zusammen einschlafen und zusammen aufwachen.

Meine Güte, wenn er sich das alles vorstellte und dann sogar noch ein bisschen weiterträumte, sich also ausmalte, wie es wäre, Marie in echt gegenüberzustehen, sie in die Arme zu nehmen, ihren Geruch einzuatmen, an ihren Ohrläppchen zu knabbern, dann wurde ihm höchst schummerig zumute. Und gleichzeitig kamen dann auch wieder diese anderen Gedanken, die ihn vor Angst erstarren ließen. Die Horrorbilder: Marie in den Armen eines anderen. Marie, die ihn auslachte, weil er wirklich geglaubt hatte, dass sie auf ihn warten würde.

»Hey, Ironman, Körperspannung aufbauen!«, rief Verena. »Letzte Übung, dann gibt es Frühstück!« Bei den abschließenden Dehnungsübungen fragte er Verena, wie lange sie ihrer Meinung nach noch hierbleiben mussten.

»Keine Ahnung, bis sich die Lage beruhigt hat, nehme ich an. Karl wird uns dann schon Bescheid geben«, sagte Verena.

»Und dann? Was wirst du machen, wenn wir wieder zu Hause sind?«

Verena zuckte mit den Schultern. »Weißt du, ich bin ganz froh, dass ich mir diese Frage noch nicht stellen muss.«

»Aber worauf hättest du Lust, wenn du ganz frei entscheiden könntest?«

Verena sah ihn genervt an. »Niemand kann ganz frei entscheiden.«

»Du bist sechzehn, vergiss das nicht, da ist alles möglich«, sagte Jakob, aber Verena schien das nicht lustig zu finden, sie wirkte plötzlich nachdenklich, die Energiewolke, auf der sie eben noch geschwebt hatte, schien zerplatzt zu sein.

»Ich bin nicht gut in solchen Fragen. Wer bin ich? Was will ich? Keine Ahnung! Ich war eigentlich ganz froh, das alles hinter mir zu haben.«

»Aber du hast doch megaviel erreicht, du bist Olympiasiegerin, das wird man doch nur, wenn man weiß, was man will, oder?«

»Das ist etwas anderes, das ist ein konkretes Ziel, auf das man hinarbeiten kann, dieses Ziel ist dann irgendwann die Antwort auf alle Fragen. Der Vorteil ist, dass man über den Rest gar nicht mehr nachdenken muss. Es ist nicht wichtig, wer du bist, Hauptsache, du gewinnst.«

»Okay, verstehe«, sagte Jakob. »Ich wollte auch eher wissen, was deine Träume sind, das muss ja nichts Reales sein, das du wirklich erreichen willst, nur irgendwas, das dir Spaß machen würde. Ich zum Beispiel stelle mir manchmal vor, dass ich einen Song komponiere, oder noch besser ein ganzes Album, das überall auf der Welt Nummer eins wird. Dabei spiele ich nicht mal ein Instrument. Aber die Vorstellung gefällt mir.«

»Die Vorstellung vom Musikmachen oder die Vorstellung vom Berühmtsein?«

»Ich will nicht berühmt sein, ich will, dass die Leute sich wiedererkennen. Es gibt Songs, die sind so wahr, die erzählen von Gefühlen, die man tief in sich trägt und von denen man nie denken würde, dass noch jemand anderes sie genauso empfindet.«

»Das heißt, eigentlich wünschst du dir, dass es noch mehr Menschen gibt, die so fühlen wie du.«

Jakob stockte, so hatte er seinen Traum noch nie betrachtet. Vielleicht hätte er lieber nicht davon erzählen sollen, es war sowieso erstaunlich, wie persönlich dieses Gespräch mit Verena wurde. Wobei er ihr ja noch nicht mal die ganze Wahrheit erzählt hatte, sie wusste nichts von seinen Sounds, in die er schon immer seine geheimsten Gefühle gesteckt hatte und bei denen er jedes Mal überrascht war, wenn jemand anderes etwas in ihnen erkannte.

Verena grinste. »Vielleicht habe ich auch einen Traum, aber versprich mir, dass du niemandem davon erzählst.«

»Versprochen.«

»Ich würde gerne in einem tiefen, klaren See leben. Schon als Kind habe ich davon geträumt, von der Ruhe, vom gedämpften Licht, von den Wasserpflanzen, durch die ich gleiten könnte.«

»Cool, und würdest du manchmal auf Besuch an Land kommen?«

»Vielleicht. Vor allem aber könnte ich immer verschwinden, wenn es mir an Land zu anstrengend wird.«

»Aber du wärst keine Nixe, mit Fischschwanz und so?«

»Nein, ich wäre genau so, wie ich bin, ich würde im Seegras schlafen, mit den Fischen um die Wette schwimmen und vielleicht manchmal einen Schwimmer am Zeh kitzeln.«

»Einen gut aussehenden Schwimmer.«

»Selbstverständlich.«

»Klingt nicht schlecht, wäre mir aber wahrscheinlich zu nass.«

»Was meinst du«, fragte Verena, »wovon träumen die meisten Menschen?«

»Weiß nicht. Im Lotto zu gewinnen?«

»Wie langweilig. Eine Freundin von mir hat einen schönen Traum. Eine Tarnkappe, mit der man in den Tresorraum jeder Bank käme, mit der man in jedes Flugzeug steigen und bei jedem Prominenten zu Hause vorbeischauen könnte.«

»Wow, das wäre super. Könnte man auch jemanden unter der Tarnkappe mitnehmen?«

»Nur wenn man sehr verliebt ist, aber das scheinst du ja zu sein.«

Jakob spürte, wie er rot wurde.

»Und das, was uns passiert ist«, sagte Verena, »ist das nicht für viele ein Traum?«

»Du meinst, Beulen am Körper bekommen und ins Koma fallen?«

»Nein, entschuldige, das meinte ich nicht …«

»Schon klar. Ja, kann sein. Wieder jünger zu werden, ist bestimmt für viele total verlockend. Ich kann das schwer einschätzen, mag an meinem Alter liegen. Hat es dir bisher was gebracht?«

»Jede Menge Probleme … und ein paar Überraschungen, aber das ist wahrscheinlich normal, wenn Träume in Erfüllung gehen, die man nie gehabt hat.«

Nach dem Frühstück ging Jakob auf sein Zimmer, holte das Nokia-Handy hervor, das er unter der Matratze versteckt hatte, schnitt den Stecker von der Ladestation der elektrischen Zahnbürste ab und klemmte die freigelegten Drähte an die Akkuanschlüsse. Erst mal passierte gar nichts, dann spürte er, wie der Akku langsam warm wurde. Eine Stunde später hatte das Handy zwei Ladebalken, weitere zehn Minuten später hörte er Maries Stimme.

DAS BABY GLUCKSTE VOR FREUDE, als Wenger ihm den Bauch kitzelte. »Kille, kille, kille«, rief Wenger und betrachtete fasziniert das rosige Kindergesicht, dieses unverstellte, reine Glück, das aus den Augen blitzte, diese Wonne, die noch durch nichts getrübt zu sein schien. Ob er selbst auch mal so gewesen war? So neu, so pur, so unbeschrieben? Vermutlich schon, dachte Wenger, oder gab es auch schwermütige Babys? Es war jedenfalls erstaunlich, fand er, dass der Mensch so unbeschwert geboren wurde, erst das Leben ließ ihn dann später misstrauisch, ernst und nachdenklich werden. Versuchten nicht alle, so zu sein, wie sie ganz am Anfang mal gewesen waren?

Wenger hockte auf allen vieren neben der Krabbeldecke, es war nun Zeit für sein Lieblingsspiel, das Mobile mit den vier bunten Plüschenten, die über dem Kopf des Babys baumelten. Wenger war zwar beeindruckt von der intellektuellen Unschuld dieses kleinen Wesens, fand aber dennoch, es könne nicht schaden, so früh wie möglich mit dem Lernen zu beginnen, weshalb er »Blau« sagte, wenn das Kind die blaue Ente berührte, und »Rot«, wenn es das rote Stofftier war. Er war sich sogar ziemlich sicher, dass Alfons, wie er das Kind heimlich nannte, gestern zum ersten Mal selbst »Blau« gesagt hatte, was einem doppelten Wunder gleichkäme, da die meisten Kinder ja erst viel später mit dem Sprechen begannen und dann auch noch lange nicht die Fähigkeit besaßen, Farben und Wörter miteinander zu assoziieren. Wenger wusste das, weil er die Erziehungsbücher gelesen hatte, die Jenny bei sich hatte und die von ihr, wie er fand, viel zu oberflächlich studiert worden waren. Sollte sich sein Anfangsverdacht bestätigen und Alfons war wirklich hochbegabt, dann war es natürlich wichtig, sein Talent so früh wie möglich zu fördern. Nichts war schlimmer, als das Potenzial eines Genies nicht rechtzeitig zu erkennen.

Manchmal vergaß Wenger kurzzeitig, dass er nicht mit Alfons verwandt war, dass er weder sein Vater noch sein Großvater war. Allerdings, auch das hatte er in den Erziehungsbüchern gelesen, war die soziale Prägung fast ebenbürtig mit der biologischen zu sehen. Allerdings leider nur fast. Es schien Dinge zu geben, die genetisch so vorherbestimmt waren, dass sie später selbst durch massive didaktische Maßnahmen kaum noch wettzumachen waren.

Wenger hatte den Vater des Kindes nicht kennengelernt, aber alles, was Jenny von ihm erzählt hatte, legte den Gedanken nahe, dass man dem Jungen gar nicht genug Didaktik zukommen lassen konnte. Jenny selbst hatte ein offenes, freundliches Wesen, war nach Wengers Einschätzung durchschnittlich intelligent und von ihren Erziehungsaufgaben überfordert, weshalb es bitter nötig war, dabei mitzuhelfen, diesem kleinen Racker einen möglichst optimalen Start in die komplexe Welt von heute zu ermöglichen.

Erstaunlicherweise hatte Wenger kaum Erinnerungen daran, wie seine eigenen Kinder in diesem Alter gewesen waren. Die ältesten Bilder, die er von Selma und Philipp im Kopf hatte, stammten aus einer Zeit, als sie schon selbstständig am Tisch sitzen konnten und sich sogar schon leidlich mit dem schweren Silberbesteck zu helfen wussten. Er hatte keine Erinnerung daran, was vorher passiert war, wahrscheinlich hatte er wie immer zu viel gearbeitet. Aber dass er keine einzige Begebenheit, keine einzige Szene, nicht mal einen flüchtigen Moment aus dem frühkindlichen Leben seiner Kinder im Hirn abgespeichert hatte, kam ihm trotz allem seltsam vor.

Umso wichtiger erschien es ihm, dass er diesmal so wenig wie möglich verpasste, weshalb es ihn manchmal fast ärgerlich stimmte, wenn Jenny sich alleine um ihren Sohn kümmern wollte, den sie aus irgendwelchen Gründen Bo genannt hatte. Bo! Das war doch kein Name! Jedenfalls kein Name für einen solchen Jungen. Sein Kind Bo zu nennen, bedeutete im Kern, dass man keine großen Erwartungen an dessen Zukunft hatte. Vielleicht würde er mal ein netter Zahntechniker werden, der Bo, aber doch nie und nimmer ein ernst zu nehmender Geschäftsmann, ein visionärer Bundeskanzler oder ein international renommierter Astrophysiker. Nicht dass Wenger diese beruflichen Optionen als zwingend angesehen hätte, aber sie von vornherein auszuschließen, schien ihm doch mindestens fahrlässig.

Er hatte das natürlich mit Jenny diskutiert, die ihrerseits den Namen Alfons als »aus der Zeit gefallen« bezeichnete, was auch immer das bedeuten sollte. Und überhaupt, waren nicht alle, die gerade in diesem brandenburgischen Gutshaus lebten, irgendwie aus der Zeit gefallen?

Wenger war das Besondere der Situation durchaus bewusst, denn normalerweise waren Männer seines Alters eher an jüngeren Frauen interessiert und nahmen die damit verbundenen Kinder in Kauf. Bei ihm war es andersherum, er war bis über beide Ohren in dieses Kind vernarrt und musste akzeptieren, dass es auch eine Mutter dazu gab. Wobei er Jenny nicht unattraktiv fand, sie war auch eine durchaus angenehme Begleitung, aber erstens hatte Wenger nie eine andere Frau als Mathilde geliebt und zweitens spürte er weder in erotischer noch in irgendeiner anderen Hinsicht das Bedürfnis nach neuen partnerschaftlichen Erfahrungen.

Was er allerdings ganz enorm spürte, war sein Bedürfnis, diesem hilflosen Wesen zu Diensten zu sein, es zu beschützen und ihm mit seinen Ressourcen den Weg zu ebnen. Er hatte keine Ahnung, woher dieses Bedürfnis kam, wie es diesem Menschlein gelungen war, ihn derart in seinen Bann zu ziehen. Es war aber auch nicht wichtig. Wenger, der nie in seinem Leben etwas ohne Plan und Logik getan hatte, genoss dieses emotionale Mysterium, dieses Verlangen, sich völlig uneigennützig einem anderen Schicksal zu verschreiben.

Nur eine Sache trübte seine Begeisterung, es war das schlechte Gewissen, das er seinen eigenen Kindern gegenüber empfand, zu denen er diese Art von Beziehung nie hatte herstellen können. Erst jetzt ahnte er, was ihm bisher gefehlt hatte, erst jetzt verstand er, was Mathilde vermutlich schon immer mit ihren Kindern verbunden hatte. Und diese späte Erkenntnis traf ihn ähnlich tief wie die zärtliche Fürsorge, die er für das fremde Kind empfand. Es war ein Gefühlswirrwarr, das er genoss und erduldete, das ihn dankbar und traurig stimmte. Es war auch klar, dass er all das nur erleben konnte, solange diese Ausnahmesituation andauerte, weshalb er insgeheim hoffte, das brandenburgische Exil möge so bald kein Ende finden.

Über Hubert, seinen Notar, der alle zwei bis drei Tage mit frischen Lebensmitteln und sonstigen Besorgungen hier auftauchte, erfuhr Wenger die neuesten Nachrichten aus seiner Familie. Wie es aussah, waren alle sehr besorgt um ihn, wobei es natürlich Abstufungen gab. Am besorgtesten war Mathilde, die Arme, die kaum aß, schlecht schlief und Hubert zufolge nur noch ein Schatten ihrer selbst war. Mehrmals hatte Wenger deshalb überlegt, ihr ein beruhigendes Lebenszeichen zu senden. Allerdings kannte er Mathilde gut genug, um zu wissen, dass eine Nachricht aus seinem Versteck automatisch zur Folge haben würde, dass sie binnen weniger Stunden auftauchen würde. Was ihn einerseits erfreuen, ansonsten aber nur Risiken und ungeahnte Nebenwirkungen mit sich bringen würde.

Von Selma und Philipp waren besorgte Fragen zu hören, die vor allem das Unternehmen betrafen, da bestimmte Entscheidungen aufgrund ihrer beschränkten Handlungsvollmachten nicht ohne Wenger getroffen werden konnten. Auch da war es gut, dass er Hubert hatte, der seine Interessen mustergültig vertrat und dafür sorgte, dass er stets über alle wichtigen geschäftlichen Angelegenheiten auf dem Laufenden war.

Im Grunde, dachte Wenger, fühlte sich das Leben in diesem Versteck ein bisschen so an, wie er sich früher das Leben nach dem Tod vorgestellt hatte: mit einem hübschen Panoramablick auf die Hinterbliebenen, aber ohne die Möglichkeit oder die Notwendigkeit, direkt mit ihnen in Kontakt zu treten.

JENNY SCHLICH SICH MANCHMAL in den Garten hinaus, es gab dort, hinter zwei Haselnussbüschen versteckt, ein verwildertes Gemüsebeet, in dem der vergessene Eichblattsalat zu mannshohen Säulen aufgeschossen war und Zuckererbsen wie Unkraut über die rostigen Rankhilfen krochen. In einem Schuppen neben dem Haus hatte Jenny einen Grubber und eine Hacke gefunden, mit denen sie seit ein paar Tagen das Beet bearbeitete und bereits deutlich sichtbare Erfolge nachweisen konnte. So hatte sie in der linken Beetecke ein paar Möhrchen gefunden, die sich offenbar selbst ausgesät hatten. Auch etliche Kartoffelpflanzen hatten die Vernachlässigung überlebt und standen, nachdem Jenny sie von einem Teppich wild gewordener Buschbohnen befreit hatte, jetzt wieder ordentlich in Reih und Glied.

Der Kontakt mit der schweren Lehmerde war wunderbar. Jenny trug keine Handschuhe, sie fühlte die Sandkörner, die sich unter ihre Fingernägel schoben, und ihr wurde schlagartig klar, wie sehr ihr das alles gefehlt hatte. Wie sollte es auch anders sein, wenn man als Mädchen aus dem Sauerland, das seine Kindheit lang in der Erde gebuddelt hatte, mit einem Mal in die große Stadt zog, wo es höchstens noch ein paar Blumenkästen auf dem Balkon gab, die mit dieser klinisch gezüchteten Bioerde gefüllt waren, weil man sich als Berlinerin ja nicht die Hände schmutzig machen wollte.

Diese Zeit allein im Garten war toll. Drinnen kümmerte sich Herr Wenger (den sie Karl nennen sollte) um Bo. Herr Wenger tat so, als wüsste er nicht, dass sie im Garten war. Und sie tat so, als wüsste sie nicht, wie sehr Herr Wenger sich in sie verguckt hatte. Es war süß, mit welcher Unbeholfenheit er versuchte, ihr nahe zu sein, wie er Bo umsorgte, nur um sie zu beeindrucken.

Die Taktik war nicht schlecht, das musste sie zugeben, Herr Wenger war der perfekte Babysitter. Was er allerdings völlig falsch einschätzte, war der Effekt, den das auf sie hatte. Denn Jenny hatte ihn vorher in der Rolle des großen Organisators und Kümmerers wesentlich attraktiver gefunden als in seiner jetzigen Ammenfunktion. Was sie ihm logischerweise nicht sagte, weil es so, wie es jetzt war, schon ziemlich praktisch war. Außerdem spürte sie hier, in diesem Landhaus, eine Form von Sicherheit und, ja, auch Geborgenheit, die sie lange vermisst hatte.

Sie war neunzehn gewesen, als sie Eslohe verlassen hatte, diesen staatlich anerkannten Luftkurort im Hochsauerlandkreis, dessen größte Sehenswürdigkeit das Mähdreschermuseum war. Die ersten beiden Semester hatte sie in Kassel studiert, dann war sie nach Berlin gegangen, weil ihre Freundin Hannah dort auch studierte und noch ein Zimmer in ihrer WG frei war. Anders als Hannah fand Jenny Berlin weder spannend noch faszinierend, sie hatte allerdings den Eindruck, selbst als nicht besonders spannend oder faszinierend zu gelten, wenn sie das offen zugab, weshalb sie zumindest offiziell zu einer glühenden Verehrerin ihrer neuen Heimat wurde. Je länger sie in Berlin blieb, desto schwieriger wurde es, diesen Widerspruch aufzulösen, also bemühte sie sich, die Bewohner der Hauptstadt trotz ihrer fehlenden Herzenswärme zu mögen und die Stadt trotz ihrer offensichtlichen Hässlichkeit nicht abstoßend zu finden.

An der pädagogischen Fakultät der Freien Universität herrschte unter den modernen, lässigen Studenten die Überzeugung, dass jegliche Erziehung eine Form von Zwang darstellte, die keinem Schulkind zuzumuten sei. Eine ernsthafte Beschäftigung mit Studieninhalten war deshalb verpönt. Ähnlich kritisch wurden auch die Beziehungen zwischen den Studenten betrachtet, die sich idealerweise weder durch übertriebene Romantik noch durch rückständiges Geschlechterverhalten zu entwickeln hatten. So musste Jenny, die eigentlich eine lerneifrige, durchaus romantische und sich ihrer Weiblichkeit bewusste Frau war, auch hier so manche Abstriche an ihrer Persönlichkeit machen.

Möglicherweise hatte ihr die Energie, die sie für diese doch recht umfassende Verstellung benötigte, dann später an anderer Stelle gefehlt, was erklären konnte, warum sich Jenny lange Zeit so kraftlos gefühlt hatte.

Bis sie irgendwann Thomas kennenlernte, der ebenfalls aus der westfälischen Provinz stammte und ihr zumindest am Anfang das Gefühl gab, Herkunft und Zukunft miteinander versöhnen zu können. Was sich leider als Trugschluss erwies, weil Thomas zwar genau wie ihr jede großstädtische Lässigkeit abging, er aber durch seine eher soziopathische Grundhaltung nicht viel davon mitbekam. Was im Ergebnis dazu führte, dass sie wieder alleine war mit ihren Problemen.

Schon damals, als sie mit Thomas zusammen war, ohne wirklich mit ihm zusammen zu sein, war sie enttäuscht gewesen von der kalten Unverbindlichkeit dieser modernen Großstadtbeziehung. Dieses emanzipierte Umeinanderherumgetanze, um nur ja nicht zuzugeben, wie sehr man einander wirklich brauchte. Dieser nervige Freiheitskult, diese ewige Betonung des Individuums, diese Panik davor, sich ganz und gar für den anderen zu entscheiden. Sie hatte geglaubt, sich daran gewöhnen zu können, aber irgendwie hatte es dann doch nicht funktioniert, sie spürte immer wieder die Instinkte des sauerländischen Dorfmädchens, das sich dagegen sträubte, eine lässige Metropolenfrau zu werden.

Vielleicht war das auch der Grund, dachte Jenny jetzt manchmal, warum ihr Körper sich so lange geweigert hatte, schwanger zu werden. Wer so konsequent seine Natur negierte, der musste sich nicht wundern, wenn die Natur irgendwann auf Rache sann. Wie oft hatte sie sich gefragt, ob sie nicht endlich mal ihrer inneren Stimme folgen müsse, aber je länger ihre Selbstverleugnung gedauert hatte, desto unmöglicher war ihr die Umkehr erschienen. Erst das Geschenk, das ihr nun so unverhofft zuteilgeworden war, das Geschenk unendlich vieler Lebensjahre, gab ihr die Kraft, noch einmal über all das nachzudenken, endlich ehrlich zu sich selbst zu sein. Im Grunde, dachte Jenny, wollte sie weder lässig noch modern sein, sie wollte vor allem wissen, wo ihr Platz im Leben war. Und wer zu ihr hielt.

Jenny war so in Gedanken versunken, dass sie beinahe die Nacktschneckenfamilie übersehen hätte, die es wagte, vor ihren Augen im Gemüsebeet herumzukriechen. Als sie gerade die Schnecken aufsammeln wollte, hörte sie ein Auto näher kommen. Es war nicht der schwere Benz von Herrn Wengers Notar, der Wagen kam auch nicht die mit Kies bestreute Auffahrt heraufgefahren, sondern von der anderen Seite, wo ein schmaler Feldweg zu den Pferdeweiden führte. Sie hörte das Klappen der Haustür und Füße, die sich einen Weg durch das hohe Gras bahnten, sie hörte Jakob flüstern und Verena leise lachen. Die beiden gingen an den Haselnussbüschen vorbei, ohne sie zu bemerken. Jakob trug einen Rucksack, Verena hatte ihre Tasche dabei. Hauten die etwa ab?

»Hey!«, rief Jenny. »Wo wollt ihr hin?«

Die beiden erstarrten, blickten sie erschrocken an. »Wir wollten nur … wir dachten«, murmelte Verena. »Wir gehen«, sagte Jakob. »Vielleicht kannst du uns ein bisschen Vorsprung geben, bevor du es dem Alten sagst?«

»Und ihr wolltet euch einfach so davonschleichen?«

»Du weißt, wie Herr Wenger ist, wenn man irgendwas macht, was er nicht will«, sagte Jakob.

»Das macht er doch nur, um uns zu beschützen. Habt ihr keine Angst, wieder in die Klinik zu kommen?«

»Das ist vorbei«, sagte Verena. »Es kam gerade in den Nachrichten, der Gesundheitsminister hat sich öffentlich dafür entschuldigt, dass wir dort festgehalten wurden. Er sprach von ›übertriebenen Vorsichtsmaßnahmen‹.«

»Der Professor hat im Fernsehen erzählt, was die mit uns gemacht haben«, sagte Jakob. »Der Minister musste zurücktreten, zusammen mit ein paar anderen. Krass, oder?«

Jenny nickte. »Ihr werdet mir fehlen.«

»Wir werden uns bestimmt wiedersehen, wir sind ja jetzt so was wie Verwandte«, sagte Verena. Eine junge Frau kam den Feldweg heraufgelaufen, Jakob eilte auf sie zu, Verena ging langsam hinterher. Jenny blieb noch eine Weile im Garten stehen, Autotüren schlugen zu, ein Motor sprang an und schon bald war es wieder völlig still. Als sie ins Haus zurückkam, hörte sie Bo lachen, er gluckste vor Begeisterung. Herr Wenger rief: »Kille, kille, kille!«, Bo explodierte vor Freude. Jenny setzte sich zu den beiden, in diesem Moment fühlte sich alles genau richtig an.

IMMER WEITER

TROTZ DES NEBELS war in der Ferne schon die kalifornische Küste zu erkennen. Mehr als vier Kilometer konnten es nicht mehr sein, wenn sie entspannt weiterschwamm, würde sie in etwa vierzig Minuten das Ufer erreichen. Vierzig Minuten! Verena atmete tief ein, verlangsamte die Schwimmzüge, schmiegte sich an die Wellen, die sie emportrugen, ließ sich in die Täler hinabgleiten. Sie wollte diese letzten Minuten genießen, diese Momente, von denen sie so lange geträumt hatte und die ihr nun übertrieben nah erschienen.

Vor 181 Tagen war sie in Japan ins Meer gestiegen, war fast neuntausend Kilometer geschwommen, hatte schwere Stürme überlebt, war einem Tanker, zwei Hammerhaien und einem Schwarm Feuerquallen begegnet, hatte sich hinter Hawaii durch einen Teppich aus Plastikmüll quälen müssen und war eine Woche lang von anhänglichen Schweinswalen begleitet worden. Acht Stunden war sie jeden Tag geschwommen, im Durchschnitt fünfzig Kilometer. Einmal pro Stunde hatte sie nach dem Schlauch gegriffen, an dem die Flasche mit der Flüssignahrung hing. Zehnmal schlucken, dieses widerliche Zeug mit dem penetranten Fruchtgeschmack, das ihr pro Mahlzeit fünfhundert Kalorien bescherte. Und dabei immer weiterschwimmen, nicht aus dem Rhythmus kommen, im Flow bleiben.

Und stets den Kopf beschäftigen. Jeden Tag hatte sie

ein anderes Gedankenprojekt, etwas, woran sie ihren Geist klammern konnte. Die Mädels aus ihrer letzten Trainingsgruppe zum Beispiel, sie ließ die Gesichter vor ihrem inneren Auge erscheinen, ging ihre Stärken und Schwächen durch, versuchte, sich an ihre Spitznamen und Lieblingswitze zu erinnern, und überlegte, was wohl aus jeder von ihnen geworden war. Oder sie dachte daran, wie sie zusammen mit Tanja die neue Wohnung einrichten würde, jeden Raum ging sie minutiös durch, vergaß kein Sofakissen, keinen Lampenschirm, keine Küchenschublade, keine Balkonpflanze. Oder sie schwamm im Kopf noch mal die Rennen ihres Lebens, zählte die Schwimmstöße, schmeckte das Chlorwasser, rekapitulierte ihre Zwischenzeiten und die Zwischenzeiten ihrer Gegnerinnen, hörte den Jubel der Zuschauer, die auf den Tribünen saßen.

Es war wichtig, während all dieser Stunden den Geist vom Körper zu trennen, die Neuronen abzulenken, damit die Gliedmaßen auf Autopilot laufen konnten. Und nebenbei immer die GPS-Peilung zu checken, um nicht vom Kurs abzukommen, die Essenszeiten einzuhalten, um nicht zu unterzuckern, den Muskeltonus zu fühlen, um Krämpfen vorzubeugen.

Jeden Nachmittag, wenn sie ihre acht Stunden absolviert hatte, war sie in das Begleitboot gekrochen, ausgekühlt, erschlagen, ausgezehrt. Sie hatte sich von Tanja aus dem Neoprenanzug helfen lassen, war von ihr massiert worden, hatte die Nudeln oder den Reis hinuntergeschlungen und war dann meistens sofort eingeschlafen. Ohne Tanja hätte sie das alles nicht geschafft, ohne sie wäre sie nicht mal losgefahren. Es war Tanja gewesen, die ihr von diesem französischen Schwimmer erzählt hatte, der als erster und bislang einziger Mensch den Pazifik durchquert hatte. »Das kannst du auch«, hatte Tanja gesagt, na ja, so war das losgegangen vor etwas mehr als einem Jahr.

Zuerst hatte sie die Idee ziemlich dämlich gefunden, sie war darauf getrimmt gewesen, in spiegelglattem, wohltemperiertem Wasser zu schwimmen, in Hundertstelsekunden zu rechnen, mit perfekt aufeinander abgestimmten Bewegungen, optimaler Wendetechnik, präziser Eintauchtiefe. Was hatte sie im Meer zu suchen? In dieser unberechenbaren Wildnis? Allein die Vorstellung, elftausend Meter über dem Meeresgrund zu schwimmen, nie zu wissen, was unter ihr war, was hinter ihr schwamm, hatte sie mit Furcht erfüllt. »Aber darum geht es doch gerade«, hatte Tanja gesagt, »etwas zu machen, das du noch nicht kennst, etwas zu überwinden, das dir unüberwindlich erscheint. Du hast die Kraft, du hast die Technik, die Frage ist, ob du den Mut hast.«

Das hatte sie herausgefordert, das hatte sie angespornt. Zur Probe war sie durch den Kanal von Calais nach Dover geschwommen, sie hatte sofort gemerkt, dass es zu ihr passte. Das Salzwasser, die Wellen, die Strömungen, der Seetang, die Fische, das war ihr fremd und gleichzeitig erstaunlich vertraut gewesen. So als wäre diese ganze Zeit, die sie in den Schwimmbecken verbracht hatte, nur die Vorbereitung gewesen für den nächsten Schritt. Als hätte sie endlich kapiert, worin ihre eigentliche Bestimmung lag. Sie war wie ein Delfin, der im Aquarium dressiert worden war, der Kunststücke gelernt hatte, die den Menschen auf den Tribünen gefallen sollten. Ein Delfin, der nun zum ersten Mal in Freiheit war.

Tanja hatte sich um die Sponsoren und die gesamte

Organisation gekümmert, sie hatte das Boot besorgt, die beiden Skipper und die Ärztin engagiert. Auch das war für Verena eine neue Erfahrung gewesen, jemanden neben sich zu haben, der einem alles gab, was er hatte. Zeit, Liebe, Vertrauen, Kraft. Sie hatte sich noch nie so aufgehoben gefühlt, so verbunden mit einem anderen Menschen. Und mit sich selbst. Sie ahnte jetzt, was es bedeutete, in sich zu ruhen, was für einen riesigen Unterschied es machte, in den Erwartungen der anderen zu funktionieren oder seinen eigenen Traum zu verwirklichen.

Verena streckte den Kopf aus dem Wasser, durch die beschlagene Schwimmbrille konnte sie einzelne Menschen am Strand erkennen, was bedeutete, dass sie höchstens noch zweihundert Meter entfernt war. Sie sah die Übertragungswagen der Fernsehanstalten, die mit ihren Satellitenschüsseln die Steilküste überragten. Sie sah die weißen Zelte unten am Strand, die bunten Willkommensschilder, Musik schallte vom Ufer herüber und mischte sich mit dem Brummen einer Drohne, die offenbar direkt über ihr flog.

Sosehr sie sich in diesen unendlich langen Wochen und Monaten gewünscht hatte, endlich anzukommen, sosehr sie sich selbst manchmal verflucht hatte, überhaupt losgeschwommen zu sein, so beklommen war ihr jetzt zumute. Am liebsten wäre sie noch mal kurz umgekehrt, hätte mit Tanja eine letzte ruhige Nacht da draußen verbracht, bevor sie endgültig in die Zivilisation zurückkehrte. Aber dafür war es nun zu spät, sie hörte die Menschen am Strand ihren Namen rufen, sie sah das Meer immer flacher werden, drehte sich auf den Rücken, zog die Flossen aus und spürte festen Grund unter den Füßen.

DIE VERLEIHUNG DER ABITURZEUGNISSE fand in der Schulaula statt, einem Saal mit sechs Meter hohen Fenstern, verschnörkelten Säulen und goldverzierten Kassettendecken. Jakob erinnerte sich, wie beeindruckt er gewesen war, als er diesen Saal an seinem ersten Tag als Gymnasiast betreten hatte. Ihm war sofort klar gewesen, dass nun eine wirklich bedeutende Phase in seinem Leben beginnen würde, weil sich hier vermutlich seine komplette Zukunft entschied. Und nun war auch diese Zeit schon wieder vorbei, die Zukunft war nicht unbedingt klarer geworden und es begann etwas, das der Direktor in seiner Abiturrede gerade als »Start ins Erwachsenenleben« bezeichnet hatte. »War eben vieles noch ein Spiel, so wird es jetzt ernst, meine Damen und Herren«, sagte er mit mahnender Stimme und Jakob dachte, dass es bei ihm eher umgekehrt war, weil nach so vielen schweren Jahren zum ersten Mal etwas Leichtigkeit in sein Leben schwappte.

Leichtigkeit in Form von Alkohol zum Beispiel, den er wegen seiner Krankheit nie hatte probieren dürfen. Erst gestern hatte er im Park bei einem Trinkspiel mitgemacht, bei dem man Tischtennisbälle in einen leeren Becher werfen musste. Schaffte man das nicht, musste ein Bierbecher auf ex geleert werden. Schon nach einer Runde war Jakob so betrunken gewesen, dass er nicht mal mehr nach dem Tischtennisball greifen konnte. Diese Betrunkenheit fühlte sich herrlich an, so frei, so schwerelos. Es war nicht ganz klar, ob der Alkohol bei ihm so reinhaute, weil er ihn nicht gewohnt war oder weil er biologisch gesehen gerade erst sein siebentes Lebensjahr vollendet hatte. Aber eigentlich war Jakob das ziemlich egal. Er mochte die

Maßlosigkeit, die Unvernunft, das Verrückte, all das, was nie einen Platz in seinem Leben gehabt hatte.

Jakobs Blick fiel auf Marie, die zwei Reihen vor ihm saß. Sie sah toll aus, trug ein schwarzes, leicht durchsichtiges Kleid, was sie erstaunlich erwachsen aussehen ließ. Jakob spürte eine traurige Kälte in sich aufsteigen. Die Trennung war erst zwei Monate her, sie hatten das zusammen entschieden, das sagten sie zumindest denen, die danach fragten. Die Wahrheit war komplizierter.

Tja, welche Wahrheit eigentlich? Im Grunde verging kein Tag, an dem Jakob nicht versuchte, die Ereignisse zu ordnen, sie in eine logische Abfolge zu bringen, ihnen einen Sinn zu verleihen. Was nicht so einfach war, weil einiges gleichzeitig passiert war und vieles überhaupt keinen Sinn ergab. Selbst wenn er sich auf die unstrittigen Fakten beschränkte und sie so neutral wie möglich betrachtete, war es verwirrend.

Es begann schon mit der Frage, wie die Probleme überhaupt angefangen hatten. Jakob würde sagen, es war der Film, den sie zusammen geguckt hatten, dieser Film, in dem die jugendliche Hauptdarstellerin irgendwann zum jugendlichen Hauptdarsteller sagte: »Lass uns gemeinsam unsere Unschuld verlieren, dann werden wir für immer zusammen sein!« Sie hatten den Film nicht zu Ende geschaut, weil Marie plötzlich weinen musste. Und zwar heftig, er hatte noch nie jemanden so weinen sehen, am Ende zitterte sie nur noch stumm.

An diesem Abend wollte Marie nicht reden, erst Tage später sprachen sie darüber, und Marie sagte, dass sie auch das Medikament nehmen wolle, weil das ihrer Meinung nach der einzige Weg war, ihn nicht zu verlieren. Jakob verstand nicht, wovon sie sprach. Marie sagte, sie könnten so nicht weitermachen, weil jeder Tag, der verging, ihre Distanz vergrößerte. »Welche Distanz?«, fragte Jakob und Marie guckte ihn überrascht an, wie jemand, der gerade begriff, dass der andere ihn nicht begreifen konnte.

Viel später erst, als es leider schon zu spät war, verstand Jakob, was Marie ihm eigentlich hatte sagen wollen, dass sie ihm in diesem Moment die größte Liebeserklärung gemacht hatte, die man überhaupt jemandem machen konnte. Und noch viel später hatte Jakob auch verstanden, wie sehr Marie gelitten haben musste.

Dabei hatte es doch so gut begonnen, als er endlich wieder mit ihr zusammen sein durfte. Mehr als ein Jahr war es jetzt her, dass Marie ihn aus diesem blöden Landhaus rausgeholt hatte. Sie hatten dann erst mal bei ihr gewohnt, weil ihre Eltern nicht da waren, hatten tagelang die Wohnung nicht verlassen, hatten geredet, gelacht, jede Menge Vanilleeis gegessen und ihre schon wieder fremd gewordenen Körper erkundet. Diese erste Zeit war traumhaft gewesen, zumindest für ihn. Klar war es nervig, dass sie keinen richtigen Sex haben konnten, aber alles andere hatten sie doch. Und war denn der Sex wirklich so wichtig? Für Jakob war es jetzt irgendwie anders als zuvor. Er mochte es, ihre Haut an seiner Haut zu spüren, er mochte es, ihren Hals und ihre Brüste zu streicheln, aber viel mehr wollte er eigentlich gar nicht. Sein eigener Körper erschien ihm seltsam taub, er hatte auch keine Lust mehr, sich selbst zu berühren, als wäre er wieder in seine Kinderhaut zurückgekehrt.

Natürlich wusste er, dass Marie mehr wollte, aber er dachte, sie hätten doch Zeit, und irgendwann würde es dann für sie beide so richtig gut. Was Marie aber völlig anders sah. Sie rechnete ihm vor, dass sie vermutlich frühestens in sechs Jahren miteinander schlafen könnten, wenn er biologisch dreizehn war und sie vierundzwanzig. »Sechs Jahre, Jakob, weißt du, was das bedeutet? Meine Fresse! Wir werden immer weiter auseinanderdriften, werden nie im selben Takt sein. Aber ich will dich neben mir spüren, ich will dich in mir spüren! Und wenn ich das schon nicht kann, dann will ich wenigstens zurückreisen, dahin, wo du jetzt gerade bist.«

Mittlerweile wusste er, dass seine Reaktion darauf an Dämlichkeit kaum zu überbieten gewesen war. Statt ihr zu sagen, dass er nicht wolle, dass sie seinetwegen ihre Gesundheit riskierte, was wirklich das Allererste war, das ihm durch den Kopf gegangen war, fragte er sie, seit wann denn der Sex für sie wichtiger als die Liebe sei. Woraufhin sie sagte, dass Sex doch auch Liebe sei. Woraufhin er fragte, woher sie das denn wisse, ob sie es etwa schon ausprobiert habe. Und mit wem? Woraufhin sie stumm den Kopf geschüttelt hatte und gegangen war. Vielleicht, dachte Jakob heute, konnte man solche Dinge eben nicht mit einem Siebenjährigen diskutieren, selbst wenn sein Gehirn schon das eines Achtzehnjährigen war.

Er wollte später noch mal mit ihr über das alles reden, aber er spürte eine Scham, die ihn sprachlos machte. Er schämte sich für seine Unreife, fühlte sich schuldig an seiner Unschuld. Vielleicht ahnte er da auch schon, dass sie keine Chance hatten. Dass sie, genau wie Marie gesagt hatte, sich immer weiter voneinander entfernen würden, auch wenn sie sich noch so sehr aneinanderklammerten. Die Wochen, die Monate und Jahre wären wie eine

Meeresströmung, die den einen in die offene See hinauszog und den anderen an den Strand zurückwarf.

Auf der Bühne der Schulaula bekam Marie als Jahrgangsbeste im Bereich Kunst eine blaue Mappe und rote Tulpen überreicht. Sie blickte lächelnd in den Saal, für einen kurzen Moment trafen sich ihre Blicke. Jakob fragte sich, ob er sie je wiedersehen würde. Er hatte gerade einen Song geschrieben, seinen ersten Song überhaupt, in dem es um einen blassen Prinzen ging, der ein Mädchen kennenlernte, das seine Gedanken lesen konnte.

AM MORGEN HATTE JENNY den Schafstall ausgemistet, war dann noch kurz im Tomatenhaus gewesen, um nach den Setzlingen zu schauen, bevor sie an der Feuerstelle den Hirsebrei für Bo zubereitete. Die erste Schulstunde begann um neun, sie würde Bo heute mit in die Klasse nehmen, die ja sowieso nur aus drei Schülern bestand, die es nicht stören würde, wenn Bo leise brabbelnd mit seinen Buntstiften malte, während Jenny die Grundsätze der deutschen Grammatik erklärte. Ihre Schüler waren zwölf, acht und sechs Jahre alt und verfügten trotz ihres großen Altersunterschieds über ein ähnlich schlechtes Lese- und Rechtschreibniveau, was vor allem daran lag, dass die beiden älteren noch nie irgendeine Form von Unterricht kennengelernt hatten, bevor Jenny in die Siedlung gekommen war.

Es war nicht so einfach gewesen, die anderen davon zu überzeugen, dass auch die Kinder der Gemeinschaft über ein gewisses Bildungsniveau verfügen sollten. Dass Konjugationsregeln, Grundrechenarten und ein Basiswissen in den Bereichen Geschichte, Kunst und Musik nicht zwangsläufig bedeuteten, sich den Regeln des Systems zu unterwerfen. Fabian hatte ihr geraten, nichts zu überstürzen, erst mal in der Gemeinschaft anzukommen, bevor man Dinge von draußen hier hereinbrachte. Ohne Fabian wäre sie hier ziemlich schnell untergegangen, zum Glück war er da, mit seiner Geduld, seinem ewigen Optimismus. Fabian hatte ihr gutgetan, vom ersten Augenblick an, als er plötzlich vor ihr gestanden hatte an dieser Bushaltestelle, an der Herr Wenger sie ausgesetzt hatte. Fabian hatte lustige Augen und schöne Hände. »Na, ein bisschen verloren?«, hatte er gefragt, bevor er ihre Sachen im Kofferraum seines alten Volvos verstaut hatte.

Zuerst waren Bo und sie nur zu Besuch gewesen, sie hatten bei Fabian im Wohnwagen geschlafen, Jenny hatte bei der Kartoffelernte und beim Heumachen geholfen, Bo war mit der gleichaltrigen Eileen über die Kleewiese gerobbt. Von Crystella war Jenny in die Geheimnisse der Heilkräuter eingeweiht worden, von Heidi hatte sie viel über Salatanzucht und Früchteveredelung gelernt. Drei Monate später war Jenny schwanger gewesen und Fabian hatte ihr vorgeschlagen, zu bleiben. »Du wirst nicht viele Orte finden, die so eine schöne Energie haben, du wirst nicht viele Menschen finden, die so gut zueinander sind«, hatte er gesagt.

Jenny fand, dass er recht hatte, die Stimmung in dieser Gemeinschaft war einzigartig. Seit sie hier war, hatte sie nie jemanden die Stimme erheben hören, hatte nie einer etwas Niederträchtiges über einen anderen gesagt. Es gab eine Wärme, eine Zusammengehörigkeit, die echt war, auch wenn sie manchmal übertrieben wirkte.

Anfangs war es Jenny schwergefallen, sich an die Stimmung in der Siedlung zu gewöhnen. An die Langsamkeit, daran, dass viele Dinge, die draußen wichtig waren, hier keine Rolle spielten, wie Geld, Erfolg, Konkurrenz, Leistung, Ehrgeiz. Dinge, die hier von allen als das »Ich-Sein« bezeichnet wurden. Andererseits gab es all das, was draußen kaum beachtet wurde, aber hier höchste Aufmerksamkeit genoss. Das »Herzens-Wir« zum Beispiel. Das bedeutete, dass sich ein jeder für das Glück des anderen verantwortlich fühlte. Ging es einem Siedler nicht gut, scharten sich die anderen um ihn, versuchten, mit einem frisch gebrühten Minztee, einem weichen Schaffellkissen, einem Lied, einem Gespräch oder einem Schweigen die Traurigkeit zu verjagen.

Jenny gefiel, dass die anderen sie so akzeptierten, wie sie war. Fabian sagte, für ihn sei die Ankunft hier wie eine Wiedergeburt gewesen, und irgendwie hatte das auch für sie gepasst, weil Jenny ja selbst auf eine Art wiedergeboren worden war, in ein anderes Leben, das möglichst nicht so sein sollte wie ihr altes. Wobei ihr nicht entgangen war, dass sie offenbar schon wieder einen Mann gefunden hatte, nach dem sie sich richtete, aber vielleicht, so dachte sie, konnte man eben nicht alles auf einmal verändern.

Wichtig war auch, wie wohl sich Bo hier fühlte. Er zog mit den anderen Kindern durch die Gegend, konnte mit neun Monaten laufen, kletterte an seinem ersten Geburtstag auf die hohe Ulme, die am Feldweg vor der Siedlung stand. Manchmal war er den ganzen Tag verschwunden, er konnte hier wirklich machen, was er wollte, die Siedlung lag zwischen zwei kleinen mecklenburgischen Seen, von Feldern und Wäldern umgeben, das nächste Dorf war zehn Kilometer entfernt. Die Welt da draußen, so kompliziert sie sein mochte, sie reichte nicht bis hierher.

Einmal nur war Jenny aus ihrem neuen Leben hier gerissen worden, als sie nach langer Zeit mal wieder mit Thomas telefonierte, eigentlich nur, um zu sagen, dass es Bo und ihr gut ging. Aber schon nach ein paar Minuten hatte sie gewusst, dass es ein Fehler gewesen war, ihn anzurufen. Sein verächtliches Lachen, als sie ihm von der Gemeinschaft erzählte, sein aggressiver Ton, als er verlangte, seinen Sohn zu sehen, seine Drohung, das Jugendamt zu verständigen, wenn sie mit Bo weiter »in dieser Sekte« lebte. Für Thomas, so dachte Jenny, war vermutlich alles gefährlich, was außerhalb seiner Erfahrungen und Vorstellungen lag. Und obwohl sie beschloss, dieses Gespräch so schnell wie möglich zu vergessen, hallte es doch in ihr nach, legte einen Schatten auf alles, was ihr bis dahin so zweifellos und rein erschienen war.

Denn klar gab es Dinge hier, die ihr seltsam erschienen, manche Worte zum Beispiel, die die Siedler benutzten und die kein Außenstehender begreifen konnte. Wenn sie vom »Sonnenblick« sprachen (womit eine positive Grundhaltung gemeint war) oder vom »Quellenwind« (der Klugheit der Natur), wenn sie gelobten, ein »Tiefenmensch« werden zu wollen. Das war Jenny eigentlich zu mystisch, zu versponnen, und gleichzeitig mochte sie diese märchenhafte Art, der Welt und der eigenen Seele zu begegnen.

Fabian war der Einzige, dem sie von ihrer Verjüngung erzählt hatte, was er nicht im Mindesten überraschend gefunden hatte, weil er sowieso nicht an das normierte Menschenalter glaubte, sondern eher an Zyklen von

Existenzen, obwohl er, wie er mehrfach betont hatte, kein Buddhist war. »Wir sind alt und wir sind jung, wir sind alles zu jeder Zeit«, hatte Fabian gesagt. Und auch wenn Jenny den Sinn seiner Worte nicht gänzlich verstand, so fühlten sie sich doch beruhigend an.

Jenny und Bo gingen zur Blauen Kuppel, einer aus Holz und Lehm geformten Hütte am See, wo der Unterricht stattfand. Die Kinder saßen bereits auf ihren Bastmatten und sangen das »Lied für Mutter Erde«. Jenny und Bo sangen mit, die letzten Zeilen lauteten:

Ich singe für dich Lieder der Liebe
Ich finde in dir Geist und Freund
Ich singe für dich Lieder des Friedens
Ich finde in dir Heimat und Schutz

AM MORGEN HATTE WENGER sich gründlich die Haare gewaschen, mit seinem Lieblingsshampoo, das nach Sanddorn roch. Er hatte sich rasiert, die Nasenhaare gezupft und ausführlich die Zähne geputzt. Anschließend hatte er sein rosiges Gesicht im Spiegel betrachtet, so lange, bis er sich selbst wie ein Fremder erschienen war. Dann hatte er seine Zahnbürste betrachtet, an deren geriffeltem Griff ein Wassertropfen hing. Er hatte überlegt, ob er die Zahnbürste wegwerfen sollte, weil er sie ja nicht mehr brauchte. Weil er sie gerade zum letzten Mal benutzt hatte, genau wie sein Sanddornshampoo und die kupferfarbene Epilierpinzette, die er vor vielen Jahren in einem Hotel in New York hatte mitgehen lassen. Andererseits musste er dann ja fast alles wegwerfen, was er an diesem Morgen berührte. All die Sachen, die bislang sein Leben umgeben hatten und die heute, an diesem Donnerstag gegen etwa 17.30 Uhr, ihren Sinn verlieren würden.

Er hatte versucht, seine Gedanken in eine andere Richtung zu lenken, die Kleinigkeiten zu vergessen, sich auf das Wesentliche zu besinnen. Was nicht ganz einfach war. Die Ärztin von der Sterbehilfeorganisation hatte ihn gewarnt. Der letzte Tag sei der schlimmste, hatte sie gesagt, weil der Lebensgeist sich noch mal wehre, weil die Angst zunehme, weil es plötzlich doch viel logischer erscheine, einfach weiterzuleben. Oft seien es Kleinigkeiten, die einen überraschenden Stimmungswechsel bewirkten. Es genüge manchmal schon, wenn morgens die Sonne scheine oder auf einmal ein Krokus aus der Erde schaue. »Es muss Ihnen nicht peinlich sein, wenn Sie Ihre Meinung noch mal ändern, wenn Sie es verschieben oder ganz absagen wollen«, hatte die Ärztin gesagt.

Wenger zog die Gummistiefel an, ging in den Park, lief mit hastigen Schritten zum Ahorn hinüber, dem knorrigen Freund, der immer für ihn da gewesen war. Er ließ seine Hände über die Borke gleiten, krallte sich an ihr fest, als könnte er so den Zweifeln entfliehen. Wenn er wenigstens Schmerzen oder andere körperliche Probleme hätte, wenn es etwas gäbe, das seine Entscheidung unausweichlich machte. Aber leider war Wenger in der Form seines Lebens, weshalb es, von außen betrachtet, absurd erscheinen musste, diesem Leben gerade jetzt ein Ende zu bereiten.

Von innen betrachtet sah die Sache ganz anders aus. Seit mehr als einem Jahr kämpfte er mit sich, seit er Haselfelde verlassen hatte. Seit die anderen ihn verlassen hatten. Einer nach dem anderen.

Erst der kleine Alfons und seine störrische Mutter, die doch ernsthaft behauptete, sie könne besser für den Jungen sorgen als er. Was wusste denn diese Person von der Welt? Hatte sie auch nur die geringste Ahnung, was Wenger dem Jungen ermöglicht hätte? Wie die Zukunft des Buben hätte aussehen können? Es tat weh, mit anzusehen, wie so ein kleines Leben vor die Hunde ging, bevor es noch richtig begonnen hatte. Aber das kapierte dieses eher schlichte Frauenzimmer ja nicht, sie dachte eben nur an sich, wollte ihren Sohn an sich ketten, fand Wengers Verhalten übergriffig.

Was sollte denn das heißen, übergriffig? Weil er sich erlaubt hatte, sich um Alfons' Ernährung zu sorgen? Weil er sich erdreistet hatte, in Haselfelde ein Haus für sie und das Kind zu planen? Weil es ihm in den Sinn gekommen war, ein Studienkonto für den Jungen einzurichten?

Ohne Alfons hatte es da draußen jedenfalls keinen Sinn mehr ergeben, weshalb Wenger nach Berlin zurückgekommen war, wo schon die nächsten Enttäuschungen auf ihn gewartet hatten. Angefangen mit seinen eigenen Kindern, die es nur ungern gesehen hatten, dass ihr Vater auf einmal wieder da war. Das Messer hatten sie ihm auf die Brust gesetzt, in seiner eigenen Firma. »Entweder du gehst oder wir gehen«, hatten sie gesagt. Unterstützt wurden sie dabei von Wengers engsten Mitarbeitern, von Leuten, die er ausgebildet, denen er vertraut hatte.

Und als wäre das alles nicht genug gewesen, hatte sich dann auch noch Mathilde als Verräterin entpuppt. Nicht nur, weil sie wie immer zu den Kindern gehalten hatte, das hätte Wenger ja noch ertragen können. Aber dass sie sich, als er weg gewesen war, mit Hubert getröstet hatte, dass die beiden sich offenbar schon früher nähergekommen waren, das war dann doch der härteste von allen Schlägen gewesen. Auch wenn Mathilde behauptete, es gehe gar nicht um Hubert, sondern darum, wie er sie die ganzen Jahre lang behandelt habe. Als hätte er sie nicht immer wie eine Prinzessin auf Händen getragen! Aber offenbar war ja auch das ein Problem gewesen, wie überhaupt alles im Nachhinein betrachtet problematisch zu sein schien. Das Unternehmen, die Familie, alles, wofür er gelebt hatte, war auf einmal ein einziges riesiges Problem!

Okay, hatte er gedacht, wenn die anderen ihn verrieten, dann würde auch er neue Töne anschlagen. Was sollte er denn sonst machen? Sich bis zur Selbstverleugnung erniedrigen? Er wusste, es würde ihm schwerfallen, es würde ihn selbst vielleicht sogar mehr schmerzen als die anderen. Aber er hatte keine Wahl.

Mathilde hatte überrascht gewirkt, als er sie aus der Villa geworfen hatte. Noch überraschter würde sie sein, wenn sie von seinen Testamentsänderungen erfuhr, falls Hubert, dieser Gauner, nicht längst alles ausgeplaudert hatte. Wesentlich schwerer war es ihm gefallen, den Insolvenzantrag für die Firma zu stellen, nachdem er den Großteil des Eigenkapitals abgezogen hatte. Das fühlte sich eher wie eine Selbstbestrafung an, aber es war ihm wichtig, er wollte dieser verräterischen Brut nicht einen Cent mehr als nötig hinterlassen.

Das Geld hatte er bereits gespendet, einer von ihm gegründeten Stiftung, die eine juristische Schlacht gegen die Charité und diesen Professor Mosländer einschließlich seines teuflischen Medikaments vorbereitete. Dank des deutschen Stiftungsrechts würde auch nach seinem Tod alles darangesetzt werden, diese Quacksalber zur Rechenschaft zu ziehen. Zwci Großkanzleien waren damit beauftragt, ein Klagegewitter anzuzetteln, das erst verstummen würde, wenn das Stiftungskapital von aktuell 135 Millionen Euro aufgebraucht war.

Denn dass sein Unglück zeitgleich mit seiner zweiten Lebensrunde begonnen hatte, daran hegte Wenger keinen Zweifel. Hätte man ihn vor einem Jahr in Ruhe sterben lassen, dann wäre er als liebender Ehemann, erfolgreicher Unternehmer und treu sorgender Vater gegangen. Jetzt schied er als ein Verzweifelter, der nichts als Trümmer hinterließ.

Gläubig war Wenger nie gewesen, aber dass das Leben einen eigenen Rhythmus hatte, den es zu respektieren galt, daran glaubte er jetzt mehr denn je. Diesen Rhythmus hatten sie angetastet, sein Schicksal (an das er selbst nicht geglaubt hatte und das ihm heute so wesentlich erschien) hatten sie verändert, sicher mit den besten Absichten, aber letztlich doch mit schrecklichen Konsequenzen. Er hatte zwar weitergelebt, aber um den Preis, sein eigentliches Leben zu verlieren.

Was würde er darum geben, das alles nicht erlebt zu haben! Was würde er darum geben, seit einem Jahr ruhig unter der Erde zu liegen! An der Seite seiner Mutter, die viel zu früh gegangen war. Er würde diesen Fehler jetzt wiedergutmachen, reumütig zu seiner Bestimmung zurückkehren und durch sein Beispiel all jenen eine Warnung sein, die mit dem Gedanken spielten, sich über das eigene Schicksal zu erheben.

Um 17.20 Uhr klingelte die Ärztin unten am Tor. Wenger drückte den Türöffner. Er war bereit.

SECUNDA VITA

Im August 2026 konnte Martin die klinischen Studien in der Charité erfolgreich abschließen. Fünfundachtzig Probanden hatten sechs Monate lang das Verjüngungsmedikament getestet, das kaum noch Nebenwirkungen zeigte und dessen zellregenerative Wirkung vom Branchenfachblatt »New England Journal of Medicine« als »beeindruckend und in jeder Hinsicht wegweisend« beschrieben wurde. Die Fachzeitschrift »The Lancet«, die dem »Jungbrunnen aus Deutschland« eine komplette Ausgabe widmete, konstatierte: »Die Medizin hat sich neu erfunden, nichts wird mehr so sein, wie es war.«

Noch im selben Monat reichte die von der Charité gegründete gemeinnützige »Secunda-Vita-Stiftung« Zulassungsanträge bei der Europäischen Arzneimittel-Agentur EMA und der US-amerikanischen Arzneimittelbehörde FDA ein. Es war allerdings noch völlig unklar, wie das Medikament, das den Handelsnamen »Eracell« tragen sollte, im Falle einer Zulassung produziert werden würde. Keines der internationalen Pharmaunternehmen hatte sich bis dahin bereit erklärt, die strengen Auflagen der Stiftung zu akzeptieren, die unter anderem einen von der WHO festzusetzenden Preisdeckel, eine weltumspannende Liefergarantie und eine Gratisabgabe in Ländern mit unterentwickelten Gesundheitssystemen vorsahen.

Größtes Hindernis waren allerdings die politischen Vorbehalte, da sowohl in Europa als auch in anderen

Teilen der Welt die Zweifel immer stärker wurden, ob die Zulassung von »Eracell« nur aufgrund von medizinischen Erwägungen getroffen werden dürfe. In der Europäischen Union mehrten sich die Stimmen, die prioritär eine Bewertung der gesellschaftlichen Risiken und Nebenwirkungen forderten. Ähnlich sah das eine Mehrheit der UN-Vollversammlung, die in einem Beschluss mahnte: »Ein Medikament, das nicht nur die Medizin, sondern die ganze Welt verändern würde, darf nicht allein von medizinischen Fachleuten zugelassen werden, sondern bedarf der Zustimmung der Menschen dieser Erde.« Etwas pragmatischer drückte es die Präsidentin der Europäischen Kommission aus, die daran erinnerte, dass die Europäische Arzneimittel-Agentur lediglich Empfehlungen aussprechen könne, die Entscheidung aber von der Kommission getroffen werde, »die selbstverständlich sämtliche Aspekte, auch die unserer gesellschaftlichen Verantwortung, miteinbeziehen« werde.

In den USA waren es vor allem die Kirchen und religiösen Interessengruppen, die vor »einem Eingriff in die göttliche Vorsehung« warnten. Erste Klagen gegen die Zulassung von »Eracell« waren bereits bei Bezirksgerichten eingereicht worden, es galt als sicher, dass die Sache bis zum Obersten Gerichtshof gehen würde, von dem keine Zustimmung zu erwarten war.

Gleichzeitig ließen Berichte über den florierenden Schwarzmarkthandel mit dem Medikament aufhorchen. Offenbar war es mehreren illegalen Anbietern gelungen, die ein Jahr zuvor von jugendlichen Aktivisten weltweit verteilten Verjüngungskapseln in großen Mengen zu reproduzieren. Erste Herstellungsanleitungen kursierten bereits seit Längerem im Internet, Experten beschrieben die Produktion als technisch nicht besonders anspruchsvoll und rechneten damit, dass schon bald Verjüngungsmedikamente jedweder Qualität in den illegalen Handel kommen würden. Weshalb es nach Auffassung von nicht wenigen Ärzten, Pharmakologen, Politikern und Richtern eigentlich nur noch darum ging, entweder möglichst bald ein legales Medikament einzuführen oder die Sache der Mafia zu überlassen.

Am 2. Oktober 2027 erhielt Martin um 10.30 Uhr einen Anruf aus Stockholm, der ihn über den einstimmigen Beschluss des Karolinska-Instituts informierte, ihm den Nobelpreis für Medizin zu verleihen, woraufhin Martin seinen Hund Charles anleinte und im Volkspark spazieren ging. Es war ein sonniger Herbstvormittag, eine Kindergartengruppe spielte im bunten Laub. Martin sah den Kindern zu, die lachend umherrannten. Er fand die Vorstellung faszinierend, dass jede Umwälzung, egal wie radikal sie war, schon für die nächste Generation zur Normalität wurde. Wer vor der Erfindung des Internets aufgewachsen war, der würde sein Leben lang darüber staunen, ganz anders als diejenigen, die in der digitalen Welt groß wurden. Mit »Eracell« würde es ähnlich sein, dachte Martin. Wer noch die Zeit gekannt hatte, als Alterskrankheiten Menschen töten konnten, der würde das Leben anders betrachten als diese Dreijährigen, die schon bald keine solchen Probleme mehr befürchten mussten.

Die Kinder warfen Kastanien in die Luft, die Charles geschickt aufschnappte, dann liefen sie weiter den Parkweg entlang und Martin dachte daran, dass er ja selbst erleben konnte, wie es diesen Kindern später erging, dass es von nun an keine Generationen mehr geben würde, aber dafür eine große Menschenfamilie, die, wenn sie das wollte, für immer zusammenblieb. Dieser Gedanke rührte ihn, er rief Charles zu sich, kraulte ihm das weiche Nackenfell und betrachtete die mächtigen Eichen, die den Parkweg säumten. Diese Bäume waren mindestens zweihundert Jahre alt, sie hatten schon hier gestanden, bevor die elektrische Glühlampe, das Telefon oder das Auto erfunden worden waren. Frauen in Reifröcken und Männer mit Zylindern waren an diesen Bäumen entlangflaniert, an diesen Wächtern der Zeit, deren Bruder er nun geworden war.

Dank

Da es schon einige Zeit her ist, dass ich mich mit Hormonen, Zellstrukturen und Labortechnik beschäftigt habe (zuletzt 1988 in meiner Lehrausbildung zum Chemielaboranten an der Akademie der Wissenschaften der DDR), brauchte ich fachlich eine Menge Unterstützung. Vielen Dank all den Experten und Expertinnen, die mir ihre Zeit und Geduld geschenkt haben. Vor allem aber:

Dr. Holger Bierhoff, Center for Molecular Biomedicine, Friedrich Schiller University, Jena

Dr. Martin Denzel, Max Planck Institute for Biology of Ageing, Köln

Prof. Dr. Christoph Englert, Leibniz-Institut für Alternsforschung, Jena

Prof. Dr. med. Heribert Kentenich, Fertility Center Berlin

Dr. Chandra P. Leo, HBM Partners, Zürich

Prof. Walter Pfannkuche, Philosoph

Caroline Schwab, Psychologin

Britta Steffen, Schwimmerin

Der Verlag Kiepenheuer & Witsch hat sich zu einer nachhaltigen Buchproduktion verpflichtet. Gemeinsam mit unseren Partnern und Lieferanten setzen wir uns für eine klimaneutrale Buchproduktion ein, die den Erwerb von Klimazertifikaten zur Kompensation des CO_2-Ausstoßes einschließt. Weitere Informationen finden Sie unter www.klimaneutralerverlag.de

FSC
www.fsc.org
MIX
Papier | Fördert gute Waldnutzung
FSC® C083411

1. Auflage 2024

Covergestaltung: Barbara Thoben, Köln
Covermotiv: © Mario Wagner/2agenten
Gesetzt aus der Adobe Caslon und der Consolas
Satz: Buch-Werkstatt GmbH, Bad Aibling
Druck und Bindung: CPI books GmbH, Leck
ISBN 978-3-462-00375-8

Ein erfolgloser Berliner Videothekenbesitzer wird ungewollt zum Helden der Medien und Politik. Er genießt den ungewohnten Ruhm, bis die Liebe ins Spiel kommt und er sich entscheiden muss. Eine anrührende und ungemein vergnügliche Hochstaplergeschichte.

»Es ist eine wunderbare, rasant erzählte Geschichte über Lüge und Wahrheit, Sensationslust und den Wunsch nach Anerkennung. Witzig und doch immer tiefgründig.« *BR*